EINE JUGENDFANTASY
SIEBTE DIMENSION

DIE TÜR

LORILYN ROBERTS

Lob für Lorilyn Roberts' Bücher

Die Siebte Dimension-Reihe hat über dreißig Buchpreise gewonnen

"Eine schillernde Bilderwelt, wie eine biblische Alice
im Wunderland."
~Roger Hunt, Roger Hunt Music

*"Charakteren, lebendigen Dialogen und wunderschön
veredelt mit einer tiefgründigen Botschaft. Die
lebensechte Reise ruft Tränen und Jubel hervor und
erfüllt den Leser mit Freude. "*
~Janet Perez Eckles, Bestsellerautorin

*"Eine herzerwärmende Geschichte mit liebenswerten
Tierfiguren, einer mitreißenden Heldin und der
Liebe eines Königs zu seinen Kindern – ein wahres
Vergnügen für Jung und Alt."*
~Hannah Bombardier (17 Jahre)

Für Harry

Der mir sagte, ich sei eine Tochter des Königs

"Zeit ist eine Illusion bis zu Gottes festgesetzter Zeit."
- Lorilyn Roberts

Einleitung

„Ein geistliches Reich liegt rings um uns, umschließt uns, umarmt uns, ist für unser inneres Selbst vollkommen erreichbar und wartet darauf, von uns erkannt zu werden. Gott selbst ist hier und wartet auf unsere Antwort auf Seine Gegenwart. Diese ewige Welt wird für uns in dem Augenblick lebendig, in dem wir beginnen, mit ihrer Wirklichkeit zu rechnen."— A. W. Tozer, *Das Verlangen nach Gott*

Die Tür ist das erste Buch der sechsbändigen *Siebte Dimension-Reihe*, das zeitgenössische, historische und Fantasy-Elemente zu einer Coming-of-Age-Geschichte verbindet. Ein Fluch, der aufgrund eines Geheimnisses auf Shale Snyder lastet, hüllt sie in Unsicherheit und Angst. Nachdem sie von der Schule suspendiert wurde, darf ihre beste Freundin sie nicht mehr sehen, und Shale fühlt sich von ihrer Familie im Stich gelassen. Als sich ein streunender Hund mit ihr anfreundet, folgt sie ihm in den Wald. Dort entdeckt sie eine Tür, die in eine andere Welt führt.

Prolog

EIN TAGEBUCHEINTRAG, VIELE JAHRE SPÄTER

„Vor langer Zeit wurde ein magischer König in einem Königreich geboren, in dem die Tiere sprachen und der Verstand mit der Spiritualität wetteiferte. Es war eine Zeit, in der die Wahrheit kulturelle Grenzen überwand, Vergebung Schlachten gewann und Liebe das Herz eines jungen Mädchens eroberte.“

Doch um nicht vorzugreifen, lasst mich ganz am Anfang beginnen – was vor langer, langer, langer Zeit geschah. So lange ist das her, dass ich mich kaum noch an den Beginn meiner Reise in die *Siebte Dimension* erinnere.

Kapitel 1
SHALE SNYDERS DUNKLES GEHEIMNIS

Ich versteckte mich in einem Schrank unter der Treppe – meinem sicheren Ort. Niemand würde mich hier finden. Die Decke war zu niedrig. Ich glaube nicht, dass irgendjemand außer mir von dem kleinen Raum wusste.

Nach dem Unfall wurde der Schrank mein Freund. Ich wollte Judd meiden, der herüberkam, um Chumana zu besuchen. Sie war nicht meine Schwester, aber wir lebten zusammen.

Die Tür knarrte, als ich den Griff drehte. Ich hielt den Atem an und spähte durch den winzigen Schlitz. Sich bewegende Schatten verdunkelten den Raum. Judd, Rachel und Chumana starrten in einen kleinen braunen Schuhkarton.

Chumana brach in Tränen aus. „Ich hasse Shale."

Ich zuckte zusammen. Sie hasste mich ohnehin schon, seit meine Mutter und ich vor ein paar Monaten bei ihnen eingezogen waren.

Rachel stand auf und rezitierte ein jüdisches Gebet. „Baruch schem k'vod malchuto l'olam wa'ed. Gesegnet sei der Name Seines herrlichen Reiches für immer und ewig." Mit ihrem ungepflegten Haar, den geschwollenen roten Augen und dem geröteten Gesicht erkannte ich meine beste Freundin kaum wieder.

„Warum betest du?“, fuhr Judd sie an. „Wir sind nicht zum Beten hier.“

„Unfälle passieren“, sagte Rachel.

„Sie sollte verflucht sein!“, explodierte Judd.

„Sag das nicht“, erwiderte Rachel.

„Woher willst du wissen, dass es ein Unfall war?“, fragte Chumana.

Ich wandte den Blick ab. Ich konnte nicht zuhören. Mein ganzer Körper zitterte – was für ein Fluch?

Judds Stimme brach. „Ich verlange, dass sie uns erzählt, was vorgefallen ist.“

Die drei Zwölfjährigen saßen vorübergehend schweigend da, bevor Rachel antwortete. „Sie ist mit Fifi die Treppe hinuntergefallen, und sie hat Angst.“

Ich schluckte schwer.

Judd zog die Atlanta Braves-Kappe seines Onkels über die Augen und ballte die Hand zur Faust. „Ich hoffe, Shale hat niemals Freunde – für den Rest ihres Lebens.“ Er bedeckte sein Gesicht und schluchzte.

Ich kaute an meinem Fingernagel und unterdrückte die Tränen. Ich hatte noch nie einen Jungen weinen hören. Konnte sein Fluch wahr werden?

Chumanas rotes Haar passte zu ihrem hitzigen Gemüt. „Das ist kein ausreichender Fluch. Sie hat ohnehin schon keine Freunde.“

„Ich bin ihre Freundin“, sagte Rachel. „Unfälle passieren.“

Rachel wohnte zwei Gebäude weiter unten in den Hope Garden Apartments. Würde sie immer noch meine Freundin sein, wenn ich ihr die Wahrheit sagte? Ich war nicht einfach nur gefallen – es ging darum, was ich getan hatte, als ich fiel. Ich hatte zu viel Angst. Ich rieb meinen geschwollenen Knöchel, eine Erinnerung an meine Dummheit. Der Arzt hoffte, er würde heilen, aber Fifi lag in dem Karton.

Wahrscheinlich hasste Gott mich auch. Wenn ich die Wahrheit sagte, würden mich alle hassen. Ich konnte es nicht einmal meiner Mutter erzählen. Mein Vater – er hatte mich vor langer Zeit verlassen.

ZWEI JAHRE SPÄTER

Ich spürte, wie eine Hand unter meinen blauen Rock glitt. Ich wirbelte auf den Zehenspitzen herum. Schüler im überfüllten Flur verschwammen zu einem anonymen Brei. Hastige Körper drängten vorbei. Werde ich verrückt? Habe ich mir das eingebildet? Ich musterte Gesichter und hielt jedes einzelne fest, wie eine Momentaufnahme mit einer Kamera.

Rachel wartete an den Spinden in der Halle. „Shale, warum stehst du da? Komm schon, sonst kommst du zu spät zum Unterricht."

Ich ging auf sie zu, als die Glocke läutete.

Sie runzelte die Stirn. „Ist alles in Ordnung mit dir?"

„Mir geht's gut." Ich lächelte und tat so, als sei nichts geschehen. Ich würde später darüber nachdenken. „Hast du deine Analyse von *Wie es euch gefällt* fertig?"

Rachels braune Augen quollen hervor. „Muss die heute abgegeben werden?"

„Hier ist meine. Du kannst einen schnellen Blick darauf werfen."

„Oh, danke, Shale. Ich hasse Shakespeare ohnehin. Kein Abschreiben, versprochen. Nur ein kurzer Blick."

„Das ist auch nichts anderes, als Kurzzusammenfassungen im Internet zu lesen", witzelte ich.

Als wir den Englischunterricht an der Garden Highschool betraten, setzte ich mich auf den Platz, der der Tür am nächsten war, und starrte hinaus in den verdunkelten Flur. Wer war das? Was würde ich tun, wenn ich ihn erwischte? Mrs. Wilkes' Stimme holte mich in die Realität zurück, als sie aus einem Shakespeare-Stück rezitierte:

„Die ganze Welt ist Bühne,
Und alle Fraun und Männer bloße Spieler.
Sie treten auf und gehen wieder ab;
Sein Leben lang spielt einer manche Rollen

Durch sieben Akte hin."

Was war meine Rolle? Hatte ich mit vierzehn schon eine?

Später am Nachmittag stolperte ich beim Aussteigen aus dem Schulbus, und meine Bücher verteilten sich auf dem Boden. Mein lädierter Knöchel von dem Unfall zwei Jahre zuvor machte sich immer im unpassendsten Moment bemerkbar – was ich als meine ewige Strafe betrachtete.

Ich beeilte mich, sie aufzuheben, und wischte den roten Lehmboden Georgias von meinem Mathebuch. Der Bus wartete lange genug, um sicherzugehen, dass er mich nicht überfahren würde, bevor er losfuhr.

„Hey, wartet auf mich!", rief ich und ging schneller, um aufzuholen, als Rachel anhielt, aber Chumana und Judd gingen weiter. Wir wohnten immer noch im selben Apartmentkomplex im Süden von Atlanta.

„Wenn du einen Rucksack benutzen würdest, hättest du deine Bücher nicht fallen lassen", tadelte mich Rachel.

„Meiner ist kaputt." Ich musterte Rachels Rücken. „Wo ist deiner?"

„Ich habe meine Hausaufgaben in der Schule gemacht." Rachel wedelte mit einem dicken Buch mit seltsam aussehenden Buchstaben in der Luft. „Das ist alles, was ich brauchte."

„Kannst du das Zeug lesen?"

„Sicher", lachte Rachel, „aber ich weiß nicht, was es bedeutet. Du könntest es auch, wenn ich es dir beibringen würde." Rachel schlug die erste Seite auf. „Man fängt auf dieser Seite an." Ihr Finger zeigte auf eine hebräische Zeile, und sie fuhr mit dem Finger von rechts nach links über die Seite.

„Wirklich?"

„Ja." Rachel kicherte. „Also, wer liest rückwärts, die Engländer oder die Juden?"

„Ich würde sagen, die Juden. Das kann ich sagen, da ich nicht jüdisch bin, oder?"

„Warum nicht?"

„Schreiben wäre sicher einfacher, wenn Englisch von rechts nach links wäre. Ich würde meine Wörter nicht verschmieren."

Rachel nickte. „Ich vergesse immer, dass du Linkshänderin bist. Verrückt, oder? So wie die Briten auf der linken Seite fahren und wir auf der rechten."

Wir gingen eine Weile schweigend nebeneinanderher. Ich warf einen Blick auf meine Freundin mit ihrer auffallend olivfarbenen Haut, den mandelbraunen Augen und dem braunen Haar. „Magst du es, jüdisch zu sein?"

„Ja, ich denke schon. Ich kenne es ja nicht anders."

„Ich wünschte, ich wäre jüdisch."

„Warum?", fragte Rachel.

„Es wäre toll, sagen zu können, dass ich etwas Bestimmtes bin."

„Du könntest in die Kirche gehen", schlug Rachel vor.

„Mom und Remi würden niemals gehen. Jedes Mal, wenn sie über Gott oder irgendetwas Religiöses reden, streiten sie sich am Ende."

Rachel zuckte zusammen. „Das ist schade. Übrigens, danke für deine Hilfe in Englisch."

„Gern geschehen." Ich wechselte meine Bücher auf die linke Seite. Ich hasste den langen Heimweg, besonders weil wir jetzt weiter weg wohnten. Die neue Wohnung, in die wir gezogen waren, als Remi und Mutter heirateten, lag ganz hinten am Wald.

Rachel runzelte die Stirn, als sie meine Gedanken bemerkte. „Wie ist es, jetzt einen Vater zu haben?"

Ich biss mir auf die Lippe. „Wenigstens habe ich mein eigenes Zimmer und muss es nicht mit Chumana teilen."

„Das ist gut", stimmte Rachel zu. „Wie bist du überhaupt bei ihr gelandet?"

„Mutter hatte kein Geld, als wir nach Atlanta zogen. Sie fand eine Anzeige von Chumanas Mutter in der *Atlanta Constitution*, die eine Mitbewohnerin suchte. Es war eine billige Unterkunft."

Ich beäugte Judd und Chumana vor uns. „Worüber reden die? Sie verbringen in letzter Zeit viel Zeit miteinander."

Rachel senkte die Stimme. „Ich weiß."

„Vielleicht verdienen sie einander."

Rachel rückte näher an mich heran und sprach im Flüsterton. „Du hast deinen Vater nie gekannt, oder?"

„Nein." Ich umklammerte meine Bücher fester, die jetzt schwerer schienen. „Mutter konnte es kaum erwarten, Remi zu heiraten, nachdem sie so viele Jahre geschieden war. Dann weinte sie die ganze Nacht, als sie von ihrer Hochzeitsreise zurückkamen. Ich fragte mich warum, aber ich hatte zu viel Angst zu fragen."

„Vielleicht waren es schlechte Flitterwochen", gluckste Rachel.

„Du Scherzkeks. Wie kann man schlechte Flitterwochen haben?"

„Ich weiß nicht", antwortete Rachel. „Ich bin sicher, das ist schon passiert."

„Ich kannte Remi kaum an dem Tag, als sie heirateten."

„Es ist schwer vorstellbar, wie es wäre, bei der Hochzeit der eigenen Eltern dabei zu sein. Ich meine, es könnte komisch sein, wenn es passieren könnte."

„Wie bei *Zurück in die Zukunft*?" Meine Gedanken verdüsterten sich. „Wie fändest du es, einen Stiefvater zu haben, den du nicht kennst?"

Rachel schüttelte den Kopf. „Fände ich nicht gut."

Ich hatte noch nie jemandem von meiner Vergangenheit erzählt, aber jetzt konnte ich nicht aufhören. „Zweimal im Jahr kommen Geschenke aus North York an. Ich erinnere mich an nichts, was meinen Vater betrifft. Eines Tages ging er einfach und kam nie wieder zurück."

„Ich kann mir nicht vorstellen, wie das wäre", sagte Rachel.

„Manchmal werde ich wütend."

Rachels Augen weiteten sich. „Worüber?"

„Mutter hat mich nicht gefragt, was ich davon halte, dass sie wieder heiratet."

Wir gingen schweigend, während meine Worte in der Luft hingen. Ich kickte einen Stein auf dem Bürgersteig, und er hüpfte in den Rinnstein. Rachels warme Art war tröstlich. Sie kam aus so einer perfekten Familie, oder so schien es zumindest. Ihr erzählte ich Dinge, die ich sonst niemandem erzählen würde.

Stimmen aus der Vergangenheit verspotteten mich. „Gehe ich wie ein Huhn?"

Rachel lachte. „Nein, du gehst nicht wie ein Huhn."

„Habe ich große Lippen?"

„Große Lippen?" Rachel blieb stehen und starrte mich überrascht an. „Nein."

„Meinst du nicht? Jedes Mal, wenn ich sie mit der Zunge befeuchte, mache ich mir Sorgen, dass ich sie dick mache – so wurde es mir gesagt."

Rachel musterte mein helles Gesicht. Ich tat so, als bemerkte ich es nicht. „Du bist wunderschön. Wer würde so gemeine Dinge sagen?"

Ich wollte es ihr nicht erzählen. Was hätte es für einen Sinn gehabt, ihn schlechtzumachen?

Rachel streckte die Hand aus, ergriff ein paar Strähnen meines Haares und warf sie über meine Schulter. „Ich liebe deine grünen Augen und dein langes braunes Haar. Ich wünschte, meines wäre bei all der Luftfeuchtigkeit nicht so wellig. Ich benutze ein Glätteisen, um es zu glätten, aber das hält nicht lange."

Rachel kicherte. „Jungs lieben lange, glatte Haare."

„Remi will, dass ich ihn Dad nenne, aber das fühlt sich komisch an. "

Ein paar Meter vor uns kniete Chumana auf dem Bürgersteig.

Rachel kniff die Augen zusammen. „Was schauen die sich da an?"

Als wir näher kamen, konnte ich einen Regenwurm sehen, der sich auf dem Bürgersteig wand. Ein paar Wochen nach Weihnachten war es die falsche Jahreszeit für Kriechtiere.

„Ihm ist wahrscheinlich kalt", sagte ich.

Judd hob den Fuß, um ihn zu zertreten.

„Warte!", verlangte ich.

Judd starrte mich wütend an.

„Warum ihn töten?", fragte ich.

Er bückte sich, hob ihn auf und ließ den Wurm ein paar Zentimeter über dem Bürgersteig baumeln. „Hast du schon mal so einen seziert?"

Ich schüttelte den Kopf.

Er versteifte sich. „Ich sollte dich zwingen, ihn zwischen deinen zarten Fingern zu zerquetschen."

Ich starrte auf den Wurm. Judd ließ ihn auf den Bürgersteig fallen. Als er ansetzte, ihn wieder zu zertreten, beugte ich mich vor und stieß ihn weg. „Lass ihn einfach in Ruhe."

Judds Gesicht wurde knallrot. „Schubs mich nie wieder! Hörst du? "

Ich nickte. Meine Knie zitterten wie bei einem Hampelmann.

Sein eisiger Blick schnitt mir durch die Seele. „Du magst es nicht, Würmer zu zerquetschen, aber meinen Welpen hast du getötet."

Rachel sagte: „Komm darüber hinweg. Du klingst so hasserfüllt."

Chumana starrte durch ihre dicke, schwarz umrandete Brille. „Judd hat aber recht, Rachel. Erinnerst du dich nicht?"

„Ich erinnere mich", flüsterte Rachel.

Mein Herz raste, als ich den Wurm aufhob – sein schleimiger Körper fühlte sich kalt an – und ihn in meine Tasche steckte.

Judd schüttelte den Kopf und stapfte davon.

Ich drängte Rachel und Chumana. „Geht ihr beide schon mal vor. Wir sehen uns morgen."

Rachel nickte. Sie gingen weiter und ließen mich allein.

Nachdem ich den Wurm in einige braune Blätter gewickelt hatte, legte ich ihn auf eine wärmere Ecke des Betons. Als ich meinen Blick hob, sah ich sie zum ersten Mal. Sie war größtenteils weiß, mit ein paar braunen Flecken, mittelgroß, und dickes Fell bedeckte ihren weichen Körper für die kalten Winter in Atlanta. Sie saß auf dem Bürgersteig und wedelte mit ihrem flauschigen Schwanz.

Als ich mich ihr näherte, stand sie auf und humpelte rückwärts. Trotz ihrer natürlichen Schönheit war die struppige Kreatur schmutzig. Ihre kurzen Schlappohren hatten räudige Stellen, und ihre mandelbraunen Augen wirkten verkrustet. Wenn sie jemandem gehörte oder verloren gegangen war, kümmerte sich der Besitzer nicht optimal um sie. Ein warmes, wohliges Gefühl erfüllte mein Herz. Bevor ich jedoch zu nahe kommen konnte, drehte sich der Hund um und rannte weg.

Kapitel 2
SUSPENDIERUNG

„Wer bin ich?

wenn niemand mich sieht
wenn niemand mich liebt
wenn niemand mich versteht
wenn niemand mich hört
wenn sich niemand schert um

Mich."

Ich klappte mein Tagebuch zu, schloss es ab und legte es beiseite. Den Schlüssel versteckte ich unter meinem Kissen. Schläfrige Träume suchten mich heim, aber das Tagebuch rief meinen Namen. Ich knipste das Licht wieder an, nahm das Tagebuch von meinem Nachttisch und verstaute es in einer dunklen Ecke des Bücherregals.

Ein anderes Buch, *Der Esel und der König*, erregte meine Aufmerksamkeit. Ich hatte es lange nicht mehr angesehen. Ich zog es aus dem Regal und blätterte durch seine abgenutzten, verknitterten Seiten.

Schon als ich jünger war, tat mir der Esel leid. Baruch war aus dem

Stall weggelaufen und hatte sich verirrt. Ein Schaf fand ihn und brachte ihn zu einem mächtigen König. Viel-Furcht, der Hund in der Geschichte, sah aus, wie dieser streunende Hund, den ich gesehen hatte, als ich von der Schule nach Hause kam. Die Ähnlichkeit überraschte mich.

Ich stellte das Buch zurück ins Regal. An der Fußleiste hing eine Stecknadel am Holz fest. Mutter musste sie fallen gelassen haben, als sie meinen Rucksack reparierte. Ich rutschte hinüber und hob sie auf. Die Nadel war sieben oder zehn Zentimeter lang. Ich rieb mit dem Finger über die scharfe magnetische Spitze und steckte sie in meine Pullovertasche.

Dann kletterte ich zurück ins Bett und ließ meine Augen sich an die Dunkelheit gewöhnen. Dunkle Kreaturen tanzten im Mondlicht an den Wänden. Sie besuchten mich oft nachts, bevor ich einschlief, wie Zeichentrickfiguren, die niemals schliefen.

———

Die Glocke läutete, und die Nachzügler der neunten Klasse fanden ihre Plätze. Mrs. Wilkes machte den Namensaufruf, gefolgt von einer eingehenden Kritik an Shakespeares Stück *Wie es euch gefällt*. Sie war eine zierliche alte Frau, kastenförmig, mit dünnen Beinen und einer überwältigenden Stimme. Die Klasse hörte höflich zu, obwohl die meisten sich herzlich wenig für die Feinheiten der Literaturkritik interessiert hätten.

Im Wettbewerb mit iPads, iPods, iPhones und Blackberrys erschien Kritik mühsam, es sei denn, sie wurde auf einen Kindle heruntergeladen, aber Mrs. Wilkes war zu altmodisch, um diese im Unterricht zu erlauben. Unordentliche Papiere bedeckten ihren Schreibtisch.

Mein Herz machte einen Sprung, als sie meinen Namen aufrief: Shale Snyder. Sie räusperte sich und begann: „Wäre man besser dran, niemals zu lieben und so zu vermeiden, verletzt zu werden? Macht Liebe immer glücklich? *Wie es euch gefällt* hat seine Wurzeln in der griechischen Literatur, obwohl es von Shakespeare zwischen 1598 und 1600 geschrieben wurde ..." Ihre Stimme wurde leiser, als sie noch ein paar Zeilen für sich las. Dann, mit einem Schlag, warf sie meine Arbeit in den Mülleimer. „Das ist zu gut geschrieben, um original zu sein. Ich bin sicher, Shale hat es aus dem Internet kopiert. Ich werde es nicht lesen."

Dreißig Augenpaare richteten sich auf mich, und mein Gesicht und mein Hals fühlten sich heiß an. Mrs. Wilkes' Knopfaugen pulsierten. Niemand bewegte sich. Wenn ich die Stecknadel, die in meiner Pullovertasche versteckt war, hätte fallen lassen, hätte der ganze Raum sie auf dem Boden pingen hören.

Nach einer unerträglichen Stille fügte sie hinzu: „Darum kümmern wir uns später." Sie wühlte in ihrem Stapel nach einem anderen Bericht.

Alles andere, was geschah, war verschwommen, außer dem Läuten der Glocke. Ich rannte aus der Tür, während Mrs. Wilkes' Stimme hinter mir herrief: „Shale Snyder, ich muss mit Ihnen sprechen."

Bevor ich mehr als ein paar Meter den Flur hinuntergekommen war, spürte ich, wie eine Hand unter meinen Rock griff. Ich wirbelte herum. Wütende Feuerbälle schossen durch meine pochenden Adern. Meine Augen huschten hin und her, musterten Gesichter und sich bewegende Körper im überfüllten Flur. Da war er – direkt vor mir, schlängelte er sich durch das Labyrinth. Der Junge trug ein rotes Hemd und eine Atlanta Braves-Kappe.

Ich stieß Schüler aus dem Weg und hörte Keuchen und Flüche, als ich Körper zu Boden schleuderte. Eine Lehrerin im Laborkittel huschte zurück in ihr Klassenzimmer. Als der Schuldige den Kopf drehte, kribbelten die Nervenenden an meiner Wirbelsäule. Ich stürzte vorwärts.

Ich griff in meine Pullovertasche, zog die Stecknadel heraus und stach sie ihm in den Rücken. Judd zuckte vor Schmerz zusammen. Ich rammte meine Hand so fest ich konnte hinein und zog die Nadel dann wieder heraus. Meine Hand fühlte sich taub an, und die Nadel glitt mir aus den Fingern und fiel auf den Boden.

Ich sah mich um. Geschockte Schüler standen wie erstarrt da, die

Münder offen. Judd stöhnte, als er sich krümmte. Ein nasser Fleck breitete sich auf seinem Rücken aus und durchnässte sein Hemd. Es sah aus wie Blut. Hatte ich ihn so schlimm verletzt? Mein Herz raste.

„Du kleine Hexe!", kreischte Judd. Ich begann zu hyperventilieren. Über Schüler stolpernd, eilte ich zu meiner nächsten Klasse und verschwand außer Sichtweite, während er Flüche ausstieß.

Als ich mich der Turnhalle näherte, spürte ich immer noch seine Hand, die mich berührte. Das Blut auf seinem Rücken zu sehen, machte mich schwindelig. Ich stand atemlos vor dem Eingang der Turnhalle. Was würde passieren, wenn die Kinder es meldeten? Wie viel hatte die Laborlehrerin gesehen? Was würde Remi, mein Stiefvater, tun, wenn er es herausfand?

Ich schlang meine Hände um den metallenen Fahnenmast. Die Spätglocke läutete. Ich zog mein Handy heraus, während die Zeit tickte. Ich war schon zwanzig Minuten zu spät. Ich lehnte meinen Kopf gegen den Mast. Ruhig bleiben. Das war meine letzte Stunde. Einfach die Tür öffnen.

In der Mädchenumkleidekabine ging ich auf meinen Spind zu. Die anderen Schülerinnen waren schon draußen. Als ich nach dem Metallgriff griff, bemerkte ich, dass die Tür bereits offen war. Ich zog daran und riss die Tür beinahe aus den Angeln. Wo war meine Uniform? Ich überprüfte jede Ecke – sie fehlte.

„Suchst du etwas?"

Ich drehte mich um und sah Chumana. Ein hämisches Lächeln überzog ihre Lippen, und ihr spöttisches Grinsen irritierte mich.

„Ja. Meine Turnsachen. Weißt du, wo sie sind?"

„Versuch's mal im Klo, Püppchen", kicherte Chumana. „Auch wenn du nicht mehr bei mir wohnst, kann ich dir dein Leben immer noch zur Hölle machen – verflucht." Sie rannte aus der Turnhallentür.

Ich stürzte ins Bad und überprüfte die Kabinen. In der Ersten trieb eine blaue Uniform in der Kloschüssel. Ich zog sie an dem Ende heraus, das nicht nass war. Wassertropfen fielen zurück ins Klo. Ich hielt sie von mir weg, während sie auf den Boden tropfte, und trug sie zum Waschbecken. Igitt! Das Wasser spritzte, als ich den Wasserhahn aufdrehte.

Klackende Absätze näherten sich. Ich erwartete, Chumana zu sehen, aber stattdessen stand Mrs. Twiggs in der Tür – eine übriggebliebene Nazifrau. Sie trug ihr Haar zu einem Knoten zurückgebunden, und ein marineblauer Bleistiftrock spannte sich über ihre dünnen Beine. Ihre schwarzen Strümpfe und spitzen Schuhe erinnerten mich an eine Hexe. Ihre stahlharten Augen hatten entschieden zu viel Wimperntusche.

Sie schlug mit einem Lineal in ihre Hand. „Folgen Sie mir ins Büro."

Das laufende Wasser hatte heiße Dampfschwaden gebildet. „Kann ich meine Bücher holen?"

„Beeilen Sie sich", forderte die Direktorin.

Ich drehte das Wasser ab und untersuchte meine nasse Uniform. Ich wollte sie ohnehin nicht. Ich würde Chumana dazu bringen, sie zu ersetzen – irgendwie. Es reichte nicht, quitt zu sein. Ich wollte Rache.

Mrs. Twiggs deutete mit dem Lineal, dass ich vor ihr hergehen sollte. Die Nazifrau wollte nichts sehnlicher, als mich von der Schule verwiesen zu sehen. Ich konnte mich nicht erinnern, wie oft ich schon in ihrem Büro gewesen war. Zu viele Schüler hatten mich aus lächerlichen Gründen verpetzt. Manchmal war ich zur falschen Zeit am falschen Ort.

Unterwegs hielt uns eine andere Lehrerin an. Sie und Mrs. Twiggs traten beiseite und sprachen im Flüsterton. Gelegentlich sahen sie sich in die Augen. Ich hasste es, nicht zu wissen, ob sie über mich sprachen. Die ganze Zeit schlug Mrs. Twiggs das Lineal in ihre Hand.

Nach ein paar Minuten gingen wir weiter zum Büro, das sich im angrenzenden Gebäude am Schuleingang befand. Ich schnappte nach Luft, als ich die Tür öffnete. „Remi!"

Er saß auf einem Stuhl neben der Laborlehrerin, die mich im Flur gesehen hatte. Ich war es nicht gewohnt, meinen Stiefvater so elegant in seinem Geschäftsanzug und seiner roten Krawatte zu sehen. Unsere Augen trafen sich, bevor ich den Blick abwandte. Ich setzte mich so weit wie möglich von ihm entfernt hin. Was hatte die Laborlehrerin ihm erzählt?

„Mr. Heller, ich bin Mrs. Twiggs, die Direktorin. Es tut mir leid,

Sie von der Arbeit abberufen zu müssen, aber Sie müssen Shale nach Hause bringen. Sie wird suspendiert."

„Weil sie einem Schüler im Flur nachgejagt ist?"

„Sie hat Judd Luster angegriffen."

Remi rieb sich den Nacken und sah verdutzt aus. „Mrs. Gluck hier hat mir erzählt, was passiert ist – dass Shale einem jungen Mann den Flur hinunter nachgejagt ist und einen Tumult verursacht hat. Haben Sie nach ihrer Version der Geschichte gefragt?"

Mrs. Twiggs schnalzte mit dem Lineal. „Was gibt es da zu fragen?"

Als Remi nicht antwortete, fuhr sie fort: „Es gibt niemals eine Entschuldigung für Gewalt an der Schule. Wenn er sie in irgendeiner Weise beleidigt hat, hätte sie es melden sollen. Es gibt ordnungsgemäße Kanäle für die Beilegung von Streitigkeiten zwischen Schülern. Der Einsatz einer tödlichen Waffe gehört nicht dazu."

„Eine Waffe?", fragte Remi.

Ich musterte die hölzernen Parkettfliesen auf dem Boden. Vielleicht hatte er diesen Teil nicht gehört.

Mrs. Twiggs stellte sachlich fest: „Shale hat eine Vorgeschichte von Problemen, die bis in die erste Klasse zurückreichen." Ich werde so schnell wie möglich eine psychologische Begutachtung veranlassen. Ich suspendiere sie von der Schule, bis die Tests abgeschlossen sind."

„Mich von der Schule suspendieren?" Sie ignorierte meine Frage.

„Dann werden wir entscheiden, ob sie zurückkehren kann. Haben Sie Fragen, Mr. Heller?"

Remis Gesicht sah fassungslos aus.

Tränen stiegen mir in die Augen. Er würde mir niemals glauben. Wollte ich es ihm überhaupt erzählen? Es war mir peinlich, darüber zu sprechen. Was war überhaupt eine psychologische Begutachtung?

Ich schaltete ab, als Mrs. Twiggs sinnlose Anschuldigungen über mich machte – was für ein problematisches Kind ich sei und dass aus mir niemals etwas werden würde, wenn mich nicht jemand zurechtwies.

Ich wollte nicht mit Remi nach Hause fahren und mir anhören, wie er mich im Auto anbrüllte.

Ich hörte vage, wie Mrs. Twiggs mich ansprach: „Shale, haben Sie etwas hinzuzufügen?"

„Was?", fragte ich.

„Haben Sie etwas zu sagen?"

Sicher. Ich hatte viel zu sagen, aber nicht ihr, nicht Remi, nicht meiner Mutter. Ich fühlte mich wie ein Vogel, gefangen in einem Käfig. Ich wollte wegfliegen und niemals zurückkehren. Ich stellte mir vor, ich wäre so dickhäutig, dass mich nichts, was irgendjemand sagte oder tat, verletzen würde, aber so war ich nicht.

„Haben Sie etwas hinzuzufügen, Shale? Wir warten."

Ich sah jeden von ihnen an und suchte nach einem verständnisvollen Ohr. Ich schüttelte den Kopf. Eine Träne fiel auf meine Hand, als ich meinen Mund mit der Faust bedeckte, um meine Schluchzer zu dämpfen.

„Danke, Mr. Heller, für Ihre prompte Aufmerksamkeit. Ich weiß, dass Sie und Mrs. Heller kürzlich geheiratet haben. Ich hatte gehofft, dass sich die Dinge für Shale mit einem Vater im Haus bessern würden. Vielleicht braucht es mehr Zeit."

„Er ist nicht mein Vater", platzte ich heraus.

„Was haben Sie gesagt, junge Dame?", fragte die Direktorin.

„Schon gut, Mrs. Twiggs." Remi streckte die Hand aus, um ihre zu schütteln. Sie stand da und blockierte die Tür.

„Sind wir fertig?", fragte Remi.

Die Direktorin bewegte sich nicht.

„Ich verspreche, mit Shales Mutter über ihr Verhalten zu sprechen, Mrs. Twiggs. Es tut mir alles leid." Seine ausgestreckte Hand wartete auf eine Antwort.

Nach einem peinlichen Moment drückte sie ihm ihre Hand entgegen. „Ich habe Dr. Silverstein bereits kontaktiert. Wir werden die Tests in den nächsten paar Tagen durchführen."

„So bald wie möglich wäre wünschenswert, damit Shale nicht zu viel Schule versäumt." Remi wandte sich an mich. „Schnapp dir deine Bücher, Schatz, und lass uns gehen."

„Kann – kann ich auf die Toilette gehen?"

Remi warf einen Blick auf Mrs. Twiggs.

Sie nickte. „Gehen Sie nur."

Ich eilte den Flur hinunter zur Toilette und stieß die Tür auf. Sie knallte gegen etwas auf der anderen Seite. Ich stolperte ins Bad und sah Urinale an der Wand entlang. War ich auf die Herrentoilette gegangen? Ich wirbelte herum, um schnell wieder hinauszukommen – und stieß mit einem barbrüstigen Mann zusammen. Judds kalte Augen trafen meine.

„Geh mir aus dem Weg!", kreischte ich.

„Warum bist du hier drin?"

„Ich – ich bin auf die falsche Toilette gegangen."

Ich blickte nach unten, und in seiner Hand war ein blutgetränktes Papiertuch. Ich drängte mich an ihm vorbei, aber er packte mich von hinten und bohrte seine Finger in meine Schulter.

„Lass mich los!", schrie ich.

Ich kam los und rannte aus der Tür. Eines Tages wird er mich umbringen, weil ich seinen Hund getötet habe.

Kapitel 3
SHALE STELLT SICH DEM URTEIL

Ein Klopfen an meiner Schlafzimmertür durchbrach die Stille. Ich schloss das Tagebuch und versteckte es unter der Bettdecke.

„Herein.“

Mutter kam herein und setzte sich auf meine Bettkante. Ihre geschwollenen Augen verrieten getrocknete Tränen. Ich hatte sie und Remi hinter verschlossenen Türen über mich streiten hören. Früher am Tag, als Remi mich nach Hause gebracht hatte, hatte er permanent gewettert. Als er müde davon war, Dampf abzulassen, behandelte er mich mit Schweigen, starrte direkt auf die Straße, distanziert und wütend. Ich war mir nicht sicher, ob ich jemals eine Verbindung zu ihm aufbauen könnte, geschweige denn ihm erlauben, ein Vater für mich zu sein.

„Schatz“, sagte sie. Mutter drehte das verknotete Taschentuch in ihrem Schoß, ihre knochigen Fingerknöchel waren weiß vor Anspannung. „Wie würde es dir gefallen, eine Weile bei deinem Vater zu leben? Vielleicht wäre es gut für dich, diese Verbindung herzustellen.“

„Mein Vater?“ Ich redete mir ein, dass sie es nicht ernst meinen konnte, dass sie nur verzweifelt war.

„Ach, vergiss es.“ Sie warf wehmütig den Kopf zur Seite und blickte durch den Raum. „Du – du bist ihm so ähnlich. Er konnte nicht einmal mit einem Zaunpfahl auskommen, geschweige denn mit mir. Ich will nicht, dass du so wirst wie er – ein Alkoholiker, drogensüchtig, der all sein Talent verschwendet. Natürlich bin ich sicher, dass er jetzt nicht mehr so ist …“

Ein ferner Ausdruck von Bedauern und Kummer überschattete ihre blutunterlaufenen Augen, verhärtet durch den Lauf der Zeit. Sie hasste meinen Vater, was er ihr angetan hatte, wie er uns auf einer dunklen Straße in Miami im Stich gelassen hatte. Ich hatte die Geschichte viele Male gehört. Mutter war durch die Straßen geirrt und hatte nach einem Fremden gesucht, der uns aufnehmen würde. Wer wollte schon eine obdachlose Mutter und ein weinendes Baby beherbergen?

Ihre unvermittelten Gefühle loderten auf. „Warum kannst du dich in der Schule nicht benehmen und uns nicht so viel Ärger bereiten? Willst du diese Ehe auch zerstören?“ Sie tupfte sich die Tränen mit einem Taschentuch ab. „Ich – ich weiß nicht, wie ich dich lieben soll. Du stößt uns mit deinem schlechten Verhalten weg, als ob du uns absichtlich verletzen willst.“

Ich erinnerte sie an eine Vergangenheit, die sie vergessen wollte, besonders wenn ich auf eine bestimmte Weise aussah, obwohl ich nie wusste, welche Weise das war. Ich hatte seine Augen, sein Lächeln. Wenn ich nur sein Talent hätte, vielleicht wäre ich dann etwas wert.

„Du bist nicht im Bilde darüber, was ich durchgemacht habe, um dich zu behalten“, fuhr sie fort. „Sie wollten dich.“

„Wer wollte mich?“, fragte ich.

„Du warst ein Mündel des Staates.“ Sie gewann ihre Fassung zurück, Wärme kehrte in ihr angespanntes Gesicht zurück. „Schlaf ein bisschen, Schatz.“ Sie beugte sich vor und flüsterte. „Ich möchte, dass du bei den Tests morgen gut abschneidest.“ Sie küsste mich auf die Stirn und ging.

Als sie die Tür schloss, hallten ihre Worte in meinen Ohren wider. Sie wollte, dass ich gut abschnitt, um ihre Ehe zu retten. Das war es. Es ging nur um sie. Was war mit mir? Schatten huschten durch mein Schlafzimmer. Tanzende graue Zeichentrickkreaturen bedeckten wieder meine Wände, als ich einschlief.

Am dritten Testtag drängten wir uns im Büro der Direktorin um einen kleinen Eichentisch. Warum musste ich denselben Test zweimal machen? Den ersten hatte ich am Montag gemacht und dann einen ähnlichen Test am Dienstag. Mitten im Zweiten füllte ich nur noch die Lücken aus. Es war mir egal geworden.

Remi und meine Mutter saßen rechts von mir. Mrs. Twiggs saß mir gegenüber. Der Psychologe, Dr. Silverstein, saß am Kopfende des Tisches. Bücher säumten die Wand hinter ihm. Die Stimmen der Schüler schwollen an und ab, als sie an der Bürotür vorbeigingen. Die gedämpfte Beleuchtung im Raum trübte meinen Optimismus bezüglich des Ergebnisses. Ich hoffte, ich würde nicht von der Schule verwiesen werden.

Remi war von der Arbeit nach Hause gefahren, um uns zu bringen. Mutter hatte sich mehr als sonst zurechtgemacht und trug starkes Make-up und hohe Absätze. Da ich suspendiert worden war, musste ich kein Kleid tragen, tat es aber trotzdem. Ich tupfte genug Make-up auf, um einen Pickel abzudecken, der über Nacht aufgetaucht war.

Ich starrte durch das Milchglas der Bürotür und wünschte, ich wäre woanders. Es wurde unangenehm still im Raum, während wir auf den Beginn warteten. Zwei Stapel offiziell aussehender Papiere mit der Aufschrift „Shale Snyder" lagen vor Dr. Silverstein. Er erinnerte mich an einen exzentrischen Wissenschaftler, der eine zu große Brille trug. Seine buschigen Augenbrauen standen ab, und ich wollte sie ihm auszupfen und zusehen, wie er zusammenzuckte.

Mrs. Twiggs schaltete ein Tonbandgerät ein und sprach die floskelhaften Begrüßungen. „Dr. Silverstein, unser Schulpsychologe hier an der Garden Highschool, hat eine Untersuchung von Shales psychologischen, intellektuellen und kognitiven Fähigkeiten durchgeführt. Er ist eine führende Autorität für ‚Problemkinder' und hat einen Bericht vorbereitet, den er uns mitteilen wird."

Mrs. Twiggs rückte das Tonbandgerät in die Mitte des Tisches. „Ich wollte dieses Treffen eigentlich für nächste Woche ansetzen, aber da die Eltern von Shale Snyder darauf bestanden, diese Anhörung so schnell wie möglich abzuhalten, habe ich meinen vollen Terminkalender umgestellt, um ihnen entgegenzukommen."

„Das wissen wir zu schätzen", sagte Remi. Mutter nickte.

Mrs. Twiggs öffnete eine Plastiktüte und schüttete den Inhalt auf den Tisch. „Das ist eine Nadel, die auf dem Flurboden gefunden wurde, wo Shale Judd Luster angegriffen hat."

Mutter untersuchte die Stecknadel. „Ich habe mich schon gefragt, wo die hingekommen ist. Shale, wo hast du sie gefunden?"

„Sie lag auf dem Boden in meinem Schlafzimmer, an der Wand."

„Ich muss sie fallen gelassen haben, als ich den Reißverschluss an deinem Rucksack repariert habe." Sie nahm die Nadel auf und rieb sie zwischen ihren Fingern. Mutter sah mich fragend an, sagte aber nichts weiter. Dann wandte sie sich an Dr. Silverstein. „Was ist mit den Tests?"

Remi griff hinüber und ergriff Mutters Hand. „Haben Sie die Ergebnisse?"

Dr. Silverstein blätterte durch seine Unterlagen, um die relevanten Informationen zu suchen. Er rückte seine Brille zurecht und begann. „Shale Snyder wurde mir zur Begutachtung nach einem Vorfall in der Schule überwiesen. Sie hat eine lange Vorgeschichte jugendlicher Verfehlungen. Unsere erste Intervention erfolgte, als sie die erste Klasse nicht schaffte."

Der Arzt nahm einen Schluck Kaffee, bevor er fortfuhr. „Shale wiederholte die Klasse jedoch erfolgreich, zeigte aber weiterhin Verhaltensprobleme, als sie auf die Highschool kam, darunter Respekt-losigkeit gegenüber Autoritäten, Unfähigkeit, Regeln zu befolgen, Graffiti an den Schulwänden, Betrug, Plagiarismus und das Anzetteln von Schlägereien, was, wie ich bereits andeutete, dazu führte, dass ein Schüler medizinisch behandelt werden musste. Letzteres Ereignis ist der Grund für diese psychologische Begutachtung."

„Ich habe nie an die Wände gemalt", protestierte ich.

Remi ermahnte mich mit seinen Augen, still zu sein.

Dr. Silverstein fuhr fort: „Ich habe zweimal kognitive Tests durchgeführt. Die zweite Testreihe wurde durchgeführt, um die Ergebnisse des ersten Tests zu validieren."

Ich wünschte, jemand hätte mir das erklärt.

Er hörte auf zu lesen, blickte auf und zuckte mit den Augenbrauen. „Mr. und Mrs. Heller, der zweite Test widerspricht dem ersten Test. Ich konnte zu keinen eindeutigen Schlussfolgerungen kommen."

Er schob die Papiere zu Mutter hinüber. „Bei diesem Test war sie ein Genie, erreichte über 150 Punkte. Beim zweiten Test, einen Tag später, hatte sie, wie soll ich sagen, einen IQ von weniger als 70 – grenzwertig zur Intelligenzminderung."

Dr. Silverstein beugte sich zu ihnen vor. „Wie soll ich das sagen? Nichts im zweiten Test bestätigt den ersten Test. Sie erzielte in allen Bereichen genau das Gegenteil – bis auf eine Sache."

„Was denn?"

„Sie hat eine Gabe."

„Welche Gabe?", fragte Remi. „Das einzige Talent, das ich sehe, ist ihre Neigung, in Schwierigkeiten zu geraten."

„Wohl kaum", sagte Dr. Silverstein. „Es gibt ein Muster in diesen Tests, das ich nicht erklären kann."

„Welches Muster?", fragte Mutter.

„Sie hat eine Gabe. Vielleicht ist es Kunst, Schreiben, Musik, Mathematik, Sprachen – ich bin mir nicht sicher, aber mit der Zeit werden wir es wissen. Begabte Kinder haben besondere Bedürfnisse, um ihr gottgegebenes Potenzial zu erreichen."

„Begabt?", schäumte Mrs. Twiggs. „Sie ist eine jugendliche Straftäterin, die herumläuft, Schüler mit Nadeln verletzt und plagiierte Arbeiten abgibt. Sie hätte einen Schüler töten können. Stellen Sie sich die Klage vor, die wir am Hals hätten."

Die Uhr schlug drei. Bald würde die Schule aus sein. Ich hatte Dr. Silverstein falsch eingeschätzt. Ich hätte den zweiten Test ernster nehmen sollen.

Mrs. Twiggs sah aus wie ein Teekessel kurz vor dem Explodieren. „Ich sehe nicht, wie Sie zu dieser Schlussfolgerung gekommen sind."

Ich stellte mir vor, wie Dampf aus ihrer Nase tropfte.

„Ich bin noch nicht fertig." Dr. Silverstein nahm noch einen Schluck von seinem schwarzen Kaffee. „Das ist der IQ-Teil des Tests."

Die Direktorin rieb sich die Stirn und öffnete ihre Handtasche, aus der sie Tylenol holte. „Was sind Ihre Empfehlungen?"

„Ich würde eine wöchentliche therapeutische Intervention empfehlen, um einige tiefere Probleme aufzuarbeiten. Ich würde sie nicht von der Schule verweisen."

Mutter stieß einen Seufzer aus.

„Kein Verweis!" Mrs. Twiggs' Gesicht nahm mehrere Himbeertöne an. „Sie muss verwiesen werden. Tatsächlich verlange ich ihren Verweis."

„Ich gebe Ihnen meine Empfehlung", sagte Dr. Silverstein.

Mrs. Twiggs' Mundwinkel zuckte. Das Tylenol schien nicht zu wirken.

Sie stand auf und ging im Zimmer auf und ab, murmelte vor sich hin. Ohne weitere Mittel besiegt, gab sie widerwillig nach.

„Sehr wohl, Dr. Silverstein. Das ist nicht das, was ich wollte, aber ich werde Ihre Empfehlung dem Schulvorstand vorlegen. Wenn jedoch irgendetwas passiert, das Schüler gefährdet, werden Sie verantwortlich sein. Ich stimme Ihnen absolut nicht zu, das möchte ich hinzufügen."

Ihre Position und Meinung hätten nicht klarer sein können.

„Eine weitere Chance für diese schwierige junge Dame", fuhr sie fort, „obwohl eine dreitägige Suspendierung zwingend erforderlich ist. "

Sogar nach den versäumten Stunden durch die Tests? So ein Mist.

„Aber merken Sie sich meine Worte, wenn sie irgendetwas anderes tut, das an dieser Schule für Unruhe sorgt, wird sie sofort verwiesen. Verstehen Sie, Mr. und Mrs. Heller?"

„Wir verstehen, Mrs. Twiggs", sagte Remi. „Ich verspreche Ihnen, sie wird nichts mehr tun. Dafür werde ich sorgen." Er wandte sich mir zu, aber ich weigerte mich, ihn anzusehen.

„Großartig. Darauf werde ich Sie festnageln. Viel Glück", fügte sie hinzu. „Das werden Sie brauchen."

„Ich wäre bereit, in der Zwischenzeit eine Beratung mit Shale durchzuführen", bot Dr. Silverstein an.

„Wir brauchen nichts weiter von Ihnen", sagte Mrs. Twiggs. „Wir werden eine Beratung später in Betracht ziehen."

Das Treffen war vorbei, obwohl das Tonbandgerät noch lief. Was für eine Beratung?

Mrs. Twiggs dankte Dr. Silverstein leichthin und ging zur Tür.

Mutter fragte: „Kann ich meine Nadel zurückhaben?"

„Ihre Nadel zurückhaben? Nein", erklärte Mrs. Twiggs bestimmt. „Ich brauche das als Beweismittel für die Zukunft. Sie werden wiederkommen."

Nicht, wenn ich es verhindern konnte. War es legal, dass sie die Nadel behielt? Mutter und Remi sagten nichts, um zu protestieren. Ich blieb zurück, als die anderen nach draußen gingen. Schnell schaltete ich das Tonbandgerät aus und schnappte mir die Kassette. Wer benutzte diese altertümlichen Dinger überhaupt noch? Eine Person weniger.

Kapitel 4
DIE TÜR

Ich stapelte meine Bücher auf dem Esstisch – Latein, Geschichte, Englisch, Naturwissenschaften, Mathe – womit wollte ich zuerst anfangen? Ich zuckte mit den Schultern. Drei Tage Suspendierung ließen mich wie eine jugendliche Straftäterin fühlen.

Was würde ich sagen, wenn ich Judd wieder gegenüberstand? Gerüchte machten in der Schule die Runde, dass ich auf die Jungentoilette gegangen war. Kinder kicherten und zeigten vor der Suspendierung im Schulflur auf mich. Egal, was andere sagten, ich würde niemandem erzählen, warum ich ihn angegriffen hatte. Wenn ich es täte, könnte ich genauso gut meine schmutzige Unterwäsche am Fahnenmast der Schule aufhängen.

Die Fantasie der Schüler würde sich das Schlimmste ausmalen – bald würden sie behaupten, ich schliefe mit ihm. Ich starrte ausdruckslos auf den Bücherstapel und konnte mich nicht lange genug konzentrieren, um eines herauszuziehen und anzufangen.

Es klingelte an der Tür. Ich ging hin und öffnete, und ein Mann in UPS-Uniform hielt ein Päckchen in der Hand. Ich blickte hinter ihn und sah einen braunen Lieferwagen, dessen Motor im Leerlauf lief. Ich unterschrieb für das Päckchen, und als er zu seinem Wagen zurückging, bemerkte ich einen weißen Umschlag, der an der

Türschwelle klebte. Ich hob ihn auf und klemmte ihn mir unter den Arm.

Als der UPS-Wagen wegfuhr, warf ich einen Blick auf den Absender des Päckchens. Mein Vater schickte mir also doch noch Weihnachtsgeschenke. Ich schloss die Tür und ging zum Sofa. Dann las ich den Absender auf dem Zettel – Rachel Franco. Warum sollte Rachel einen Zettel in die Tür geklemmt haben? Ich legte das Päckchen ab, um zuerst ihren Brief zu öffnen.

Ich las die Handschrift leise. „Liebe Shale, ich schreibe dir, weil ich es dir nicht persönlich sagen konnte. Mutter und Vater wollen nicht mehr, dass ich mit dir befreundet bin. Sie denken, du tust mir nicht gut. Ich weiß, du hättest Judd nicht ohne guten Grund angetan, was du getan hast. Es erscheint nicht fair, weil wir schon so lange gute Freundinnen sind, aber ich muss meinen Eltern gehorchen. Ich kann nicht mit dir vom Bus nach Hause gehen oder in der Klasse mit dir reden. Du wirst immer meine beste Freundin sein. Gezeichnet, Rachel Franco. P.S. Ich werde für dich beten, wie ich es immer tue. Gott hat einen Plan damit – hoffe ich."

Ich las den Brief dreimal langsam durch und dachte über jeden Satz nach. Ja, sie würde auch immer meine beste Freundin sein. Ich wusste, dass sie betete, weil sie jüdisch war. Aber welchen Plan konnte Gott damit haben? Wenn er einen hatte, zeigte er es auf eine seltsame Weise.

Ich warf den Brief hin und starrte auf die kahlen Wände, die immer noch Bilder benötigten. Bettlaken bedeckten die Fenster. Der Flachbildfernseher gehörte Remi. Es war mir verboten, ihn anzufassen – er war sich sicher, ich würde ihn beschädigen. An der Wand stapelten sich doppelte Hochzeitsgeschenke, die Mutter noch umtauschen musste.

Rachel war meine einzige Freundin. Sie kam mindestens einmal pro Woche vorbei – brachte mir ein gutes Buch zum Lesen, oder ich half ihr bei einer Schulaufgabe, aber ich durfte sie nie besuchen. Ich wusste nie, warum. Mutter hatte immer irgendeine lahme Ausrede. Ich hatte ihre Eltern nie getroffen. Jetzt würde ich nicht einmal mehr eine einzige Freundin in der Schule haben. Ich wünschte, ich hätte Rachel die Wahrheit gesagt.

Das Zimmer war still, bis auf die undichte Toilette oben, von der

Remi Mutter versprochen hatte, sie zu reparieren. Ein kratzendes Geräusch an der Hintertür irritierte mich. Was könnte das sein? Meine Beine waren zu schwer, um aufzustehen und nachzusehen.

Ich untersuchte das UPS-Päckchen von meinem Vater. Die kleine Schachtel sah gewöhnlich aus. Ich riss das braune Papier ab und fand darin eine dünnwandige weiße Schachtel – die Art von Schachtel, die normalerweise etwas Zerbrechliches enthält. Ich öffnete sie vorsichtig, um sie nicht zu schütteln.

Die Schachtel enthielt ein hellgrünes, blaues und violettes Keramikei. Die Farben gingen ineinander über, gestaltet von einem geschickten Kunsthandwerker. Ich öffnete vorsichtig das Ei. Unter einer Schicht flauschiger Watte befand sich eine Kaninchenfamilie – eine Hasenmutter mit drei kleinen Jungen.

Mein Herz sank. Die Häschen waren zerbrochen. Nur eines der Kaninchen war ganz, aber selbst das hatte ein abgebrochenes Ohr. Einem Jungen fehlte der Kopf, und ein anderes hatte ein gebrochenes Bein. Die Hasenmutter war in drei kleine Stücke zerbrochen.

Ich bewunderte die Stücke, während ich sie liebkoste. Was würde der Kunsthandwerker denken, wenn er wüsste, dass sein Kunstwerk beschädigt ankam? Ich hielt die drei Stücke der Hasenmutter zusammen. Vielleicht könnte ich sie kleben. Zerbrochen oder unzerbrochen, sie verdienten eine magische Geschichte.

Ein beunruhigender Krach draußen riss mich unsanft in die Realität zurück. Ich nahm die zerbrechlichen Stücke und legte sie zurück in das Ei, steckte das keramische Geschenk in meine Kleidertasche. Dann ging ich ins Esszimmer, um aus dem Fenster zu spähen.

Der weiße Hund, den ich ein paar Tage zuvor gesehen hatte, stand vor unserer Wohnung. Sollte ich hinausgehen oder würde er weglaufen? Was würde ich tun, wenn er auf mich zukäme? Ich hatte kein Hundefutter.

Die braunen Augen des Hundes zogen an meinem Herzen. Er wedelte mit dem Schwanz, als er mich im Fenster sah. Hoffnung lag auf seinem Gesicht. Er hob die Ohren, als ob er darauf wartete, die Tür aufgehen zu hören. Hatte ich das Herz, ihn zu enttäuschen?

Niemand in den Wohnungen durfte Hunde haben. Sie waren nicht erlaubt – dumme Hausregeln.

Widerstrebend wandte ich mich vom Fenster ab und setzte mich wieder an den Tisch. Ich schlug mit der Faust darauf und stieß den Bleistift vom Tisch. Er fiel auf den Boden und rollte weg.

„Ich hasse dich, Gott – hörst du das? Du schickst mir kaputtes Spielzeug und nimmst mir meine beste Freundin weg, gibst mir Eltern, die mich nicht verstehen, und Lehrer, die mich hassen. Das ist in Ordnung. Ich kann das ertragen. Dann ärgerst du mich mit einem Hund, den ich nicht haben kann."

Die kahlen Wände schwiegen, und ich vergrub mein Gesicht in meinen Armen und schluchzte.

Ich konnte nicht den ganzen Nachmittag weinen. Ich ging ins Badezimmer und holte mir etwas Toilettenpapier, um mir die Nase zu putzen. Mir war nicht nach Schreiben zumute. Das letzte Mal, als ich etwas geschrieben hatte, beschuldigte mich meine Lehrerin des Plagiats. Vielleicht könnte ich Mathe machen. Wer auch immer Algebra entdeckt hatte, musste ein Unhold gewesen sein – wie sonst könnte etwas so Schreckliches erfunden worden sein?

Ich griff in meinen Rucksack nach meinem Bibliotheksbuch, *Das Tagebuch der Anne Frank*. Ich war etwa auf halber Strecke durch und identifizierte mich mit Annes Gefühlen der Isolation. „Großartig", murmelte ich, als ich nur Schulbücher fand. Ich hatte es in der Schule gelassen, das eine Buch, das ich lesen wollte.

Der Hund bellte wieder. Ich stand auf und drückte meine Nase gegen die Fensterscheibe. Die Sonne war hinter den Bäumen verschwunden, und er stand im Schatten und wedelte mit dem Schwanz. Mit erhobenem Hinterteil und in den Boden gekrallten Pfoten bettelte er: „Komm mit mir spielen."

Ich konnte nicht widerstehen. Ich ging zur Tür und trat hinaus in die kalte Januarluft – gerade rechtzeitig, um ihn zur Rückseite der Wohnungen rennen zu sehen. „Nein, komm zurück", flehte ich.

Der Hund umrundete das Wohngebäude mit einem deutlichen Humpeln, wich zwei schmutzigen Fahrrädern und einem klapprigen Bollerwagen aus. Dann passierte er zwei Geräteschuppen, bevor er die

Grenze der Wohnanlage erreichte und im Wald verschwand. Ich zögerte. Wollte ich ihm ins Dickicht nachjagen? Die Sonne stand tief, und die Dämmerung würde bald die Nacht bringen.

Er tauchte kurz wieder auf, zitternd, als ob er fürchtete, ich könnte ihm folgen. Dann verlor ich ihn in den Schatten und wollte gerade aufgeben, als ich ihn noch einmal sah. Mein schwacher Knöchel verlangsamte mich. Ich starrte auf die kahlen Bäume – der einzige Ort hier in der Gegend, den ich im Winter nicht mochte. Dann tauchte der Hund keine drei Meter entfernt wieder auf.

„Warte", rief ich. „Bitte." Als ich einen Schritt vorwärtsmachte, stolperte ich über ein Loch. Ich fiel seitwärts in einen Haufen welker Blätter, die den Waldboden bedeckten, und verdrehte mir den Knöchel. Unter den Blättern ragte ein Stein hervor, und mein Kopf schlug gegen die Kante. Ausgestreckt auf dem kalten Boden war ich vorübergehend betäubt. Hatte ich das Ei zerbrochen? Ich griff nach der Tasche, in die ich es gesteckt hatte, aber es schien in Ordnung zu sein.

Der Hund blieb in der Nähe, wenn auch in sicherem Abstand. Er erinnerte mich wieder an Viel-Furcht aus der Eselgeschichte. Die Ähnlichkeit war surreal. Der Hund kauerte sich nieder und robbte auf mich zu, sein Schwanz wedelte den Boden sauber. Er japste, als ob er erwartete, dass ich ihm folgte.

Zuerst leicht, dann stärker vibrierte der Boden wie Trommelschläge. Eine luftige Brise, viel zu warm für Januar, trug Panflötentöne von fern herbei und raschelte die toten Blätter unter mir. Während ich zusah, verwandelten sie sich von verkrusteten Gelb- und Rottönen in leuchtendes Grün.

Viel-Furcht, wie ich ihn nannte, wimmerte. Der Hund hob den Kopf, und seine Augen suchten den roten Himmel ab. Er stand auf den Hinterbeinen, pumpte mit den Vorderpfoten und schnüffelte hektisch. Kahle Äste raschelten im Wind, und Weihnachtslichter leuchteten durch das kahle Blätterdach. Der Winter rollte sich zurück wie eine Schriftrolle und belebte meine stumpfen Sinne. Wie gebannt betrat ich eine traumhafte Realität, als ob ich in einem Theater säße und auf den Beginn eines lang erwarteten Films wartete.

Die verstreuten Blätter hoben sich in einer kreisenden Bewegung.

Drei weiße Tauben schwebten herab und trippelten um mich herum. Vergissmeinnicht-Blumen sprossen empor, zusammen mit lila, roten, goldenen und grünen Blüten. Ein süßer, heilender Balsam durchtränkte die Luft. Die Tauben gurrten, als sie sich um meinen Knöchel versammelten und meine Verletzung linderten, wie eine Mutter ein Kind liebkost. Dann küssten sie die Wunde an meinem Kopf. Lichtbänder zerstreuten sich in pulsierenden Ringen. Nach ein paar verlockenden Augenblicken flogen die Vögel davon.

Blaue Neonlichter, akzentuiert von Blumen, führten zu einer offenen Tür, die von glänzenden Diamanten umgeben war. Konnte ich so weit gehen?

„Shale, ist alles in Ordnung?", fragte eine weibliche Stimme.

Wer rief meinen Namen? Ich blickte auf, aber das Licht von oben war zu hell, obwohl die sanfte Wärme mich tröstete. Ich sah nur Blumen.

Ich rief nach dem Hund. „Viel-Furcht?" Ich erwartete nicht, dass er auftauchte, aber ich hatte das Gefühl, nicht allein zu sein.

Das helle Licht fesselte mich, aber der Kegel verblasste, und bald würde der Strahl verschwinden. Blaue Lichter entlang des Weges wurden heller und führten zu einer offenen Tür.

„Viel-Furcht?" Die Silhouette eines Hundes bedeckte kurz die Öffnung. Er saß da und wartete.

„Viel-Furcht."

„Folge mir", sagte eine weibliche Stimme.

War das Viel-Furcht, der mit mir sprach? Das sprudelnde Licht aus dem Türrahmen schillerte in vielen Farben. Ich stand auf und testete meinen Knöchel. Als ich auf Zehenspitzen den Weg entlangging, zu ängstlich, um zu glauben, dass ich rennen könnte, schwebten Lichtblasen vorbei, während der Diamantbogen heller wurde.

Der Hund wurde wieder sichtbar.

„Shale", rief die Stimme erneut.

„Warte! Ich will mit dir gehen." Ohne zu zögern, trat ich durch die offene Tür. Ich griff nach ihm, als er mir durch die Finger glitt. Dann war er verschwunden.

Kapitel 5
DER GARTEN

Das Portal öffnete sich. Ein Kaleidoskop aus sanften Lichtern schwebte um mich herum und summte wie musikalische Schneeflocken. Jedes war einzigartig und hob meine Stimmung, erweckte in mir eine Sehnsucht nach etwas, das ich nicht ganz greifen konnte. Mir kam das Bild eines ruhigen, abgeschiedenen Parks in den Sinn, in den man mit seiner besten Freundin gehen könnte. Das Erlebnis dauerte an, bis sich die musikalischen Schneeflocken in Blasen verwandelten und sich dann auflösten. Der sanfte Nebel lichtete sich und enthüllte eine Pracht endloser Blumen, die alles bedeckten.

Der Anblick im Wald war nur ein flüchtiger Blick auf den Garten gewesen, der sich nun in alle Richtungen erstreckte. Grün-, Blau-, Rot-, Lila-, Orangetöne und Farben, für die ich keinen Namen hatte, bedeckten den Boden. Der Ort sah aus wie Oz. Vielleicht versteckten sich die Munchkins. Alles, was ich brauchte, war Toto – oder einen charmanten Prinzen, der mich küsste, damit ich mich in eine Prinzessin verwandelte. Dann würde ich glücklich bis ans Ende meiner Tage leben – außer, dass ich noch nicht bereit war zu heiraten – oder vielleicht war es ein Frosch, den ich küssen sollte.

Wo war ich? Der Eingang war verschwunden, aber ich bemerkte, dass er sich in der Nähe einer Nische aus Diamanten befand. Farbenprächtige Blumen bedeckten den Hang. Der Stein, über den ich gestolpert war, als ich dem Hund nachjagte, glühte auf mysteriöse Weise. Die zischenden Buchstaben, die in die Oberfläche gemeißelt waren, buchstabierten E-b-e-n-e-z-e-r.

„Viel-Furcht!", rief ich mehrmals. Ich hörte eine weibliche Stimme, aber war es der Hund, der mit mir sprach?

Der Grashügel war wie ein Teppich vor dem verborgenen Eingang. Um den Hügel herum zogen sich Bänder aus weiteren vielfarbigen, sonnenliebenden Pflanzen – Lavendel-Katzenminze, Zinnien und Rosen. Schwarzäugige Rudbeckien sonnten sich auf dem angrenzenden sanft geschwungenen Hügel.

Entlang des Pfades bildeten Kristallfelsen, akzentuiert durch Gruppen kleinerer Blüten, ein Labyrinth aus Farbe und Textur mit abwechselnden Blumen und Kristallen. Die großen Formationen spiegelten die zarten Blüten wider, auf denen Schmetterlinge tanzten. Die Kristalle schienen lebendig zu sein.

Ich hockte mich hin, um einen zu untersuchen. Ein verzerrtes Bild erschien auf der Oberfläche des Kristalls. Ich wartete, um zu sehen, ob es sich vollständig materialisieren würde. Geflügelte Kreaturen, die in einer dunklen Höhle umherflogen, wurden scharf. Dann sah ich den weißen Hund. Schwere Seile fesselten mich, während ich auf einer Felsplatte saß. „Nein!", schrie ich – und das Bild löste sich auf. Ich taumelte von dem Felsen zurück und schüttelte den Kopf, um die beunruhigende Vision auszulöschen. Was bis jetzt so perfekt erschienen war, war es anscheinend nicht. Ich würde mich von den Kristallen fernhalten.

Ich folgte dem mit Blumen gesäumten Pfad. Die doppelt und dreifach blühenden Rosen waren auffallend – ohne den Rost, den die Blumen in unserem Garten hatten. Andere Pflanzen sahen exotischer aus. Ich konnte sie nicht identifizieren.

Während ich entlangschlenderte, folgten mir die Rosenköpfe wie Gyroskope. Als ich stehen blieb, blieben sie stehen. Ich streckte die Hand aus, um eine der roten Blüten zu pflücken. Als ich den Stiel bog, schlängelte sich eine Schlange durch meine Finger. Ich kreischte und zog meine Hand zurück. Als ich meine Finger untersuchte, sahen sie normal aus – keine Bisswunden, keine Rötung oder ein Anzeichen dafür, dass mich etwas berührt hatte, aber ich konnte immer noch die weiche Haut einer Schlange spüren. Der Stiel war eingedrückt, wo ich ihn gebogen hatte.

Sorge schlich sich in mein Herz. Wer hatte mich hierhergebracht und warum? Beobachtete mich jemand?

Verschreckt ging ich zurück zum Grashügel. Ich wollte dem Pfad nicht mehr folgen, aber entfernte Stimmen von weiter hinten auf dem Weg weckten nun meine Neugier. Die Stimmen kamen und gingen, wurden lauter und leiser, aber nicht laut genug, um zu verstehen, was sie sagten. Kinderlachen folgte einer tiefen Männerstimme. Obwohl ich mir Sorgen machte, was ich finden könnte, konnte ich nicht widerstehen, nachzusehen.

Ich ging einige Meter weiter. Um eine Biegung des Pfades war eine lange Treppe in die Felsen gehauen. Am unteren Ende lag Fifi. Mein Herz machte einen Sprung, und eine Hitzewallung überkam mich. Wer tat das? Warum sollte ich das hier sehen?

Als ich einen Schritt vorwärts machte, verblasste die Treppe. Ein absteigender Pfad, gesäumt von weiteren Blumen, spross auf beiden Seiten empor. Ich rieb mir die Augen, die mir anscheinend einen Streich spielten. Wollte ich weitergehen oder umkehren? Der Eingang war verschwunden. Panik ergriff mich – egal, ob ich blieb oder zurückging. Eine Gedankenlähmung überflutete meine Gefühle.

„Wer ist da?" Meine Stimme klang klein und unbedeutend im Garten.

Der Pfad öffnete sich zu einem großen Hain von Apfelbäumen. Unerwartet entdeckte ich einen großen, grauen Esel und ein kleines weißes Kaninchen, die unter einem Baum lümmelten. Der Esel wärmte sich auf einer braunen Decke und starrte mit gekreuzten Beinen in den Himmel. Das Kaninchen, das ein blaues Häubchen trug, aus dem oben weiße Blumen herausragten, hockte auf einem Felsen. Sie sahen aus wie Freunde bei einem gemütlichen Picknick.

Ich schlich mich näher und versteckte mich hinter einigen Blaubeersträuchern. Der rundliche graue Esel mit extralangen Wimpern hatte einen braunen Rucksack neben sich. Er steckte den

Kopf in die Tasche und wühlte darin herum. Das Häschen sprang vom Felsen auf die Decke. Ich gaffte die Tiere an.

Der frische Duft von Äpfeln und Blaubeeren regte meinen Appetit an. Ich probierte eine Blaubeere, aber sie war sauer, also spuckte ich sie aus.

Der Esel zog einen leuchtend roten Apfel heraus und biss herzhaft hinein. „Lecker." Er verdrehte die Augen. „Aber ich habe nur noch drei übrig."

Das Kaninchen leckte sein Fell und wackelte mit der Nase. „Du und deine Äpfel. Wirst du nicht müde, sie zu essen?"

Er nahm noch einen Bissen. „Wirst du müde, dich zu putzen?"

„Pah! Warum sollte ich davon müde werden? Ich mag es, reinweiß zu sein."

„So geht es mir mit Äpfeln."

„Du magst sie auch reinweiß?"

Der Esel zuckte mit dem Schwanz. „Nein, das meine ich nicht. Ich meine, ich esse sie gern."

„Wie viele Esel essen Äpfel?"

„Wie viele hast du schon getroffen?"

Das Kaninchen kniff die Augen zusammen. Es hob seine Vorderpfote, als ob es auf etwas hinwies – „Oh, mein Gott, ein winziges Staubkorn." Es widmete sich wieder seinem Putzen.

Der Esel rülpste. „Vielleicht sollte ich den Rest für morgen aufheben." Er inspizierte den Rucksack und zuckte mit den Ohren. „Ich kann nicht warten." Er nahm noch einen und schloss die Augen.

„Cool", sagte ich leise und kicherte vor mich hin – ein fetter Esel und ein albernes, sprechendes Kaninchen.

Das angenehme Geräusch des plätschernden Wassers erreichte mich, und ich geriet unter seinen Bann. Ich hatte die seltsamen Erscheinungen vergessen, als mich aus dem Nichts ein Greif – halb Adler, halb Löwe – wie eine Bombe vom Himmel angriff. Die Kreatur kam bis auf wenige Zentimeter an mein Gesicht heran und stürzte sich auf meine Augen.

„Helft mir!" Ich fiel nach vorn und erwartete, dass sich scharfe Krallen in meinen Rücken oder Kopf bohren würden. Warum hatte ich nur ein Kleid angezogen? Ich vergrub mein Gesicht in meinen Armen und wartete, zusammengekauert wie ein Ball, zu verängstigt, um aufzusehen. Nichts geschah. Als ich hervorlugte, sah ich nichts als einen überraschten Esel und ein erschrockenes Kaninchen, die mich anstarrten.

Ihre neugierigen Blicke verärgerten mich. Sie hätten etwas tun können, um die Kreatur zu verscheuchen. Ich rang nach Worten, während ich versuchte, wieder zu Atem zu kommen.

„Ein seltsam aussehender Vogel hat mich angegriffen. Er kam aus dieser Richtung. Habt ihr ihn gesehen?"

Der Esel schüttelte den Kopf. „Hast du etwas gesehen?"

Das Kaninchen lachte. „Ich habe ein Tier mit zwei Beinen gesehen, das über den Boden rollte und mir einen gehörigen Schrecken einge-jagt hat."

„Pah." Ich starrte das Kaninchen an, das mich beleidigt hatte. „Ihr müsst ihn gesehen haben!", rief ich aus. „Er war groß, und ein Teil von ihm hatte Beine wie ein Tier und – er hätte mir fast die Augen ausgestochen." Ich zeigte auf die Blaubeersträucher, wo eine weiße Taube ihr Gefieder putzte. „Er war direkt vor meinem Gesicht. Da drüben."

Der Esel kaute einen weiteren Apfel zu Ende. „Wer bist du?"

„Wie kommt es, dass ihr sprechen könnt? Esel können nicht sprechen."

Der Esel schlenderte auf mich zu, bis er mein Gesicht fast mit seinen Nüstern berührte.

Ich schlug ihm auf die Nase. „Wie unhöflich." Ich sprang zurück. „Und du bist obendrein ein stinkender Esel."

„Ich stinke nicht", erwiderte der Esel. „Und glücklicherweise tust du das auch nicht."

„Natürlich stinke ich nicht."

„Ich wollte sehen, ob du wie ein Scherge riechst. Außerdem bist du zu hübsch. Du musst eine Prinzessin sein."

Ich wischte mir übers Gesicht, obwohl er mich gar nicht wirklich berührt hatte. „Du musst auf deine Manieren achten."

„I-Ah. Wer ist hier der Besucher, du oder ich?"

Was hatte es für einen Sinn, zu streiten? „Wie auch immer."

„Du riechst nicht wie ein Scherge. Du musst eine Prinzessin sein", beharrte der Esel.

Ich spottete. „Eine Prinzessin? Was weißt du schon über Prinzessinnen?"

„Wenn du mich beleidigen willst, kannst du woanders hingehen."

Ich starrte den Esel an, der sein Bestes zu tun schien, um mich zu ärgern. Ich stampfte mit dem Fuß auf. „Mir hat nicht gefallen, dass du mir so nahegekommen bist – und ich mag es ganz sicher nicht, beschnüffelt zu werden. Das ist beleidigend."

„Ich wollte dich beschnuppern – um zu sehen, ob du diesen Gestank an dir hast."

„Ich stinke nicht."

„Aber die Schergen schon", erwiderte der Esel.

„Wovon redest du?"

Das Kaninchen wackelte mit der Nase. „Du bist nicht so hübsch, wenn du ein finsteres Gesicht machst."

„Was?" Ich berührte mein Gesicht, als ihre Worte einsickerten. Wie könnte ein Kaninchen mich so reizbar machen?

„Ich bin nicht wütend!", schrie ich.

Die beiden wechselten Blicke. „Bist du sicher, dass sie kein verkleideter Scherge ist?", fragte das Kaninchen.

„Ein Scherge? Was ist das? Und wo im Universum bin ich hier?"

Der Esel schüttelte sich – wie ein Hund, der Wasser abschüttelt – reckte den Hals und hielt den Kopf hoch. Er sprach wie ein Redner: „Du bist im Garten des Königs, wo es immer hell und niemals dunkel ist – außer wenn die Schergen sich einschleichen und stehlen, was ihnen nicht gehört. Jenseits des Flusses und des Waldes liegt der Palast des Königs – ein Herrenhaus auf dem Berg, wo du immer willkommen bist. Niemals hat ein Fremder den König besucht."

„Bist du eine Prinzessin?", fragte das Kaninchen.

„Ich bin keine Prinzessin, obwohl ich wünschte, ich wäre eine."

Die leichtgläubigen Kreaturen zeigten eine entwaffnende Unschuld. Wo auf dem Planeten gab es sprechende Tiere? Sicherlich hätte Disney sie entdeckt.

„Was machst du hier?", fragte der Esel.

Meine Wut war verflogen, also erzählte ich ihnen meine seltsame Geschichte und endete mit der schwer fassbaren Hündin. „Sie ist in einem unsichtbaren Eingang verschwunden, und ich kann sie nicht finden."

Die Augen des Esels wurden groß. „Ein Eingang? Ich kam durch ein Tor, das von einem Engel mit einem flammenden Schwert bewacht wurde. Ich hatte Angst, aber der König rief meinen Namen."

„Jemand hat auch meinen Namen gerufen."

„Ich hoffe, du findest deinen Hund, junge Dame. Ich habe noch keinen im Garten gesehen. Wir haben einen braunen Welpen, der manchmal mit Cherios spielt."

„Mein Name ist Shale", korrigierte ich. „Nicht junge Dame."

„Verzeihung, aber du wirkst rechthaberisch für ein Mädchen."

Ich funkelte ihn an. „Sagen Esel nicht so etwas wie I-Ah? Ich würde dich mehr mögen, wenn du ein normaler Esel wärst."

„Ich bin normal. Ich habe einen größeren Wortschatz als I-Ah."

Wie konnte ein starrköpfiger, fetter Esel mit extralangen Wimpern mich so aufregen? „Du bist unhöflich, falls du es nicht wusstest."

Der Esel milderte seine Worte. „Ich hatte einmal einen Freund wie deinen Hund – süß und ganz weiß, damals in der Höhle auf dem großen Anwesen meines früheren Herrn."

„Und ich wette, dein Name ist Baruch, was?", sagte ich sarkastisch.

„Ja, das ist der Name, den mir der König gegeben hat."

Ich schüttelte den Kopf. „Ich gebe zu, du siehst aus wie dieser andere Esel in dem Buch – grau, mit weißem Bauch, und dazu noch ein fetter – sogar die extralangen Wimpern. Natürlich habe ich noch nie einen Esel getroffen. Hieß dein Freund Viel-Furcht?"

Baruchs Augen leuchteten auf. „Woher wusstest du das?"

Das weiße Häschen wackelte mit der Nase. „Woher sagtest du, kommst du? Die meisten Tiere des Königs kommen nicht in unseren Teil des Gartens. Du scheinst viel über die Tiere des Königs zu wissen. "

„Sie ist ein Mädchen", korrigierte Baruch. „Kein Tier."

„Ja, das meine ich. Ein hübsches Mädchen."

Ich machte einen leichten Knicks. All die Ähnlichkeiten mit meinem Lieblingsbuch aus meiner Kindheit erschienen mehr als seltsam – eine absonderliche Geschichte voller Fantasie und Mystik. Ich schüttelte den Kopf – träumte ich? Es musste eine Erklärung geben.

Ich legte meine Hand auf meine Brust. Mein Herz schlug. Ich pustete auf meine Hand, und kühle Luft traf meine Handfläche. Ich war am Leben. Wie konnten all diese seltsamen Dinge geschehen?

Das Kaninchen hüpfte neben mich und hielt eine weiße Blume im Maul. Es hatte sie von seinem Häubchen gezupft.

Ich nahm dem Kaninchen vorsichtig die Blume aus dem Maul. „Ist die für mich?"

„Dein Geschenk", sagte das Kaninchen.

Ich pustete auf die Blüte, und die Blütenblätter, vom Wind getragen, schwebten davon. Ich kraulte es hinter dem Ohr. „Danke."

„Cherios." Es zeigte auf seine weiße, flauschige Brust. „Ich bin ein Gartenhäschen."

Ich tätschelte seinen Kopf, und es gab mir einen Kuss auf die Wange.

Baruch stampfte mit den Hinterbeinen auf. „Warum darf sie dich küssen, und ich darf dir nicht einmal nahekommen?"

„Weil sie ein süßes Kaninchen ist."

Baruch zeigte seine weißen Zähne in einem wichtigtuerischen Lächeln.

„Außerdem bist du ein Männchen – such dir eine Eselin."

Baruch ließ entschuldigend den Kopf hängen. „Ich möchte, dass du mich magst."

„Nun, ich mag dich. Ich bin nur – ich bin in der Stadt aufgewachsen. Ich bin es nicht gewohnt, mit Eseln zusammen zu sein."

Keiner von uns sagte eine Minute lang etwas – wir hatten einen schlechten Start erwischt.

Baruch wechselte das Thema. „Erzähl mir mehr von dem Buch mit dem Esel."

Ich zuckte mit den Schultern. „Eines Tages fand ich es in meinem

Bücherregal. Mutter hat mir nie Bücher gekauft, weil wir kein Geld hatten."

Baruchs schiefe Ohren spitzten sich. „Erzähl weiter."

„Du bist weggelaufen – so ähnlich wie ich – und hast einen mächtigen König getroffen."

„Und –"

Ein aufkommender Hustenanfall kitzelte in meinem Hals. „Ich bin durstig. Können wir etwas Wasser holen? Und dann erzähle ich dir den Rest."

Wir schlängelten uns durch tropische Farne, schattenliebende Pflanzen und Wasser-Eichen, deren Äste von zartem Moos geziert wurden. Der gewundene Pfad öffnete sich zu einer Lichtung, die zu einem Sandstrand an einem leuchtenden Fluss führte. Seerosen trieben in der Mitte, wo träge Schildkröten auf einem Baumstamm eingeschlafen waren, der sich zur anderen Seite erstreckte. Sie plumpsten in den Fluss, als wir uns näherten. Die Wellen breiteten sich bis zum Ufer aus und umspülten den Sandstrand. Ich betrachtete mein Spiegelbild.

„Was ist los?", fragte Baruch.

„Nichts, aber mein Haar ist ein verfilztes Durcheinander." Ich hob die langen Strähnen über meinen Kopf und drehte sie zu einem Knoten. Dann bemerkte ich eine Bewegung im Blätterdach der Bäume. Mehrere Dutzende Krähen hatten sich versammelt – unheimlich, weil es so viele waren. Ihre lauten, irritierenden Krächzer konnte ich nicht ignorieren.

Baruch kniff die Augen zusammen und blinzelte mehrmals mit seinen langen Wimpern. „Die Krähen sind zurückgekehrt."

„Oje, oje." Cherios hüpfte im Kreis herum und rang die Pfoten. „Ich mag es nicht, wenn die Krähen zurückkehren."

Kapitel 6
VERBANNT AUS DEM GARTEN

Was konnte so schlimm an ein paar krächzenden Krähen sein? Und warum trug ich ein Kleid? Ich konnte damit nicht schwimmen, und ich würde es nicht ausziehen. Ich warf einen Blick auf Baruch – einen sprechenden, männlichen Esel. So verlockend, aber nein, ich würde nicht in meiner Unterwäsche schwimmen gehen.

Ich schlüpfte aus meinen Schuhen und hob mein Kleid bis über die Knie. Nachdem ich auf Zehenspitzen zum Wasser gegangen war, trat ich in den kühlen Fluss. Ich watete ein paar Meter hinaus, bevor mir das Wasser bis zu den Knien reichte. Goldene Steine bedeckten den Flussboden und glitzerten in der Sonne – wie ein verzauberter Teich. Ich wollte gerade einen aufheben, aber dann erinnerte ich mich an den Blumenstiel, der sich in eine Schlange verwandelt hatte. Meine Angst kehrte zurück.

Mehr Krähen sammelten sich, aber sie waren still geworden. Dutzende saßen in den Bäumen. „Ist das ihre Krähenkolonie?", fragte ich.

Baruch schüttelte den Kopf. „Wir haben hier nie Krähen – außer, wenn wir von den Schergen überfallen werden."

Ich genoss das Wasser zu sehr, um mir Sorgen um Schergen zu machen. Nach ein paar Minuten stieg ich aus und kletterte auf einen flachen Felsen. Als ich auf dem Bauch lag, ließ ich meine Arme über den Rand des Flusses baumeln. Ein blauer Vogel schoss herauf und tanzte über dem Wasser.

„Der ist so süß", sagte ich, fasziniert von der kleinen geflügelten Kreatur.

„Sie sind schrecklich", sagte Baruch. „Nicht der Vogel, ich meine die Schergen. Meistens haben sie keinen richtigen Körper, sie wandeln ihre Gestalt, obwohl sie großen schwarzen Fledermäusen ähneln. Der beißende Gestank geht ihrem Erscheinen immer voraus. Ich rieche sie, sie kommen jetzt."

„Ich rieche nichts", sagte ich geistesabwesend.

Cherios zuckte nervös, mit einem Ohr zur Seite. „Ich höre das Krächzen wieder."

Was war niedlicher, der Vogel oder das Häschen? Die winzige Kreatur bewegte ihre Flügel wie ein Kolibri, obwohl sie etwas größer war. Nach ein paar Minuten anmutiger Kreise landete der Vogel auf meiner Schulter.

„Ich bin Nevaeh, und du bist eine Tochter des Königs", flüsterte das geflügelte Tier und flog dann davon.

Warum hatte es mir das gesagt?

Ich rutschte nach vorn. Ich formte meine Hände zu einer Schale und schluckte mehrere Züge Wasser.

Die goldenen Steine glitzerten am Boden und warfen einen goldenen Widerschein auf die Wasseroberfläche, aber die Sonnenstrahlen tauchten den Fluss in ein schimmerndes weißes Licht. Ich griff hinunter und hob einen der Goldklumpen auf. Ich drehte ihn sanft in meiner Hand. „Wenn ich es nicht besser wüsste, würde ich sagen, das ist Gold."

„Nimm so viele, wie du willst", sagte Baruch. „Aber beeil dich."

Die Bäume knarrten, als der Wind auffrischte. Über uns kreisten mehr Krähen.

Baruch drehte sich um. „Wir sollten uns besser beeilen, Deckung zu finden. Ich rieche die Schergen."

Ich glitt vom Felsen und versuchte, den Goldklumpen in meine Tasche zu stecken, aber das Ei war im Weg. Ich legte den Stein ins

Gras. Als ich das Ei herauszog, öffnete ich es, um sicherzugehen, dass die Häschen noch da waren.

Cherios hüpfte herüber, um zu schauen. „Oh, die sind so süß. Das muss ein sehr ungewöhnliches Huhn gewesen sein, das dieses Ei gelegt hat."

Ich lachte. „Es ist nicht echt. Ich wünschte nur, die Kaninchen darin wären nicht zerbrochen."

Cherios drängte sich näher an mich heran, um zu sehen. „Ich wusste nicht, dass Hühner Häschen in ihren Eiern haben."

„Nein, das hast du völlig missverstanden. Der Künstler hat das Ei so gestaltet, dass die Häschen hineinpassen."

Cherios sah immer noch verdutzt aus. „Wenn du dich jemals entscheidest, das Ei und die Kaninchen nicht mehr zu wollen, gibst du sie mir dann?"

Ich nickte.

Baruch brachte einen weiteren Goldklumpen im Maul herbei und ließ ihn auf den Boden fallen. „Den kannst du in meinen Rucksack stecken, und vielleicht willst du diese weiße Perle. Dann müssen wir das Gebiet verlassen, denn das ist der Eingang der Schergen zum Garten."

Der Rucksack war zu voll mit Baruchs Äpfeln, also hob ich keine weiteren auf. Was für eine Schande, sie liegenzulassen, wenn sie etwas wert waren.

Wo war ich hier, sprach mit zimperlichen Kaninchen und herrischen Eseln? Ohne mein Wissen wuchs die dunkle Magie. Über dem Fluss schwebend, näherte sich eine unheilvolle Wolke. Als ich mich umdrehte und sie sah, überkam mich Furcht. Ein nebliger Dunst sickerte aus der Erbsensuppe und trat über die Ufer des Flusses. Der Garten zitterte und bebte, und der Nebel breitete sich in allen Richtungen aus.

Bald schlugen Blitze auf dem Boden ein. Die Blitze zersplitterten die Bäume, und Äste fielen um uns herum. Meine Augen brannten von dem beißenden Geruch, und ich packte Baruchs Mähne und bedeckte mein Gesicht. Die um sich greifende Düsternis war wie ein Handschuh, der alles in seinem Weg betastete.

Schatten krochen in die verborgenen Taschen und winzigen Spalten, und huschende Tiere raschelten durch die Blätter. Im Garten wurde es still. Plötzlich machte Baruch einen Bocksprung über eine Felsgruppe und stieß mich nach hinten.

„Warte!", rief ich. Baruch beachtete mich nicht. Ich schrie lauter. „Ich will zurück. Hol meine Schuhe."

Baruch blickte finster. „Hol sie dir selbst."

Ich? Ich flitzte hinüber, um sie zu holen. Als ich Baruchs Rucksack sah, schnappte ich ihn mir zusammen mit der Decke. Ich rannte zurück und warf alles neben das panische Tier.

Cherios keuchte schwer, als sie herüber hüpfte, um aufzuholen. „Baruch, du trittst auf mich!", sagte sie mit schriller Stimme.

„Du bist unter mir", beklagte sich Baruch.

„Ich verstecke mich", sagte sie, als ob unter seinem Bauch ein guter Platz zum Verstecken wäre.

Ich wollte Cherios auf Baruchs Rücken setzen, aber ich musste zuerst die Decke über ihn legen. Ich schlüpfte in meine Schuhe – igitt. Nasser Sand bedeckte sie.

Ich konnte nicht aufhören zu zittern, obwohl ich nicht sicher war, ob es daran lag, dass mir kalt war oder weil ich Angst hatte. Gegen den Wind kämpfend, schaffte ich es, die Decke lange genug auf Baruchs Rücken zu halten, um Cherios daraufzusetzen, aber als ich sie hochheben wollte, konnte ich sie nicht finden. Wo war sie hin?

Der heulende Wind warf weitere Äste zu Boden. Ich kletterte auf Baruchs Rücken. „Bring mich zur Tür, ich will nach Hause."

„Nimm meinen Rucksack", sagte Baruch, „und halt ihn für mich fest."

„Dein Rucksack ist mir egal. Los jetzt."

„Nicht ohne meine Äpfel."

„Wir werden sterben – los!" Der starrköpfige Esel bewegte sich nicht. Ich glitt herunter und schnappte mir die Tasche, die ungewöhnlich schwer schien. „Was hast du denn da drin?"

Baruch stampfte mit den Hinterbeinen auf. „*I-Ah*. Beeil dich."

„Schon gut. Mach' ich ja." Ich band ihm den Rucksack um den Hals und sprang wieder auf. Die nasse Decke war kalt unter mir.

„Fall nicht runter!", rief Baruch.

„Siehst du Cherios irgendwo?" Dann sah ich ihr Häubchen, flachgedrückt im nassen Sand. Mein Herz sank.

Ein ranziger Geruch drehte mir den Magen um, und ich begann, durch den Mund zu atmen. Wir würden es nicht zurückschaffen, wenn wir blieben, um sie zu suchen.

Jedes Lebewesen war verschwunden. Einige waren in den Wald gelaufen – vielleicht kannten sie eine Abkürzung – andere nahmen den Pfad, so wie wir, zum Grashügel.

„Cherios?", rief ich. Vielleicht hatte sie nicht auf uns gewartet.

Baruch raste den Pfad hinauf, während ich kämpfte, um nicht herunterzufallen. Ich war noch nie auf einem Esel geritten, und es war ganz anders als auf einem Pferd. Nicht, dass ich schon einmal auf einem Pferd geritten wäre, außer in einem Ferienlager mit einem Betreuer, der neben mir herging.

Ich blickte zurück und sah die mysteriöse Wolke vom Fluss, die uns folgte – uns aus dem Garten des Königs jagte. Die Masse war dick und undurchdringlich, und sie verhielt sich, als ob sie lebendig wäre. Keine gewöhnliche Wolke, die Verfolgung ließ mich atemlos und verängstigt zurück.

Als wir uns dem Grashügel näherten, erschien die Fluchttür wieder. Ein Wirbel aus sich drehenden, verzerrten Bildern tauchte auf und verschwand wieder. Ich suchte nach Cherios, aber die sich bewegende Wolke kroch näher.

„Baruch, was sollen wir tun?"

Der Esel ignorierte mich. Ich klammerte mich an seinen Rücken, als er in das Portal sprang. Der einst magische Garten verblasste hinter uns. Wir durchquerten Schatten, die von Sternen in einer mondhellen Nacht überstrahlt wurden, und gelangten in einen Garten, der mir unbekannt war, Baruch aber nicht.

Kapitel 7
ÜBERRASCHUNGEN

„Ich kenne diesen Garten", sagte Baruch. „Hierher wurde ich von den Schafen gebracht, als der König mich rief."

Eine hohe Felsmauer umschloss den Garten, und eine Gruppe dichter Olivenbäume vermittelte ein trügerisches Gefühl der Sicherheit. Der Ort war dunkel, bis auf zwei Feuerstellen, in denen neben einem Steineingang ein Feuer loderte. Die sich bewegenden Schatten im Feuer erinnerten mich an die Zeichentrickfiguren an meinen Schlafzimmerwänden – nur dass diese wegen ihrer enormen Größe unheilvoller waren.

„Wo sind wir?", fragte ich. „Außer in einem Olivengarten, der dir bekannt vorkommt?"

„Schhhh. Wenn der Wächter uns entdeckt, sind wir tot."

„Welcher Wächter? Komm schon, mach mir keine Angst." Meine Hände waren kalt, und ich steckte sie unter die Decke, um sie warmzuhalten, aber gegen die Nässe half es nicht viel.

Baruch hob den Kopf und blähte seine Nüstern. „Die Gerüche sind auch vertraut."

„Welche Gerüche?" Ich konnte nichts riechen.

Auf der anderen Seite flackerten Lichter auf einem steilen Hügel, der ins nächste Tal abfiel. Ich wünschte, ich könnte mehr sehen.

Baruch beugte sich vor und streckte den Kopf aus. Seine breite Nase suchte nach vertrauten Düften. „Ich rieche Menschen, Fisch, Gemüse und Wein."

„Menschen?"

„Aus dem Dorf. Es ist nicht weit."

Ich konnte immer noch nichts riechen, aber heulende Wölfe beunruhigten mich. Baruch machte ein paar Schritte nach vorn, um eine bessere Sicht zu bekommen. Raschelnde Blätter schreckten mich auf. Baruch wirbelte im Kreis herum, und zwei wild aussehende Augen, die im Dunkeln leuchteten, traten uns entgegen.

„Bring uns hier raus!", keuchte ich.

Baruch stemmte seine Hufe in den Boden und fletschte die Zähne. „Ich bin kein Pferd." Den Kopf hocherhoben, stieß er ein lautes *I-Ah* aus.

Der Wolf knurrte, krümmte den Schwanz und legte die Ohren an, um ihn herauszufordern.

„Du bringst uns beide noch um", flüsterte ich.

Er knurrte und ging in eine geduckte Haltung, als ob er uns anspringen wollte.

„Baruch, zurück", flehte ich. „Ich will nicht sterben."

„Wenn ich renne, wird er mir das Genick brechen."

Dennoch wich Baruch zurück, zuerst ein paar Zentimeter, dann ein paar Fuß. Der Wolf senkte seinen gekrümmten Schwanz, zeigte aber immer noch seine großen Fangzähne. Das Tier verzog sein Maul zu einem finsteren Lächeln.

„Baruch, lauf jetzt los. Du hast eine Chance."

Ohne Vorwarnung *iahte* Baruch und raste los, brach Äste ab und schlug mir Blätter ins Gesicht. Ich packte ihn an der Mähne. Er riss durch die Bäume und verfing sich mit seinem Rucksack an einem Ast. Ich streckte die Hand aus, um ihn zu retten.

Die Olivenbäume sahen im Mondlicht wie zottelige Geister aus und schwenkten sehnige Fäuste. Ich vergrub mein Gesicht in Baruchs Nacken. Plötzlich geriet er in Panik und rannte ziellos im Kreis herum. Das musste das Ende sein. Ich erinnerte mich an meine Familie und an einen Test, bei dem ich einmal geschummelt hatte. Würde mich jemals jemand finden?

Ein lautes Jaulen durchdrang die dichte Dunkelheit. Baruch blieb stehen. Ich hielt den Atem an, aus Angst, der Wolf würde uns erneut angreifen. Eine plötzliche, ruckartige Bewegung und das Rascheln von Ästen durchbrachen die Stille. In hysterischer Raserei sprang der Wolf aus dem dichten Unterholz, sein langer Körper hob sich als Silhouette im Mondlicht ab. Er jagte uns nicht mehr – er rannte vor etwas weg, aber wovor?

Etwas bewegte sich hinter uns. Das raschelnde Geräusch schnitt mir wie ein Messer ins Herz. Ich erstickte meine Schreie in meiner Hand und kniff die Augen zusammen. Ich war zu verängstigt, um hinzusehen. Was auch immer es war, es verfolgte uns.

Baruch duckte sich hinter einen Olivenbaum, und ich glitt von seinem Rücken. Ich hatte genug. Ein Mann, gekleidet in ein langes, einfarbiges Gewand, schritt vorbei. Im dämmrigen Licht schien er etwas Ähnliches wie eine Schleuder zu halten. Ich wagte nicht, mich zu bewegen, damit er uns nicht sah.

Konnte er der Gärtner oder Nachtwächter sein? Wer auch immer er war, er hatte uns vor dem wilden Wolf gerettet.

Wir warteten noch eine Weile, zu verängstigt, um einen Laut von uns zu geben.

Die Stille wurde von Baruch gebrochen. „Shale."

„Was?"

„Etwas tritt mir in die Seite."

Ich spähte durch die Dunkelheit. „Was hast du gesagt?" Ich ging auf Zehenspitzen auf ihn zu, bereit zu fliehen, wenn mich etwas ansprang. Baruchs rundlicher Körper spiegelte sich im Mondlicht, sein Rucksack hing an seiner Schulter. „Da ist nichts in deiner Nähe. Ich kann nichts sehen."

„Da ist es wieder. Ich habe etwas gespürt."

Ich schob die Äste beiseite und untersuchte seinen hervorstehenden Bauch. „Was gespürt? Hier ist nichts. Du hast Angst, bildest dir Dinge ein."

„Nein, es tut es immer noch. Ich sage dir, ich spüre etwas an meiner Seite. Kommt es aus meinem Rucksack?"

„Dein Rucksack?" Ich blickte auf Baruchs Seite, und mein Herz pochte. „Baruch, da ist etwas Lebendiges in deinem Rucksack. Was hast du da reingetan?"

Baruch schlug wild mit dem Kopf und stampfte mit den Hufen. „Nimm es von mir runter!"

„Nicht so laut." Ich kämpfte im Dunkeln mit der Kordel, riss sie los und warf den Rucksack auf den Boden. Er landete hart mit einem dumpfen Aufschlag. Er beulte sich nach links, rechts, oben und unten aus, bis schließlich der Verschluss aufsprang. Etwas Weißes schoss verschwommen heraus. Erschrocken fiel ich rückwärts in das dornige Gestrüpp, und die stacheligen Zweige hielten mich fest wie eine Spinne.

„Es ist Cherios! Was machst du denn da drin?", rief ich aus.

„Ich habe mich versteckt. Es war zu eng, also habe ich einen Apfel gegessen." Cherios warf den Apfelbutzen auf den Boden. „Äh, wo sind wir? Das ist nicht der Garten des Königs."

Scharfe Dornen bohrten sich in meine Seite. Ich bewegte mich nicht. „Willkommen auf dem Planeten Erde."

Cherios rümpfte die Nase, als ob sie nicht verstand.

„Ernsthaft, wir sind durch ein Tor gegangen, einen Eingang zu einem anderen Ort. Ich weiß nicht, wo wir sind."

Cherios' Augen quollen hervor. „Können wir nicht zurück in den Garten des Königs gehen?"

Baruch zuckte mit dem Schwanz. „Willst du zurückgehen und von diesem dunklen Gestaltwandler verfolgt werden, der uns gejagt hat?"

Cherios hob ihre Pfote und untersuchte sie. „Hier ist es schmutzig. Ich mag diesen Ort nicht."

Im Mondlicht sah Baruch seinen angebissenen Apfel auf dem Boden liegen.

„Du hast tatsächlich meinen Apfel gegessen."

„Er war lecker. Sonst hätte ich nicht in den Rucksack gepasst." Cherios sah Baruch verlegen an. „Bist du böse auf mich?"

Baruch verdrehte die Augen. „Du hast mich zu Tode erschreckt, das ist alles."

„Kannst du uns nicht zurückbringen?", fragte Cherios. „Du hast uns hierhergebracht. Du musst den Weg kennen."

„Ich weiß nicht, wie wir hierhergekommen sind", sagte Baruch.

„Oje, was sollen wir nur tun?"

„Wir gehen nach Hause zurück – in mein Zuhause – sobald es hell genug ist", sagte Baruch.

„Gibt es dort Karotten?"

„Ich nehme an."

Cherios leckte ihre Vorderpfote.

Ich verfing mich im Gestrüpp, und ich konnte mich nicht bewegen, ohne meine Arme und Beine zu zerkratzen. Plötzlich hüpfte Cherios davon.

„Komm wieder her!", schrie ich.

„Nicht so laut", sagte Baruch.

„Hol sie. Ich kann mich in diesen Dornen nicht bewegen. Warum ist sie überhaupt abgehauen?"

Baruch wedelte mit dem Schwanz. „Ich glaube, sie ist in Panik geraten."

„Hol sie und komm zurück. Lass mich nicht hier."

Während Baruch Cherios nachjagte, kletterte ich aus den Disteln und nahm Kratzer an Armen und Beinen in Kauf. Warum gab es so viele Dornen in einem Garten? Und warum trug ich ein Kleid?

Die Nachtluft war kühl, und als der Adrenalinspiegel sank, fror ich. Ich verschränkte die Arme und rieb sie, um Wärme zu erzeugen. Ein paar Minuten später kehrte Baruch zurück und trug Cherios im Maul. Er ließ sie fallen, und ich packte sie am Nackenfell.

„Ist alles in Ordnung mit dir?"

Sie nickte mit großen Augen.

„Du kannst nicht einfach so davonlaufen. Hier ist ein Wolf und ein Nachtwächter. Wir sind nicht mehr im Garten des Königs. Es ist gefährlich. Hörst du?"

Cherios nickte wieder, sagte aber nichts.

„Baruch, wir brauchen einen Plan." Ich nahm ihm die Decke vom

Rücken, setzte Cherios an ihre Stelle und legte die Decke dann über sie.

„Warum hast du das gemacht?", fragte Cherios.

„Damit du nicht weglaufen kannst. Wir wollen nicht, dass du Panikattacken bekommst."

Cherios zappelte unter der Decke, schien sich aber damit abzufinden, sitzenzubleiben. Müdigkeit überkam mich. Der Morgen brach an, und wir hatten nicht geschlafen.

„Ich habe den Eingang da drüben gesehen", sagte Baruch. „Von hier bis zum Anwesen meines Herrn sind es etwa zwei Tage Fußmarsch."

Anwesen? Das klang beeindruckend, obwohl ich keine zwei Tage dorthin laufen wollte. Ich war hungrig, müde und wollte duschen.

Ich zog an meinem schmutzigen Kleid, wo es zerrissen war, und zupfte einen Dorn ab. „Wir brauchen Essen, und ich brauche mehr Kleidung. Wo sollen wir schlafen?"

Baruch stupste seinen Rucksack an, der immer noch auf dem Boden lag. „Sind die Steine da drin?"

„Was? Oh, ja, die goldenen Steine." Ich wühlte im Rucksack, um zu sehen, wie viele wir hatten. „Wir haben einen Apfel, die weiße Perle und einen Goldklumpen." Warum hatte ich nicht mehr mitgenommen? Dutzende bedeckten den Boden des Flusses. Ich fand noch einen in meiner Kleidertasche.

„Baruch, wir könnten diese Perle verkaufen."

„Ja, das versuchen wir im Dorf."

Nach kurzer Zeit fanden wir den Ausgang des Gartens. Wir nahmen die staubige Straße, die davon wegführte und in einem abgelegenen Tal verschwand, bevor sie auf der anderen Seite des Berges wieder anstieg. Feurige Lichtstrahlen ergossen sich am frühen Morgen über die verkrusteten Hügel. Vereinzelt fanden Sagopalmen und niedrig wachsende Pflanzen Wasser und klammerten sich an das felsige Gelände. Schafe und Ziegen wanderten auf einem Feld umher, das von einem jungen Hirten mit einem knöchernen Stab bewacht wurde. Die Straße erstreckte sich endlos in Schlangenkurven und scharfen Windungen entlang der Bergpässe. Ein starker Windstoß blies mir Sand in die Augen.

„Wie lange noch?", fragte Cherios unter der Decke.

Meine ausgetrocknete Kehle und mein knurrender Magen machten mich reizbar. „Ich weiß nicht."

Geier flogen vorbei, als ob sie nach Aas suchten, und eine Herde wilder Kamele wirbelte in der Ferne einen Staubsturm auf. Ich sah zweimal hin. Wo waren wir? Nach mehreren Stunden stieg die Sonne hoch an den Himmel und brannte auf uns nieder. Unser Tempo verlangsamte sich vor Erschöpfung. Wie viele Menschen starben in der Wüste an Wassermangel? Einige Reisende kamen uns auf der Straße entgegen. Wir näherten uns der Zivilisation.

„Wo sind wir?", fragte ich den Esel. Meine Lippen fühlten sich geschwollen an, und mein Hintern war wund vom langen Sitzen auf einem knochigen Tier. Die Männer trugen Togas und sahen ärmer aus als eine Kirchenmaus. Sie stanken auch. Badete hier irgendjemand?

„Wir kommen näher", sagte Baruch. „Alles sieht aus wie früher."

Der kleine Höcker auf Baruchs Rücken wippte auf und ab. „Ich bin es leid, unter dieser Decke gefangen zu sein", jammerte Cherios. „Ich kann nichts sehen. Außerdem ist mir heiß."

„Wir sind fast da. Warte."

Die Sonne streifte den Rand der zerklüfteten Berge in der Ferne, ihre Strahlen tauchten die Wüstenlandschaft in Rosatöne. Ich vermisste mein Zuhause – mein waldgrünes Schlafzimmer, von dem Mutter gesagt hatte, ich könnte es ozeanblau streichen, meine Sammlung von Fantasy-Büchern und meine beste Freundin Rachel. Ich konnte nur an Atlanta denken.

Tief im Inneren hatte ich mich danach gesehnt, wegzulaufen, aber das war nicht das, was ich mir vorgestellt hatte. Wenn ich diesen weißen Hund jemals fände, könnte er mich dann nach Hause führen? Wie sollte mich hier irgendjemand finden? War das Gottes Art, es mir heimzuzahlen – mir einen Vorgeschmack auf den Garten des Königs zu geben und ihn mir dann wegzunehmen, um mich zu bestrafen?

Ich wischte mir mit dem Handrücken den Schweiß von der Stirn, und weitere Tropfen bildeten sich. Meine zerrissene und schmutzige

Kleidung ekelte mich an, aber Cherios' Wehklagen unter der Decke hielt mich davon ab, im Selbstmitleid zu versinken.

„Baruch, lass uns kurz anhalten." Ich hob die Decke von ihrem mürrischen Gesicht. Ihre glänzenden Augen waren traurig.

„Ich gehöre nicht hierher", gestand sie. „Ich hatte nur solche Angst, ich wollte mich verstecken. Oh, was habe ich getan, was habe ich getan?" Sie schluchzte.

Baruchs Ohren standen kerzengerade. „Ich höre Pferde. Wir sollten uns besser verstecken."

Ich senkte die Decke über Cherios, und wir eilten hinter einen großen Felsbrocken. Baruch duckte sich, und ich versteckte mich hinter ihm. Er zitterte heftig. Mein Herz pochte – wenn Baruch Angst hatte, was bedeutete das für uns drei? Die Hufschläge näherten sich. Ich versuchte zu zählen, wie viele Reiter es waren. Als sie näher kamen, verlangsamten sie ihr Tempo.

„Warum halten sie an?", fragte ich Baruch.

„Sei still."

Cherios wimmerte, und ich flüsterte ihr zu: „Sei leise."

„Wessen Stimmen sind das?", fragte sie.

„Seid still, ihr beide!", forderte Baruch. „In der Wildnis geschehen viele Raubüberfälle, also willst du nicht gesehen werden. Auf den offenen Straßen ist es gefährlich."

Kapitel 8
WO BIN ICH

Die Reisenden hielten etwa fünfzig Stadien entfernt auf einer Lichtung neben einer Felswand an. Sie trugen eindrucksvolle Kopfbedeckungen, die ihre Gesichter verdeckten, wie Soldaten sie zu Barbarenzeiten trugen, oder so erinnerte ich mich zumindest an Gladiatoren. Schwerter, die in Scheiden steckten, glänzten im Sonnenlicht.

Als die Männer weit entfernt waren, galoppierten sie durch die Wüste. Jetzt, da sie in unserer Nähe waren, zögerten sie sehr zu meinem Ärger.

Einer der Männer glitt von seinem Pferd und blickte in unsere Richtung. Ich zog mich außer Sichtweite zurück. Baruchs Herz pochte wild gegen meine Wange. Die anderen Reiter schlossen auf und stellten sich neben den ersten Mann. Worauf warteten sie?

Der Erste stieg ab und ging hinter die Felswand. Metallisches Klirren durchdrang die Luft, als seine Rüstung zum Vorschein kam. Ein paar Minuten später erschien er wieder und streckte seinen Rücken.

Der Mann stieg auf sein Pferd, winkte seinen Kameraden zu, und sie ritten davon, wobei sie unserem Versteck für meinen Geschmack zu nahe kamen, aber die galoppierenden Pferde brachten Erleichterung.

Der Staub von den Hufen der Pferde erfüllte die Gegend. Ich begann zu niesen.

„Das muss ein Rekord sein", sagte Baruch.

„Einmal habe ich neunzehnmal geniest."

Baruch verdrehte die Augen.

„Igitt. Ich bin so schmutzig", beklagte sich Cherios.

„Du kannst dich später putzen", versprach ich.

Die Soldaten verschwanden in der Ferne. Dieses Mal waren wir dem Ärger entkommen. Wie hätte ich einen starrköpfigen Esel, ein süßes Häschen und ein vierzehnjähriges ausgerissenes Mädchen erklären sollen?

„Hoffen wir, dass wir nicht noch mehr von diesen Soldaten sehen", sagte Baruch.

Ich hob die Decke von Cherios und tätschelte sie beruhigend. „Bring uns einfach dorthin, wo wir hinwollen, Baruch. Gott sei Dank, weißt du Bescheid."

Niemals hätte ich gedacht, dass ich einem fetten Esel verpflichtet sein würde. Ich streichelte Cherios über den Kopf. „Du hüpfst jetzt nicht runter, wenn ich das hier wegnehme, oder?"

Cherios saß zu einem winzigen Ball zusammengekauert auf Baruchs Rücken.

„Du läufst nicht wieder weg, oder?"

„Nein."

Ich küsste sie auf die Nase.

Wir setzten unseren Weg auf der engen, gewundenen Straße durch korkenzieherartige Bergpässe und eine felsige Wüstenwildnis fort. Vor Einbruch der Dunkelheit erreichten wir ein kleines Dorf. Die verstopften Straßen waren überfüllt mit Reisenden und Händlern. Nostalgie überkam mich, als ich junge Mütter mit Babys im Arm sah. Die Menschenmassen verlangsamten uns, halfen aber auch, meine seltsame Kleidung und meine helle Haut zu verbergen. Schulpflichtige Kinder hüpften mit kaum mehr als einem Blick an uns vorbei. Ich fühlte mich fast wie zu Hause, als ich ihrem freundlichen Geplapper lauschte.

Eine Fülle von Gerüchen – verlockend, abstoßend und ursprünglich – erfüllte die staubige Luft der Straße. Tierdung war am widerlichsten. Ich bemerkte, wie ein junger Mann mich anstarrte. Ich sagte Baruch, er solle weitergehen. Wir kamen zu einem Händler mit einer Waage, ähnlich denen in Lebensmittelgeschäften.

Wir näherten uns dem Händler und sahen zu, wie er einem Mann vor uns drei Silberstücke aushändigte. „Lass uns diesen Tisch ansehen, Baruch."

Der Käufer zählte das Geld und zählte es erneut. „Das ist nicht der richtige Betrag", sagte er. „Ihr betrügt mich."

Der Händler verschränkte die Arme. „Was meint Ihr damit, das ist nicht der richtige Betrag?"

Die verärgerten Stimmen beunruhigten mich. „Vielleicht haben wir woanders mehr Glück." Ich klopfte Baruch auf den Rücken, damit er weiterging.

Viele der Frauen trugen Kopfbedeckungen. Ich könnte meinen Kopf mit der Decke bedecken, aber ich musste Cherios versteckt halten. Ich kraulte sie am Kopf, um sie zu beruhigen.

Wir kamen an mehreren Tischen vorbei, die mit Obst, Brot und Fisch beladen waren. Bald erreichten wir einen Stand mit einer Auswahl an Perlen, Parfüm und teuer aussehendem Stoff in vielen Farben. Eine junge Frau in einem lila Kleid und einem weiß gesäumten Schal begrüßte mich mit einem warmen Lächeln. Ich glitt von Baruch herunter und ging zu ihrer Auslage.

Sie fragte freundlich: „Kann ich Ihnen helfen? Sie sehen wie Besucher aus."

Mein kurzes, geblümtes Kleid mit Spaghettiträgern stach gegen die langen, fließenden Gewänder der Frauen hervor. Ich kicherte. „Ja."

Ich reichte ihr die weiße Perle. „Wie viel gebt Ihr mir dafür?"

Ihre Augen leuchteten auf. „Oh, so wunderschön." Sie untersuchte sie und bewunderte die Perle, bevor sie sie zurückgab. „Ich gebe Euch fünfunddreißig Silberstücke."

Ich war mir nicht sicher, wie viel das war. Ich suchte ein lila Kleid aus. „Wie viel?"

„Fünf Silberstücke."

Obwohl ich geschworen hatte, nie wieder ein Kleid zu tragen, musste ich so aussehen, als gehörte ich hierher.

Die Händlerin lächelte, während sie auf meine Entscheidung wartete.

Ermutigt fragte ich sie: „Gibt es einen Ort, an dem wir übernachten könnten? Ich muss auch meinen Esel unterbringen."

Sie nickte. „Mein Bruder hat ein kleines Gasthaus, die Straße hinauf. Sucht nach Jakobs Herberge."

„Jakobs?"

„Ihr seid fremd hier, nicht wahr?"

Ich nickte.

„Die meisten Fremden übernachten dort, wenn sie kommen, um sich von Dr. Lukas behandeln zu lassen. Das Gasthaus liegt an der Ecke, zwei Stadien östlich der Via Corneli, über den Hügel. Tatsächlich ist er letzte Nacht aus Jerusalem angekommen, hat mir mein Bruder erzählt. Beeilt Euch, bevor alle Zimmer belegt sind."

Bei dem Wort „Jerusalem" erstarrte ich. War ich dort? Wie kam es, dass ich jeden verstehen konnte? Sprachen sie auch Englisch?

„Ist alles in Ordnung?", fragte die Frau.

Ihre Frage holte mich in die Realität zurück. „Ich werde sofort nach dem Gasthaus suchen", versicherte ich ihr. „Danke."

Die Frau überprüfte meinen Kauf noch einmal auf Makel. „Ihr werdet reichlich Hafer und Wasser für euer Tier haben. Sagt ihm, Martha hat Euch geschickt."

„Nochmals, danke. Das weiß ich zu schätzen."

Sie lächelte gnädig und wandte sich einem anderen wartenden Kunden zu.

Ich begann, die Silberstücke zu zählen, und bemerkte eine Krähe, die mich beäugte. Ich zählte weiter – dreißig Stück. Das sollte genug sein, um für eine Übernachtung und Essen zu bezahlen. Ich steckte sie alle in Baruchs Rucksack, bis auf das Letzte.

Ich untersuchte eine der Münzen und war überrascht, das Wort „Caesar" darauf eingraviert zu sehen. Ich drehte die Münze um, und auf der anderen Seite war der Name „Augustus" eingeprägt. Warum sollte ich eine Münze mit dem Namen eines berühmten römischen Kaisers haben?

Die Leute waren dunkelhäutig, wodurch ich herausstach wie ein heller Tupfer. Die meisten Männer hatten dichte Bärte und langes Haar. Die Frauen hatten eher einen olivfarbenen Teint und erinnerten mich an Rachel.

Ich kaufte etwas frisches Obst und süßes Brot.

Wir kamen zu einem blinden Bettler, der eine kleine Schachtel hinhielt. „Erbarme dich meiner, erbarme dich des blinden Mannes."

Die meisten Leute wichen gleichgültig auf die andere Seite aus. Mein Herz drängte mich anzuhalten.

„Warte, Baruch", flüsterte ich. „Lass uns zurückgehen."

Ich glitt vom Esel und legte eine Silbermünze in seine Schachtel.

Er ergriff meine Hand, drückte sie und ließ dann los. „Danke. Mögest du Segen empfangen."

Ich kletterte wieder auf Baruchs Rücken und spornte ihn an, weiterzugehen.

„Kra-kra, Baruch, gut dich zu sehen."

Baruch wieherte, glücklich, seinen alten Freund zu sehen. „Weltkluge Krähe!"

Die sprechende Krähe landete ein paar Meter entfernt auf einem weggeworfenen Krug. „Kra-kra. Ich wusste, du machst einen schrecklichen Fehler, als du gegangen bist, aber du hast nicht auf mich gehört, starrköpfiger Esel, der du bist. Also, bist du zurück, was? Wo bist du gewesen?"

„Ich habe im Garten des Königs gelebt, weit weg von hier."

„Du warst nicht lange genug weg, um weit zu reisen."

Baruchs Augen weiteten sich. „Ich war monatelang weg."

„Nein, das warst du nicht, mein Freund." Weltkluge Krähe flog näher und landete auf einem Holzpfosten.

„Das ist dieselbe Krähe, die mich beim Zählen der Münzen beobachtet hat, Baruch."

„Er ist mein Stallkumpel, Weltkluge Krähe."

„Und wer ist der sprechende Mensch?", fragte die Krähe.

„Ich bin Shale Snyder."

„Und du sprichst mit Tieren?" Er krächzte. „Haben sie dir das im Garten beigebracht?"

„Ja – nun, nein. Ich meine, ich weiß nicht." Ich bemerkte einige Schaulustige, die mich anstarrten. Cherios steckte ihren Kopf unter der Decke hervor. Ich bedeckte sie schnell wieder, aber Weltkluge Krähe sah das Kaninchen und krächzte erneut.

Ich erinnerte mich, warum ich die Krähen an unserem Futterhäuschen im Garten nie gemocht hatte. Sie waren zu nervig. „Wir bleiben heute Nacht hier in der Stadt und treffen uns morgen mit dir." Ich hoffte, er verstand den Hinweis.

Weltkluge Krähe flog davon, aber nicht bevor er einen Fisch von einem nahen Tisch gestohlen hatte. Der Händler wedelte mit den Händen, um ihn zu verscheuchen, während der gestohlene Fisch aus seinem Schnabel baumelte.

„Zum Glück ist er weg", beklagte sich der Händler. „Komm nicht wieder hierher."

Ich folgte Marthas Anweisungen, und wir fanden Jakobs Gasthaus, die Straße hinauf. Nachdem ich Baruch angebunden hatte, ging ich zum vorderen Säulengang. Drei Männer lagen ausgestreckt auf zusammengerollten Matten. Der Kränkste stöhnte mit monotoner Stimme. Er hörte auf, als ich mich näherte. Ein anderer Mann hatte schmerzhaft aussehende Wunden an Armen und Beinen. Käfer umschwirrten seine Wunden, während er nach ihnen schlug. Ich bemerkte nicht, dass ich starrte, bis einer von ihnen meinen Blick erwiderte. Seine leeren Augen verfolgten mich. Ich wandte mich ab. Ein Arzt ging hinüber, um sich um ihn zu kümmern, und versperrte mir den Blick auf den kranken Mann.

Ich betrat das Gasthaus, wo mich ein Bediensteter herzlich begrüßte.

„Seid Ihr Jakob?", fragte ich.

„Nein, aber ich weiß, wo er ist." Er rief über den marmorierten Säulengang. „Jakob, eine junge Dame möchte Euch sehen."

Jakob hörte auf, den Boden zu fegen, und kam herüber. „Braucht Ihr eine Unterkunft für heute Nacht?"

Ich erklärte, wie seine Schwester mich geschickt hatte. Bald kam ein anderer Mann herüber und bot an, Baruch zum Stall zu bringen.

„Ich werde mich gut um Euren Esel kümmern, Ma'am", bot er an.

„Danke, Sir. Könnt Ihr mir sagen, wo ich Karotten bekommen kann?"

„Karotten?", wiederholte er.

„Ja, Sir."

„Ich werde dafür sorgen, dass Ihr frisches Obst und Gemüse erhaltet, Ma'am."

Der Mann sprach mit einem anderen Helfer. „Die junge Dame wünscht Karotten."

Kurze Zeit später brachte mir eine Dienerin eine große Schüssel mit frischem Obst und Gemüse. Ich gab ihr eine Silbermünze, und sie dankte mir und strahlte über das ganze Gesicht.

Als niemand zusah, wickelte ich Cherios in die Falten meines Kleides und nahm sie mit in mein privates Zimmer. Die Unterkünfte waren bescheiden und blitzsauber. Frisch geschnittene Blumen schmückten den Holztisch, und ich hatte sogar einen Stuhl. Drei farbenfrohe, dicke Decken lagen auf dem einfachen Bett. Cherios rollte sich am Ende zusammen. Nachdem ich ihr eine Schüssel mit frischen Karotten hingestellt hatte, nahm sie jede einzelne und knabberte vorsichtig daran.

„An diesen Ort könnte ich mich gewöhnen", rief sie zwischen den Bissen aus.

Ich war überrascht, wie schnell sie sich angepasst hatte, nachdem sie im Garten so panisch gewesen war.

„Das musst du vielleicht – ich habe das Gefühl, wir werden eine Weile hier sein."

Später schlich ich mich hinaus, um nach Baruch zu sehen. Die Abendluft war kühl, und die untergehende Sonne tauchte mein Gasthauszimmer in Grautöne. Ich musste mich daran gewöhnen, keinen Strom zu haben. Ich begrüßte die Kühle, nachdem es mir vorher so heiß gewesen war.

Baruch schlief bereits in seiner Box und öffnete ein schläfriges Auge weit genug, um mich wahrzunehmen, bevor er wieder eindöste. Ich tätschelte ihn zwischen den Ohren und ging zurück zu meiner Unterkunft.

Als ich über die Abkürzung zwischen Stall und Gasthaus tapste, verriet ein raschelndes Geräusch eine Bewegung im hohen Gras. Die Grashalme wogten wie ein Stadion voller Fans, die auf und ab sprangen. Ich war zu müde, um es jetzt zu untersuchen, aber meine Erinnerung würde es später wachrufen.

Später, in meinem Zimmer, nachdem ich Brot und Trauben gegessen hatte, goss ich etwas Wein in einen Becher. Hier tranken alle, also warum nicht? Ich hatte ihn noch nie gekostet. Ich nahm ein paar Schlucke und würgte. Igitt. Ich starrte in meinen Becher und überlegte, ob ich noch mehr wollte.

„Magst du dein Getränk nicht?", fragte Cherios.

„Nicht besonders." Ich schüttete den Wein weg und trank etwas Wasser, um den Nachgeschmack loszuwerden. Bald wurden meine Augen schwer, obwohl ich nicht einschlafen wollte. Ich hatte zu viele Dinge, über die ich nachdenken musste, aber ich erlag den dicken Decken, die über mir lagen, und fiel in einen tiefen Schlaf.

━━

Ich lag am Strand und lauschte dem Meer, als ich in den Himmel blickte. Ein Loch bildete sich mitten in den Wolken. Die Wolken um das Loch herum formten sich zu magischen Gestalten. Die Erste war ein Kaninchen. Die Zweite war ein Engel. Die Dritte schien ein Esel zu sein. Sie glitten über den Himmel und verblassten, und das Loch verschwand allmählich.

Dann erschien eine Frau mit strengen Zügen – einer spitzen Nase, einem langen Gesicht, hohen Wangenknochen und einem schiefen Hals. Anders als die anderen starrte sie mich von den Wolken herab an. Sie kannte mich, aber ich kannte sie nicht. Ich wollte, dass sie verschwand, aber sie tat es nicht. Gefangen in meinem Traum, erwachte ich.

Ich setzte mich auf, beunruhigt. Das Licht des Mondes filterte durch das Fenster und warf Schatten über das Bett. Cherios schlief fest. Schattenhafte Zeichentrickfiguren kletterten die Wände empor. Ich konnte die wolkenförmige Frau nicht aus meinem Kopf bekommen. Wer war sie?

Kapitel 9
DIE FRAU IN DEN WOLKEN

Am nächsten Morgen weckte mich ein nervtötender Hahn. Wie oft musste er „Kikeriki" krähen? Ich schob den seltsamen Traum beiseite, da ich nicht wollte, dass Angst meine ohnehin schon sorgenvollen Gedanken überschattete. Ich schlüpfte in mein neues Kleid, wusch mein Gesicht und kämmte mein Haar so gut es ging. Wasser wirkt Wunder, wenn man keine Bürste hat. Eine köstliche Auswahl an frischem Obst und Brot füllte meinen Magen.

Ich wollte aufbrechen, bevor die Sonne unerträglich wurde und ich zu viel Zeit zum Nachdenken hatte. Als ich den Stall betrat, saß Weltkluge Krähe auf einem Holzbalken im Gebälk. Gepflegt und gefüttert sah Baruch gut aus, was eine gute Sache war, da ich keine Ahnung hatte, wie man sich um einen Esel kümmert.

Nachdem ich dem Mann eine Silbermünze als Trinkgeld gegeben hatte, kletterte ich auf Baruchs Rücken und versteckte Cherios in den Falten meines Kleides. Wie bequem es mir geworden war, auf einem Esel zu reiten. Sogar Cherios war glücklich, nachdem sie zwei Mahlzeiten mit frischen Karotten und Grünzeug gegessen hatte.

Die gewundene Straße führte einen steilen Berg hinab in ein anderes Tal und dann wieder einen anderen Berg hinauf. Wenigstens ritt ich, aber mein Hintern war wund vom Sitzen auf dem Esel. Meine

Schmerzen lenkten mich davon ab, mir so viele Sorgen darüber zu machen, wo ich war oder wie ich nach Hause kommen würde. Ich konnte nur an eine Sache gleichzeitig denken, obwohl meine Gedanken immer wieder zu dem Hund zurückkehrten. Was war mit ihm passiert?

Als die Mittagszeit nahte, verkündete Baruch: „Wir sind fast da."

Was würde passieren, wenn wir ankamen? Wie würde ich mich vorstellen?

Weltkluge Krähe war vorausgeflogen. In geringer Entfernung lehnte sich ein mit Stuck verputztes Steinhaus an die Seite eines Hügels mit einer Höhle im Hintergrund. Das Gebäude war drei Stockwerke hoch, wenn man das Dach als dritten Stock zählte, mit Steintreppen an der Außenseite. Um das Haus herum befand sich ein großes offenes Feld, auf dem Schafe und Ziegen grasten.

Ich wünschte, ich wäre nie von zu Hause weggegangen. „Baruch, was wird dein Herr sagen, wenn ich vor seiner Haustür auftauche?"

„Oh, daran habe ich nicht gedacht. Lass ihn nicht wissen, dass du mit mir sprechen kannst."

Als ob ich es ihm erzählen würde. Ich deckte Cherios auf und tätschelte ihr den Kopf. Sie schmiegte sich an mich, während sie die Luft beschnupperte.

Wir betraten einen Innenhof, der von früh blühenden Frühlingsblumen umgeben war. Baruch hielt vor einer kleinen Gruppe von Palmen an.

Ein gut aussehender junger Mann mit lockigem schwarzem Haar, gebräunter Haut und breiten Schultern näherte sich. Seine tief liegenden Augen schienen zu intelligent für diesen Ort. „Ich nehme Euch Euren Esel ab", bot er an.

Er hob mich von Baruch herunter und setzte mich auf den Boden. „Ich hoffe, Ihr hattet eine angenehme Reise", fügte er hinzu.

„Ja." Meine Beine waren wackelig, nachdem ich so lange auf dem Tier gesessen hatte.

Der junge Mann musterte mich mit großem Interesse. „Euer Vater hat Euch erwartet."

„Was? Was habt Ihr gesagt?"

Er hielt inne. „Ihr seid von weit her gereist?"

„Ja. Aber was habt Ihr über meinen Vater gesagt?"

Eine dünne Frau mit langem Gesicht unterbrach unser Gespräch. Ihre Nase sah aus wie eine Bleistiftspitze. Ich wäre beinahe in Ohnmacht gefallen, als sich die Wolkenfrau mit einem gezwungenen Lächeln näherte.

„Wie geht es dir, Shale? Dein Vater erwartet dich. Er wird bald aus Jerusalem zurückkehren. Ich bin seine Frau, Scylla."

Sie streckte ihre Hand aus.

Ich erwiderte die Geste. „Freut mich, Euch kennenzulernen", stammelte ich. Mein Vater? Ich war mir nicht sicher, ob ich Fragen stellen sollte. War das eine Art ausgeklügelter Streich?

Sie blickte zu Baruch. „Wir haben Baruch vermisst. Schön, dass er zurück ist." Ihr Blick kehrte zu mir zurück. „Du benötigtest ein Transportmittel, sagte dein Vater." Ihre Augen wanderten über meinen Körper, als hätte ich Schmuggelware bei mir. „Wenn du deine Tasche nicht brauchst, kann mein Diener sie dir abnehmen."

Ich blickte zu dem jungen Mann und dann zurück zu meiner angeblichen Stiefmutter. Warum hatte ich nicht mehr Fragen über meinen Vater gestellt?

Ich würde viel lieber mit dem gut aussehenden Typen reden. „Das ist Cherios. Könnt Ihr Euch auch um sie kümmern, Sir?"

„Ja, Ma'am", sagte der Diener. „Ich nehme das Kaninchen und den Esel und gebe ihnen Futter und Wasser. Kann ich Eure Tasche nehmen?"

„Tasche? Oh, ja. Der Rucksack – äh, den möchte ich behalten. Danke."

Ich tätschelte Baruch auf die Nase. „Bis gleich, und du auch, Cherios." Ich rieb dem Kaninchen über den Kopf. „Hier ist ihre Decke, wenn Ihr die auch nehmen würdet."

„Ja, Ma'am." Der junge Mann nahm Cherios unter den Arm und führte Baruch zur Rückseite des wohlhabenden Anwesens. Ich sah ihnen nach, bis sie verschwanden.

Vor der Frau meines Vaters zu stehen, erschien mir sehr seltsam. Ich hatte mir diesen Tag vorgestellt – aber erst in ferner Zukunft. Sie stand wie eine Statue da, die Hände in ihren beiden Vordertaschen vergraben. Ihr steinernes Gesicht machte mich unruhig.

„Folge mir", sagte sie.

Vielleicht könnte ich mitten in der Nacht weglaufen. Hatten sie einen Esel geschickt, um mich zu holen? Wie könnte das sein? Ich jagte einem Hund nach und traf zufällig unterwegs einen Esel.

Die Tür öffnete sich zu einem aufwendig gestalteten Lehmhaus. Verwobenes Schilf bedeckte das Flachdach. Vom Hauptraum gingen drei kleine angrenzende Zimmer ab. Kunstvolle Teppiche bedeckten die Holzböden, und die aus Stein gehauenen Wände erinnerten mich an schicke Kamine zu Hause. Holzbalken stützten die Wände, und eine steinerne Außentreppe führte in den zweiten Stock.

Luxuriöse Unterkünfte waren sehr unterschiedlich, aber nach amerikanischen Maßstäben war dies ziemlich karg. Bald brachte eine Dienerin eine Schüssel Wasser und wusch mir die Füße.

Scyllas eisige Augen machten mich unruhig. Ich tat so, als bemerkte ich nicht, wie sehr sie mich nicht mochte.

„Woher hast du dein Kleid?"

„Ich habe es gekauft."

„Oh, du hast also Geld?"

Ich nickte.

„Erzähl mir von deiner Reise."

„Was wollt Ihr wissen?"

„In welcher Klasse bist du?"

„Neunte."

„Kommst du nicht mit deiner Mutter und deinem Stiefvater aus?"

Was ging sie das an? Ich ignorierte ihre Frage. „Wann wird mein Vater hier sein?"

„Bald."

Nicht bald genug. Was hatte meine Mutter ihr über mich erzählt?

Scylla fuhr fort: „Deine Mutter hat uns nicht gesagt, wann du ankommen würdest. Dein Vater ist ein hochrangiger römischer Würdenträger und hatte wichtige Geschäfte, die nicht warten konnten. Theophilus hat ihn für ein paar Tage nach Jerusalem zurückgerufen. Er wird morgen hier sein."

„Morgen?"

„Oder übermorgen."

Nach einer peinlichen Stille fragte ich: „Woher wusstet Ihr, dass ich komme?"

„Ein Bote kam letzte Woche mit einem Brief. Es war nicht meine Entscheidung, dich bleiben zu lassen. Es war die deines Vaters." Ihre schmalen Lippen verzogen sich zu einem gezwungenen Lächeln.

„Verstehe."

„Du hast deinen Vater nie getroffen?"

„Nein. Er ging, als ich ein Baby war."

„Das sagt deine Mutter. Willst du die Geschichte wissen?"

„Was?"

„Sie ist mit dir abgehauen. Das Gesetz war hinter ihr her, aus Gründen, die du nicht verstehen würdest – ernste Angelegenheiten bezüglich deiner Zukunft und einer arrangierten Ehe, die sie nicht einhalten wollte."

Ich bezweifelte ihre Aussage. „Mutter hat mir nie etwas Derartiges erzählt."

Ihr Verhalten wurde weicher. „Du musst müde sein und dich ausruhen müssen." Als sie zur Tür schlenderte, hielt sie inne. „Mach mir keinen Ärger. Dein Vater hat mich mit deiner Aufsicht betraut. Ich werde dir vertrauen, bis du mir Anlass gibst, anders zu denken." Dann verschwand sie in einem angrenzenden Zimmer.

Was sollte das bedeuten? Die Stimme einer freundlicheren Frau unterbrach meine Grübeleien.

„Komm her", sagte sie, „und setz dich an den Tisch." Die junge Frau brachte ein Tablett mit Essen – Fisch, Oliven, Granatäpfel und Brot. Mein Herz dachte über alles nach, während ich knabberte. Ich war nicht hungrig.

Sie lächelte. „Mein Name ist Mari."

„Freut mich, Euch kennenzulernen", murmelte ich. Mir war nicht danach, freundlich zu sein.

„Kann ich Euch jetzt auf Euer Zimmer bringen?"

„Sicher."

Wir gingen nach draußen, und sie begleitete mich die Stufen

hinauf. Der gut aussehende Mann, der mir bei meiner Ankunft Baruch und Cherios abgenommen hatte, war auf dem Feld. „Wie heißt dieser Mann?"

„Daniel. Er kam vor ein paar Monaten, um bei Nathan zu helfen. Sehr freundlich, schlau wie ein Fuchs, aber – ich sollte nicht sagen."

Ich blickte zurück zu Mari. „Solltet nicht was sagen?"

Maris Augen sahen traurig aus. „Ich kann ihn mir nicht zu nahekommen lassen. Er wüsste zu viel." Dann lächelte sie, als ob ich verstehen sollte, was sie meinte, oder als ob sie annahm, ich wüsste mehr, als ich tat. Ich zuckte mit den Schultern über ihre Bemerkung und rief Daniel zu, wobei ich mit der Hand winkte. „Danke, dass Ihr Euch um meine Tiere kümmert."

Er machte eine leichte Verbeugung und nickte. „Ja, Ma'am."

Nachdem Mari gegangen war, spähte ich aus dem winzigen Fenster, das auf die sanften grünen Hügel blickte. Schafe grasten auf der Weide. In geringer Entfernung öffnete sich eine Tür in den felsigen Hügel, wo die Tiere in einer kleinen Höhle waren. Ich würde bald nach Cherios und Baruch sehen.

Ich trat vom Fenster zurück und betrachtete meine neue Umgebung. Ein Bett stand in der Ecke mit einem kleinen Holztisch daneben, ähnlich wie mein Zimmer in Jakobs Gasthaus. Ein hölzerner Schminktisch stand an der gegenüberliegenden Wand mit einigen weiblichen Toilettenartikeln – Parfüm, Puder und eine Art Make-up. Zwei kleine, mehrfarbige Teppiche bedeckten den Holzboden. Viel mehr gab es nicht. Ich würde zumindest Spaß daran haben, das Make-up auszuprobieren.

Ich legte mich für, wie ich dachte, nur ein paar Minuten hin – ich wollte sehen, wie bequem das Bett war – aber ich schlief ein. Ein vertrautes Bellen weckte mich ein paar Stunden später.

Kapitel 10
DIE BEGEGNUNG

Wo war ich? Benommen und orientierungslos drehte und wandte ich mich, um mich wachzurütteln. Als ich mich erinnerte, stand ich auf und rannte zum Fenster. Die Sonne war am Himmel gesunken, und die Schatten der Bäume waren lang. Die Nacht nahte.

Dann sah ich ihn, traumgleich – den weißen Hund. Seine Augen tanzten, und sein kleiner Körper tänzelte in der Hoffnung, mich endlich zu sehen.

„Schlafmütze, wach auf", forderte er, „und komm sofort hier runter. Ich bin durch das Universum gereist, um dich hierherzubringen, und ich werde nicht länger warten."

Ich stieß die Tür auf und rannte hinaus. Ich sah den weißen Hund, bevor alles schwarz wurde. Ich kniff die Augen zusammen. Fifi lag reglos am Fuß der Treppe. Ich würgte gegen die Steinmauer und umklammerte meinen Magen, als ob ich umkippen würde.

Als ich meine Augen wieder öffnete, tänzelte der weiße Hund herum, als hätte er „Best in Show" im Madison Square Garden gewonnen. Er sprang die Treppe hinauf und rannte mir in die Arme.

Ich kraulte sein Ohr, während er sich auf meinem Schoß wand. „Du läufst dieses Mal nicht weg, oder? Kannst du auch sprechen, oder war das meine Einbildung?"

„Alle Tiere sprechen. Die meisten Menschen haben nicht die Gabe zu verstehen, was wir sagen."

„Wie habe ich die Gabe erhalten?"

„Der König ist der Geber."

„Der König?"

„Die Schafe haben mich zu dir geschickt", sagte der weiße Hund.

Ich tätschelte ihm den Kopf. „So viele unerklärliche Dinge gehen auf diese Kindergeschichte zurück."

Der Hund streckte sich und legte den Kopf schief, sichtlich die Streicheleinheit genießend.

Ich lachte. „Ist dein Name Viel-Furcht?"

„Ich hatte immer Angst, bis der König mich heilte."

Ich wollte ihn lange fest im Arm halten. Der weiße Hund schmiegte seinen Kopf in meinen Schoß, und je mehr ich sein Ohr kraulte, desto mehr wärmte seine Zuneigung mein Herz.

„Wusstest du, dass Dog rückwärts gelesen God ergibt?", fragte der weiße Hund.

„Nein. Woher wusstest du das?"

„Der König hat es mir gesagt."

„Ich wünschte, ich könnte ihn eines Tages treffen."

„Das wirst du."

„Erzähl mir mehr über diesen König."

„Er ist vollkommen."

„Dann sollte ich mich besser von ihm fernhalten."

Der weiße Hund schüttelte den Kopf. „Nein, das hast du missverstanden. Der König weiß, dass du nicht vollkommen bist – aber da er dich erschaffen hat, weiß er alles über dich."

„Mich erschaffen? Das haben meine Eltern getan. Egal – vielleicht adoptiert mich der König und macht mich zu einer Prinzessin, und ich muss nicht einmal einen Frosch küssen."

„Du unterschätzt die Macht des Königs", erwiderte der weiße Hund.

„Was ist mit dir? Ich bin deinetwegen hier. Wo sind wir?"

„Wir sind dort, wohin der König dich gebracht hat."

„Mich gebracht?" Ich beäugte den Hund skeptisch. „Also hat der

König dich zu mir geschickt, um mich hierherzubringen, und er will mich zu seiner Tochter machen, aber ich kenne meinen Vater noch nicht. Klingt wie eine Geschichte, die ich eines Tages schreiben könnte, und man würde mich nicht des Plagiats beschuldigen – sie ist zu fantastisch." Ich lachte. „Ich habe gerade ein Wort erfunden."

„Der König liebt magische Geschichten."

„Vielleicht habe ich das Glück, eine zu hören." Ich sah auf die Pfote des Hundes. „Warum humpelst du?"

„Das tue ich nicht."

„Ich habe dich damals bei der Wohnung humpeln sehen – zweimal. "

„Ich habe dich nachgeahmt."

„Was bist du, eine Art Psychiater?" Ich hatte Dr. Silverstein fast vergessen.

„Wie hast du dir den Fuß verletzt?", fragte der Hund.

Ich versteifte mich, als meine Freude wich. „Er ist jetzt verheilt."

Der Hund wechselte das Thema, bevor ich log. „Komm. Lass mich dir den Stall zeigen."

„Ich werde dich Viel-Furcht nennen. Du erinnerst mich an den Hund aus meiner Lieblingskindergeschichte."

„Was uns Rose heißt, wie es auch hieße, würde lieblich duften."

„Ein Hund, der Shakespeare kennt." Ich lachte. Ein König der Geschichten und Zufälle? In Gedanken versunken betrat ich den Stall. Die Höhle war geräumig und trocken für ein Gehege voller Esel, Schweine, Ziegen und Schafe und sogar einiger Tiere, die nicht eingeladen waren. Zwei Mäuse huschten unter dem Tisch hindurch. Baruch knabberte an Hafer, als ich zu seiner Box ging. „Ich bin so froh, dich zu sehen – in so kurzer Zeit bist du mein Lieblingsesel geworden."

„Und wie viele Esel hast du jemals getroffen?"

Ich hob meine Finger und zählte – einen.

Wir lachten beide.

„Ich bin auch froh, dich zu sehen, Miss Shale."

Ich grinste. „Wie geht es Daniel?"

Baruchs Augen strahlten. „Wir haben reichlich Hafer, frisches Wasser und eine saubere Box. Daniel ist freundlich. Anders."

Die Art, wie Baruch es sagte, erinnerte mich an Maris Worte.

Cherios hüpfte auf den Sims und wippte auf und ab. „Ich habe viele Karotten und Gemüse."

Viel-Furcht bellte aufgeregt. „Komm, triff Lowly." Viel-Furcht führte mich zu seiner Box. Ein süßes kleines Schwein wedelte mit seinem kurzen Schwanz, als es sich verbeugte. „D-danke, dass du Baruch zu uns zurückgebracht hast."

„Gern geschehen." Ich untersuchte die steinernen Wände und die hohe Decke. Die anderen Tiere im Stall nickten mir zu, blieben aber still – bis auf den feurigen Esel in der hinteren Box. Er war ein großer, rothaariger Esel mit einem streitsüchtigen Wesen. Er schlug mit dem Hintern gegen die Wand, grummelte und trat mit den Hufen gegen den Türrahmen.

„Was ist mit ihm los?", fragte ich.

Baruch ruckte mit dem Kopf nach hinten und wieherte. „Daniel hat mir seine Box gegeben und ihn in diese gesteckt. Er mochte es nicht, umquartiert zu werden."

Ich musterte den verärgerten Esel, als er mir ein sarkastisches Lächeln schenkte. Ich beugte mich vor und flüsterte Baruch ins Ohr. „Halte dich von diesem Rohling fern, okay? Er ist mir unheimlich."

Kapitel 11
DIE STILLE DES SCHICKSALS

Später an diesem Abend, beim Essen, stellte Scylla mich dem Rest der Familie vor – Nathan, der stumm war, von der zweiten Frau meines Vaters (er war bei seiner vierten); Mari, die Haushälterin; und ein paar Sklaven, deren Namen ich nicht aussprechen konnte. Das Gespräch drehte sich um Regierungsangelegenheiten, für die ich kein Interesse hatte. Als sie meinen Vater erwähnten, spitzte ich die Ohren, aber meistens betraf es seine Arbeit in der Provinz. Ich verstand weiterhin nicht, was er tat, außer dass er den Frieden aufrechterhielt.

Ich bemerkte mehrmals während des Essens, wie Nathan mich anstarrte. Ich blickte verlegen weg. Wie knüpft man eine Verbindung zu einer Person, die nicht sprechen kann? Es war schwer zu glauben, dass er mein Halbbruder war.

„Hat er jemals etwas gesagt?", fragte ich.

Scylla schüttelte den Kopf. „Wenn Nathan unruhig wird, schicken wir nach Daniel, und er beruhigt Nathan."

Wie wäre es, nicht sprechen zu können? Der arme Junge hatte glattes braunes Haar und grüne Augen, wie ich, war aber viel kräftiger gebaut und ein wenig zu rundlich. Im Gegensatz dazu nahm ich kaum ein Pfund zu. Nathan war zwei Jahre jünger. Ein sanftes Gemüt verlieh ihm eine kindliche Unschuld.

Scylla beendete den Abend damit, mir zu sagen, dass ich zum Unterhalt des Haushalts beitragen müsse, wenn ich vorhätte, bei ihnen zu bleiben. Sie würden mich so bald wie möglich in der Schule anmelden. Ich hätte wissen sollen, dass ich dem nicht entkommen konnte.

„Siehst du den Brunnen in der Ferne?"

Ich nickte.

„Du wirst als Erstes am Morgen den Eimer füllen müssen."

„Okay."

Scyllas Augen verengten sich. „Du hast nicht viel Hausarbeit erledigt, oder?"

„Wie kommt Ihr darauf?"

Sie ergriff meine Hand und strich darüber. „Du hast weiche Hände.
"

Ich riss sie von ihr weg. „Ich habe meine Aufgaben", fauchte ich.

„Gut. Wir werden sehen, was für eine gute Arbeiterin du bist." Scylla ging hinüber, nahm einen Becher, goss etwas Wein ein und ging in ihre Privatgemächer, wobei sie hinter einer geschlossenen Tür verschwand. Es musste mein Glück sein, einen Vater mit so schlechtem Geschmack bei Frauen zu haben. Ich schüttelte angewidert den Kopf. „Danke für das köstliche Essen, Mari."

Sie lächelte zurück.

Nachdem ich Nathan gute Nacht gesagt hatte, kletterte ich die Treppe an der Außenseite des Hauses hinauf. Die Sterne leuchteten hell, und ich suchte nach dem Großen Wagen. Wo waren diese vier Lichter?

Eine Brise wehte, die mich abkühlte und meine sprudelnden Gedanken verlangsamte. Die sanfte Luft hob meine Stimmung und flüsterte meinem zermarterten Hirn süße Schlaflieder zu. Hielten sie das Geheimnis meiner Zukunft bereit?

Eine Eule sandte Liebesbotschaften über die Hügel. „Hu-hu-hu-hu.
"

Keine iPhones, keine Computer, keine Autos, kein iTunes, keine Internetverbindung und keine Fernseher. Morgen hoffte ich auf Antworten.

Kapitel 12
SHALE UND DER JUNGE MANN AM BRUNNEN

„Piit-za, piit-za." Ich war überrascht, einen Fliegenschnäpper hoch oben in den Bäumen zu hören. Sein vertrauter Ruf beruhigte mich; manche Dinge änderten sich nicht. Ich nahm den Eimer, der an dem Holzpfosten hing, und ging den steinigen Pfad zum Brunnen hinunter. Die Sonne stand hell am Himmel und warf scharfe Strahlen auf die sanften Hügel. Tautropfen glitzerten auf den Grashalmen. Eine kühle Brise wehte und ließ mein langes Haar gegen meine Schultern und in mein Gesicht flattern.

Ich stellte den leeren Eimer ab und bemerkte einen müden Mann, der auf einem Baumstumpf saß. Ein Schal hing ihm übers Gesicht und bedeckte seine Augen. Ein Esel stand neben ihm. Ich sah zweimal hin – das Tier sah aus wie dieser rote Rohling gestern in der Höhle.

„Könnt Ihr etwas Wasser für meinen Esel schöpfen?", fragte der Mann. Er blickte nie auf, sondern saß vornüber gebeugt. Er war jung, vielleicht ein Teenager. Er musste schon im Morgengrauen aufgestanden sein, um so müde zu sein.

Ich griff nach dem Seil, hakte es am Eimer ein und ließ den Eimer dann hinunter. Nachdem ich ihn gefüllt hatte, schleppte ich das Wasser hinüber und achtete darauf, nichts zu verschütten. Er war ziemlich schwer zu tragen. Ich wusste nicht, dass Wasserholen so anstrengend sein konnte.

Als ich mich dem jungen Mann näherte, senkte er seinen Schal und lächelte. Entsetzt ließ ich den Eimer fallen. Das Wasser schwappte heraus und erschreckte den Esel. Er rannte panisch davon. Das verschüttete Wasser durchnässte den Jungen und breitete sich in einer Pfütze auf dem Boden aus.

„Warum hast du das getan?" Der bekannte Mann wischte sich das Wasser von den Armen.

Ich stand wie erstarrt da, als hätte man mich mit einem Elektroschocker getroffen. Wie konnte er hier sein? Erinnerungen überfielen mich – der Fluch, den er vor zwei Jahren über mich verhängt hatte, der Angriff im Flur, wie er mich mit dem Wurm gedemütigt hatte, und all die Dinge, zu zahlreich, um sie zu erwähnen. Er hatte mein Leben zur Hölle gemacht. Ich hasste ihn. Wie konnte er es wagen, mir hierherzufolgen! Ich begann zu hyperventilieren und tastete mich mit den Händen hinter mir entlang.

„Komm mir nicht zu nahe, sonst bringe ich dich um."

Er blinzelte zweimal und lachte. „Du mich umbringen?"

Ich wich weiter zurück. „Was machst du hier?"

„Ich wohne hier."

„Du Lügner." Jetzt wusste ich, dass Judd verrückt war.

„Du bist nach all den Jahren zurückgekommen. Deine Mutter ist ehrenhafter, als ich dachte."

„Wovon redest du?" Ich wich weiter zurück, bis ich eine Person hinter mir spürte. Überrascht – ich erinnerte mich nicht, jemanden in der Nähe gesehen zu haben – drehte ich mich um. „Daniel."

Er beäugte uns beide. „Was ist hier los?"

Judd stand auf, zog den Schal über den Kopf und murmelte ein paar unverständliche Worte. Dann rannte er seinem Esel hinterher.

Ich suchte ungläubig sein Gesicht ab. „Wo kommst du her?"

„Ich erkläre es später, wenn ich dich besser kenne."

„Was soll das bedeuten?"

Daniels Blick wanderte zu der fliehenden Gestalt.

„Warum hast du solche Angst vor ihm?"

„Was meinst du?“

„Was hat er dir angetan?“

Die Direktheit der Frage erschreckte mich. „Ich will nicht darüber reden, aber danke, dass du gekommen bist.“

Daniel nahm meinen Wassereimer und füllte ihn. „Komm, lass uns gehen. Wir reden später darüber, wenn du ruhiger bist.“

Wir gingen schweigend zum Haus zurück.

Konnte ich Daniel vertrauen? Etwas Geheimnisvolles an ihm weckte meine Neugier, aber ich konnte es nicht genau einordnen.

„Nachdem du gefrühstückt hast, such mich in der Höhle auf“, sagte er, „wenn du reden willst.“

Ich stand im hinteren Säulengang und sah ihm nach, wie

Kapitel 13
MERKWÜRDIGER ZUFALL

Nach dem Frühstück saß ich auf einem behauenen Baumstamm im hinteren Säulengang. Die Luft war trocken, was meine Augen brennen und meine Nase jucken ließ. Ein ausgewachsenes Selbstmitleidsfest ergriff mich. Würde ich hier jemals Mahlzeiten genießen können?

Mein fast schon jugendlicher Halbbruder hatte die nervtötende Angewohnheit, beim Essen peinliche, unverständliche Laute von sich zu geben, und meine Stiefmutter drückte mir eine lange Liste mit Hausarbeiten in die Hand. Ich half gerne aus, aber ich wollte nicht wie eine Sklavin behandelt werden. Ich hob einen Stein auf und ließ ihn über den Boden hüpfen, beobachtete, wie er unter halb verdorrtem Unkraut verschwand. Vielleicht sollte ich gehen, nur dass ich meinen Vater treffen wollte.

„*Kra-kra.* Was bedrückt dich denn?"

Ich blickte auf und entdeckte Weltkluge Krähe, die mich von einer Palme ein paar Meter entfernt beäugte. Er flog herüber und landete neben mir. Seine dunkelblauen Federn glänzten im grellen Sonnenlicht, während seine hervorquellenden Augen auf Baruchs roten Apfel fixiert waren. Ich würde ihn ihm nicht geben. Ich hatte ihn aus dem Rucksack geholt – den allerletzten.

Weltkluge Krähe legte verschmitzt den Kopf schief. „Willst nicht darüber reden?"

Ich blickte in die Ferne. „Es ist nicht das, was ich erwartet hatte. Das ist alles. Ich weiß nicht einmal, was ich will. Ich weiß nur, dass es das hier nicht ist."

Weltkluge Krähe saß da und lauschte. „Dein Vater ist auf dem Weg. "

Ich richtete mich auf. „Wirklich?"

„Ja. Er sollte später heute hier sein."

„Woher weißt du das?" Ich zögerte, ihm zu glauben.

„Ich fliege überall herum und halte mich über die Neuigkeiten des Tages auf dem Laufenden. Ich habe ihn selbst gesehen, wie er von Jerusalem heraufkam. Er ist ein bedeutungsvoller Mann in der Regierung, öfter fort als hier. Sei froh, dass du ihn überhaupt zu Gesicht bekommst."

„Erzähl mir mehr über ihn."

Weltkluge Krähe krächzte. „Er trinkt gern, und er mag Frauen."

Genau das, was ich hören wollte. „Was noch?"

„*Kra-kra*. Er hat viel Geld."

„Was noch? Hat er mich jemals erwähnt?"

„Ich habe mitbekommen, wie er sagte, dass du kommst. Ich wusste nicht, dass du existierst."

Ich lachte sittsam. „Mein Vater hat mich also all die Jahre geheim gehalten."

„Nun hör mal zu, kleines Mädchen", ermahnte die Krähe. „Ich will nicht, dass du enttäuscht bist, aber er ist ein Diplomat in der römischen Regierung. Er hat vielleicht keine Zeit für dich. Er muss sich um Staatsangelegenheiten kümmern und wichtige Entscheidungen treffen. "

„Wichtiger als seine Tochter?"

Weltkluge Krähe sträubte bei meiner Abfuhr sein Gefieder. „Ich sage es, wie es ist. Nimm es, wie du willst." Er beäugte meinen Apfel. „Wirst du ihn essen?"

„Nein. Der ist für Baruch. Er liebt Äpfel. Die roten sind seine Lieblingssorte."

Die Krähe schnalzte mit dem Schnabel. „Oh. So etwas haben wir hier nicht. Wo hast du den her?"

„Aus dem Garten. Jetzt weißt du es. Es ist der Letzte, den er für eine lange Zeit bekommen wird. Wenn du mir nicht noch etwas über meinen Vater erzählen kannst, werde ich ihm den jetzt geben."

Die Krähe schloss poetisch die Augen. „Scylla hat viel Aufhebens um deine Ankunft gemacht. Sie ist ihm gegenüber sehr beschützerisch. "

„Was meinst du damit?"

Weltkluge Krähe höhnte. „Jeder weiß, dass sie ihn wegen seines Geldes geheiratet hat. Dein Vater ist ein brillanter Mann, außer wenn es um Frauen geht – sein Verhängnis."

Dann verschwand die Krähe in der Hecke. Zum Glück war er weg. Als ich die Höhle betrat, war Baruch nicht in seiner üblichen Box. Stattdessen begrüßte mich der dreiste Esel, den ich mit Judd gesehen hatte. Ich hatte Angst, mich ihm zu nähern.

„Wenn du Baruch suchst, er ist hinten", sagte der feuerrote Esel.

„Warum?"

„Judd hat ihn dorthin gebracht. Das ist meine Box, nicht Baruchs."

Ich trat gegen die Tür seiner Box und warf ihm einen bösen Blick zu.

„Wie heißt du?"

„Assassin."

Sein Name ließ mich erstarren.

„Wo hast du den Apfel her?", fragte Assassin.

„Er ist für Baruch, aus dem Garten. Der Letzte."

„Er mag also Äpfel?"

„Ja." Ich musterte Assassin. Der Gedanke, dass er in Baruchs Nähe war, machte mir Angst. Ich traute weder ihm noch Judd.

„Ich bin hier hinten." Baruchs Worte drangen vom hinteren Teil der Höhle herüber.

Ich folgte seiner Stimme, und mein Lieblingstrio begrüßte mich. Cherios sprang mir in die Arme und hätte mir fast den Apfel aus der Hand geschlagen. Ich blickte zurück zu Assassin, während die anderen Tiere uns beobachteten. Ich reichte Baruch seinen Apfel zusammen mit dem Rucksack. „Es tut mir leid, dass ich ihn noch nicht reparieren konnte. Das ist der letzte Apfel."

Ich beugte mich über seine Boxentür und flüsterte: „Du solltest ihn genießen und la-a-angsam essen."

Baruch hatte andere Pläne. Er verschlang ihn in Sekundenschnelle.

Dann öffnete sich die Vordertür, und Daniel kam herein. Nachdem er sich die Hände an einem oft benutzten Tuch abgewischt hatte, ließ er sich auf die Bank nieder plumpsen. „Wie war das Frühstück?"

„Gut, aber ich bin nicht glücklich, dass Judd Baruch in die kleine Box hinten gesteckt hat. Bist du nicht der Verantwortliche?"

„Oh, Shale, spielt das eine Rolle? Bist du nicht pingelig?"

„Was meinst du mit pingelig?"

„Judd weiß, wie man sich um die Tiere kümmert. Es ist nicht so, als würde Baruch schlecht behandelt."

„Warum stehst du auf Judds Seite?"

„Das tue ich nicht. Ich habe die Tierpflege übernommen, als dein Vater mich eingestellt hat. Judd weigert sich zu akzeptieren, dass ich ihn ersetzt habe, aber es ist ja nicht so, als würde Baruch misshandelt."

„Ich will nicht, dass Baruch allein hinten ist. Er könnte sich einsam fühlen."

Daniel rieb sich die Augen und kniff sie zusammen. „Wir können ihn umquartieren."

„Hast du was im Auge?"

„Nein, das ist es nicht." Er rieb sich noch mehr die Augen, und ich hörte auf zu reden und wartete, bis er nicht mehr abgelenkt war. Unerwartet fiel ein rundes Plastikobjekt auf den Tisch. Er hob es auf und versteckte es in seiner Hand.

„Was ist das?", fragte ich.

„Nichts."

„Ist das eine Kontaktlinse?"

„Was?"

„Das Ding in deiner Hand?"

„Nein."

Ich starrte ihn an. Die Dinge passten nicht zusammen. Ich war lange genug hier, um zu wissen, dass es hier keine Kontaktlinsen gab. „Wo kommst du her?"

Daniels Augen bohrten sich in meine. „Wie scharfsinnig du bist." Er zappelte eine Minute lang, während ich auf eine Antwort wartete.

Schließlich fragte Daniel: „Woher weißt du, was das ist?"

Ich streckte meine Handflächen zu ihm aus und wartete darauf, dass er mir antwortete.

„Warum erzählst du mir nicht etwas über dich?", schlug Daniel vor, wenn auch nicht überzeugend.

„Ich? Was soll ich dir erzählen?" Verwirrt wandte ich mich ab. Er war derjenige mit der Kontaktlinse. Ich würde ihm nichts erzählen.

Daniel stand auf und begann auf und ab zu gehen. Er kam hinter mich und blieb stehen. „Ich muss dir vertrauen können."

„Du kannst mir vertrauen."

Er ging zur Bank an der Wand, nahe der Tür, und ließ sich wieder nieder plumpsen.

„Warte mal." Ich blickte zu Assassin – ich wollte nicht, dass er uns belauschte. „Kannst du Assassin auf die Weide bringen?"

„Assassin?" Daniel sah verblüfft aus. „Woher kennst du seinen Namen?"

„Er hat es mir gesagt", platzte ich heraus.

„Der Esel hat es dir gesagt?", fragte Daniel.

Mein Gesicht wurde heiß. „Nun, so ähnlich."

Daniel hob eine Augenbraue. „Ich bringe Assassin nach draußen. Warte hier."

Ein paar Minuten später kehrte er zurück und ließ die Tür einen Spalt offen.

„Willst du die Tür nicht schließen? Jemand könnte uns hören."

„Hier ist sonst niemand." Er setzte sich neben mich an den Tisch. Wir begannen beide gleichzeitig zu reden. Ich lachte. Daniels Augen erinnerten mich an Rachel.

„Du kannst also mit Tieren sprechen?", fragte er.

Würde ich mein Geheimnis lüften? „Ja, ich kann mit den Tieren sprechen, und sie können mit mir sprechen."

Daniel rieb sich fasziniert den Nacken. „Konntest du schon immer mit den Tieren sprechen?"

„Nein. Jemand rief meinen Namen. Das war das erste Mal."

Viel-Furcht tapste herüber und setzte sich neben mich.

Ich kraulte ihn hinter dem Ohr. „Die erste Stimme, die ich hörte, war ihre – da bin ich mir ziemlich sicher – bevor ich in den Garten versetzt wurde."

Daniel blickte zu Viel-Furcht. „Welcher Garten?"

„Der Garten des Königs."

Er stützte sich auf den Ellbogen und legte das Kinn in die Handfläche. „Der Garten des Königs? Warum erzählst du mir nicht, woher du kommst?"

Ich lachte. „Willst du es wirklich wissen?" Ich begann von Anfang an und erklärte von dem Garten und dem Treffen mit Baruch und Cherios. Ich erzählte ihm, wie wir im Haus meines Vaters gelandet waren. Nachdem ich geendet hatte, schien Daniel mehr in die Bilder vertieft zu sein, die auf der Rückwand der Höhle eingraviert waren.

Ich untersuchte sein Gesicht und griff nach seiner Hand. „Du hältst mich für verrückt, nicht wahr? Ich brauche es, dass du mir glaubst."

„Nein, Shale, du bist nicht verrückt. Wenn du es wärst, wüsste ich es. Ich kam aus einer psychiatrischen Abteilung."

Kapitel 14
DANIELS GESCHICHTE

Mein Herz flatterte. „Was? Bitte sag mir, dass du kein Psycho bist." Ich hatte im Biologieunterricht über Schizophrenie gelernt.

Daniel lachte. „Entspann dich. Ich werde dir nicht wehtun." Seine Augen folgten der Struktur der Höhle, als ob er etwas suchte, das in einem Felsvorsprung versteckt war.

Ich musterte sein Gesicht nach Hinweisen. „Warum fängst du nicht damit an, mir zu erzählen, wie du Kontaktlinsen haben kannst, wenn die hier nicht einmal Telefone oder Fernseher oder Toiletten mit Spülung haben? Was hältst du zurück? Ich habe dir meine Geschichte erzählt, jetzt musst du mir deine erzählen."

„Lass mich zuerst sehen, ob ich dieses Ding reinbekomme", murmelte Daniel. Er stand auf und ging zu einem Wassertrog.

Das Geheimnis seiner Identität zog mich zu ihm hin. Ich strich mir mit den Händen die Haare aus dem Gesicht und wischte mir den Schweiß von der Stirn.

Ein paar Minuten später, mit der Linse wieder im Auge, kehrte Daniel zum Tisch zurück. Er musterte mich eine Sekunde lang und tippte nervös mit den Fingern auf den Tisch. „Ich werde dir ein Geheimnis erzählen", begann er. „Ist das in Ordnung für dich?"

„Sicher." Ich beugte mich vor und bewunderte seine schönen blauen Augen – oder waren es die Kontaktlinsen, die sie blau machten?

„Dein Vater wird bald hier sein. Die Dinge sind nicht so, wie sie scheinen. Ich meine, du bist verwirrt, oder?"

Ich nickte. „Das ist eine Untertreibung."

Daniel lehnte sich an die Wand und erzählte seine Geschichte. „Ich komme aus Jerusalem. 2015."

„2015?", unterbrach ich.

Leichte Verärgerung blitzte über sein Gesicht. „Warte, bis ich fertig bin, bevor du anfängst, Fragen zu stellen."

„Entschuldige die Unterbrechung."

„Hat dir jemals jemand gesagt, dass du ungeduldig bist?"

„Ich versuche, alles zusammenzusetzen."

„Wenn ich anhalte und deine Fragen beantworte, werde ich nicht damit durchkommen."

„Okay", erwiderte ich widerstrebend.

„Es ist 2015, aber keine Fragen mehr."

„Ich komme aus dem Jahr 2012."

Daniels Augen weiteten sich. „2012 – vor drei Jahren."

„Du bist drei Jahre in meiner Zukunft."

„Wow!" Daniel räusperte sich. „Lass mich meine Geschichte zu Ende erzählen, und dann können wir darüber reden."

Ich nickte.

„Ich war im Abschlussjahr der Highschool und wollte Arzt werden. Natürlich müssen wir zwei Jahre in der Armee dienen, also wusste ich, dass das eine Weile warten musste."

„Ich weiß über den obligatorischen Wehrdienst in Israel Bescheid. Rachel hat es mir erzählt."

Daniel hob eine Augenbraue. „Ich hatte nach der Schule etwas zusätzliche Zeit und arbeitete ehrenamtlich in einem Pflegeheim in Jerusalem. Es war in der Nähe unseres Hauses – ich konnte mit dem Fahrrad hinfahren. Ich brauchte etwas ehrenamtliche Erfahrung für meine Bewerbung an der medizinischen Fakultät."

„Im Pflegeheim traf ich einen berühmten General, General Ezra Goren. Er war ein älterer Mann, ein tapferer Anführer und Kriegsheld.

Der 14. Mai 1948 ist der wichtigste Tag in unserer Geschichte. Die letzten britischen Truppen verließen das Land, und David Ben-Gurion erklärte die Gründung eines jüdischen Staates. Alle Großmächte erkannten uns an, einschließlich Präsident Truman und Josef Stalin, aber die Araber waren nicht bereit zu akzeptieren, dass die Juden eine Heimat hatten. Innerhalb von Stunden griffen uns die umliegenden Nationen an. General Goren beschaffte Waffen von wohlgesinnten Nationen und schmuggelte sie nach Israel, was uns ermöglichte, dem Ansturm standzuhalten."

Daniel stand auf und ging wieder zum Wasserfass. Er kehrte mit einem Becher Wasser zurück und nahm ein paar Schlucke, bevor er fortfuhr.

Seine Stimme war belegt von einem starken israelischen Akzent, dennoch sprach er perfektes Englisch. Seine Augen brannten vor Leidenschaft, lebendig mit der Entschlossenheit und dem starken Willen, den ich auf Fotografien großer Führer gesehen hatte.

Daniel fuhr fort: „Ich hatte den größten Respekt vor General Goren. Er erzählte mir Geschichten über den Krieg, wie Gott Wunder wirkte, als die Israelis die Araber zurückschlugen. Er sagte, niemand glaubte, wir könnten gewinnen."

Daniel atmete aus.

Gefesselt lauschte ich. „Das alles wusste ich gar nicht."

„Das wirst du lernen, wenn du Weltgeschichte in der Highschool hast."

„Klingt interessanter als die Geschichte von Georgia. Ich hasste diesen blöden Unterricht."

Daniels Miene verdüsterte sich. „Eines Tages kam die Katze herein und legte sich ans Ende des Bettes des Generals. Wir nannten ihn Reaper, die Todeskatze."

Daniel stolperte über seine Worte. „Reaper wusste, wann die nächste Person im Pflegeheim sterben würde. Es war, als wollte er sich verabschieden. Eine Pflegehelferin erzählte mir, Reaper sei früher an diesem Tag im Zimmer von General Goren gewesen – dem letzten Tag, an dem ich ihn lebend sah."

Daniels Augen wurden feucht. „Ich wollte nicht gehen, weil ich

Angst hatte, ihn vielleicht nicht wiederzusehen. Die Katze hatte sich noch nie geirrt."

Er strich mit dem Finger über den Rand des Bechers. „Der General wand sich vor Schmerzen. Ich rannte, um einen Arzt zu holen. Das Notfallteam kam herein. Sie sagten mir, er hätte einen Herzinfarkt. Wir bekamen den Defibrillator nicht zum Laufen. Jemand rannte hinaus, um einen anderen zu holen, aber es war zu spät. Alles geschah so schnell."

„Ich griff hinüber und packte die Hand des Generals." Daniel schlug mit der Faust auf den Tisch. Der Becher klapperte. Er stützte sein Kinn mit der anderen Hand ab und konnte vor lauter Kloß im Hals nicht weitersprechen. Er vergrub sein Gesicht in seinen Händen.

Ich beugte mich vor und berührte seinen Arm. „Es tut mir leid." Ich wusste nicht, was ich sonst sagen sollte.

Er wischte sich mit der Hand über die Stirn und schüttelte den Kopf. Seine Stimme klang bitter. „Ich gab mir die Schuld. Ich weiß, es war nicht meine Schuld, aber er war wie ein Vater für mich. Wir wussten, dass er sterben würde. Ich hätte sicherstellen sollen, dass der Defibrillator funktionierte."

Mir fiel nichts ein, was ich noch zu seinem Trost sagen könnte.

Daniel setzte seinen Monolog fort: „Danach wurde ich depressiv. Sie steckten mich in eine Psychiatrie. Ich wollte mit niemandem sprechen. Dann entdeckte ich etwas."

„Was denn?"

„Viele der Leute in der Abteilung waren nicht verrückt. Ein paar waren schräg, aber die meisten waren wie ich. Das Personal pumpte die Patienten mit Medikamenten voll, damit sie nicht viel Liebe oder Pflege benötigten."

„Die Arbeiter wollten sich ihre Arbeit erleichtern. Der einfachste Weg, das zu tun, war, die Patienten passiv zu machen. Unter Drogen gesetzt konnten sie in einer Anstalt leben, wo die Gesellschaft so tun konnte, als existierten sie nicht."

Daniel schlug erneut mit der Faust auf den Tisch. „Ich schwor mir, nicht so zu werden. Ich sprach mit den Patienten in der Abteilung. Ich hörte auf, meine Medikamente zu nehmen. Natürlich erzählte ich es niemandem."

„Meine Familie besuchte mich einmal pro Woche und brachte schreckliche Nachrichten über den Krieg und wie die USA nicht helfen würden, weil Washington zu viele eigene Probleme hatte. Es war einfacher, darüber zu reden, als mich zu konfrontieren. Ich war eine Schande für den Familiennamen. Sie hatten große Pläne für mich."

Daniel blickte sich in der Höhle um, ohne etwas Bestimmtes anzusehen. „Eines Tages fiel ich in Trance. Ich blickte aus dem Fenster, und ein helles Licht schien durch die Öffnung und blendete mich. Als das Licht verblasste, war ich woanders, weit weg, wenn auch immer noch in einer Krankenhausabteilung – sozusagen. Wo war ich? Ich hatte keine Ahnung."

Ich starrte Daniel an. „Du gehörst nicht hierher?"

Er schüttelte den Kopf. „Ich weiß, dass ich aus einem bestimmten Grund hier bin. Ich meine, warum sollte ich hier sein? Weißt du, welches Datum wir haben?"

„Nein", flüsterte ich.

„Wenn man von 2015 zurückblickt, wäre es vor zweitausend Jahren, und ich finde dich hier. Ich habe keine Ahnung, was los ist."

Ich schüttelte den Kopf. „Ich auch nicht. Wie bist du auf dem Anwesen meines Vaters gelandet?"

„Nachdem ich in der Zeit zurückgereist war, entdeckte ich, dass ich mit Patienten sprechen konnte. Ich konnte ihre Gedanken lesen. Das hatte ich noch nie gekonnt. Ein angesehener Arzt bemerkte mich, ein freundlicher Mann. Dr. Lukas."

„Dr. Lukas?"

„Ja. Du sagst das, als ob du ihn kennst."

„Ich habe ihn gestern in einer kleinen Stadt auf dem Weg hierher gesehen."

„Er reist dorthin, wo er gebraucht wird." Daniel kicherte. „Seltsam, dass du ihn gesehen hast. Jedenfalls hat Dr. Lukas einen scharfen Verstand. Er bemerkte, dass ich auf ungewöhnliche Weise mit den Patienten kommunizieren konnte."

„So, wie ich mit Tieren sprechen kann?"

„Ja." Daniel nickte. „Dr. Lukas hatte einen engen Freund, Theophilus, der ein angesehener Mann in der römischen Regierung ist. Theophilus fragte Dr. Lukas, ob er jemanden kenne, der einem Diener helfen könne, dessen Sohn stumm sei. Die Krankheit des Sohnes hatte sich verschlimmert und den Jungen in Anfälle gestürzt. Der Arzt ermutigte mich, Theophilus zu treffen. Als ich Theophilus traf, fragte er mich, ob ich in Erwägung ziehen würde, zu Brutus Snyders Haus zu gehen und seinen Sohn zu treffen – deinen Halbbruder, Nathan."

Ich nickte.

„Ich mochte Nathan. Mr. Snyder, dein Vater, bat mich zu bleiben. Er sagte mir, wenn ich mich auch um die Tiere kümmern würde, würde er mir einen guten Lohn sowie Kost und Logis zahlen. Das war vor etwa sechs Monaten. Also, hier bin ich. Warum bin ich hier und wann oder wie werde ich jemals zurückkommen – zumindest in meine eigene Zeit, das ist die Frage?"

Ich lachte. „Das macht dann schon zwei von uns. Vielleicht sollten wir uns treffen."

Daniel blickte hinter mich. Ich drehte mich um und erhaschte einen Blick auf eine Gestalt, die durch den Eingang verschwand.

„Das war Judd", sagte Daniel. „Wie viel, glaubst du, hat er gehört?
"

„Ich habe dir gesagt, du hättest die Tür schließen sollen. Der Idiot hasst mich."

„Shale, er ist nicht derselbe Judd aus deiner Zeit. Er ist Judd, aber ein Gegenstück – er ist nicht wie wir in diese Welt gereist."

„Was?"

„Ich verstehe es auch nicht. Vielleicht existieren mehrere Realitäten, basierend auf Entscheidungen, die wir über für uns wichtige Themen getroffen haben. Wenn wir eine Entscheidung treffen, gehen wir einen Weg. Wenn wir eine andere Entscheidung treffen, gehen wir einen anderen. Welche Wahl wir auch treffen, sie hat einen erheblichen Einfluss auf die Realität, mit der wir es zu tun bekommen."

„Aber er kennt mich, und ich kenne ihn. Er muss dieselbe Person sein."

„Er ist dieselbe Person – aber es ist, als wärst du in einem Paralleluniversum. Angenommen, du wärst in dieser Zeit und in diesem Land geboren worden? Das wäre deine Welt."

„Ich verstehe es weiterhin nicht."

„Ich sage nicht, dass ich es vollständig verstehe", sagte Daniel, „aber manche Dinge scheinen gleich zu bleiben."

„Wie was?"

„Wer wir sind, unsere Seelen, unsere Beziehungen. Vielleicht geht es darum zu lernen, woraus wir gemacht sind, um uns mit Problemen auseinanderzusetzen, die wir auf keine andere Weise lösen können."

„Das ist sehr philosophisch. Mein Vater ist also mein Problem?"

„Vielleicht."

„Was ist deins?"

„Ich weiß nicht. Meine Familie ist nicht hier, bis auf eine Schwester in Dothan, die ein kleines Geschäft führt. Ich könnte in irgendeiner Weise mit Mari verwandt sein, aber sie will mir nicht sagen, wie. Sie hat Angst, als ob es ein dunkles Geheimnis gäbe, von dem sie nicht will, dass ich es erfahre."

„Die Tiere – sie reden ständig über den König und dass der König mich hierhergebracht hat."

„Ich weiß nichts über einen König", sagte Daniel, „außer –"

„Außer was?"

Daniel zögerte. „Ich weiß nicht, ob es ein Zufall ist, aber vor vielen Jahren tötete Herodes alle Babys in dieser Gegend wegen eines Zeichens am Himmel, dass ein großer König in Bethlehem geboren wurde. Herodes wollte nicht, dass seine Autorität von einem anderen an sich gerissen wurde, aber ich habe nie mehr etwas darüber gehört. Es gibt mir aber einen Hinweis auf das Jahr."

„Inwiefern?"

„Wenn man es in den historischen Kontext stellt, ist es ein wenig unheimlich."

Ich war mir nicht sicher, ob ich verstand, aber ich war mehr daran interessiert, etwas über Daniel zu erfahren. „Sagtest du, du kommst aus dem Jahr 2015? Habe ich dich richtig gehört?"

„Ja."

„Du kommst aus meiner Zukunft."

„Und du kommst aus dem Jahr 2012." Daniel hob eine Augenbraue. „Ich bin mir nicht sicher, ob ich das alles selbst verstehe." Sein Gesicht wurde düster. „Ich möchte nicht du sein und die letzten drei Jahre noch einmal erleben."

„Was meinst du damit?"

„Willst du es wirklich wissen? Es steht Krieg bevor. Die mangelnde Führung deines Landes und seine sozialistischen Tendenzen sind schuld. Der Iran beschafft sich eine Atombombe. Wenn Israel angegriffen wird, tun die Vereinigten Staaten nichts, um zu helfen. Der Präsident lügt und kehrt dem jüdischen Volk den Rücken. Der Islam übernimmt große Teile der Welt – entschlossen, jeden zu töten, der ein Ungläubiger ist."

„Wer ist ein Ungläubiger?"

„Jeder, der kein Muslim ist. Ich habe einen Freund in Amerika, der vor vielen Jahren aus dem Iran geflohen ist und eine Amerikanerin geheiratet hat, obwohl die meisten seiner Familie das Land nicht verlassen konnten. Sie wurden getötet – nur weil sie Baha'i und keine Muslime waren. Jeder, der den Islam für eine friedliche Religion hält, ist verrückt."

„Was ist Baha'i?"

„Es ist eine Religion, die die Propheten aller großen Religionen umfasst – eine Religion der Einheit. Muslime töteten seine Familie, weil sie nicht einmal eine Religion der Einheit in ihrem eigenen Land akzeptieren konnten."

Ich war mir nicht sicher, ob ich es wissen wollte, aber ich konnte nicht widerstehen. „Was passiert noch in den nächsten drei Jahren?"

„Krieg, Hungersnot, Seuchen, finanzieller Zusammenbruch. Amerika leidet am meisten – sein Militär durch Ausgabenkürzungen dezimiert. Der Dollar bricht zusammen wegen der steigenden Schulden und der Unwilligkeit oder Unfähigkeit Washingtons, leichtfertige Ausgaben zu kürzen. China übernimmt die Rolle der dominierenden Weltmacht, und der Islam ergreift die Kontrolle über viele Regierungen. Die Welt steht in Flammen. Wenn man Gott ablehnt, passieren schlimme Dinge, früher oder später. Es gibt immer ein Gericht."

„Du machst mir Angst, Daniel. Ich weiß nicht, ob ich jemals zurückwill.“

„Es ist nicht so, als wären wir hier im Paradies.“ Daniel war einen Moment lang still. „In gewisser Weise hast du die Dinge kompliziert gemacht.“ Er blickte zur Tür. „Woher in den USA kommst du?“

„Atlanta, Georgia.“

Daniel lächelte. „Eine meiner entfernten Cousinen lebt dort. Ich bezweifle allerdings, dass du sie kennst.“

„Wer ist es?“

„Rachel Franco.“

„Rachel Franco?“

„Ja.“ Daniels Augen leuchteten auf. „Du kennst sie?“

„Sie ist meine beste Freundin.“

Daniel kicherte leise. „Wow.“

Ich saß wie gebannt da und dachte über all die seltsamen Zufälle nach. War das Leben eine Reihe von Zufällen, oder wurde unser Schicksal von jemand anderem gelenkt?

„Ich habe Rachel noch nie getroffen, aber ich würde es eines Tages gerne tun. Nach den Bildern, die ich gesehen habe, ist sie wunderschön.“

Ich schüttelte den Kopf. „Ich verstehe nicht, was vorgefallen ist.“

Galoppierende Pferde donnerten vor der Höhle.

Daniels Augen weiteten sich. „Dein Vater ist angekommen. Ein Moment der Wahrheit für dich.“

„Woher weißt du das?“

„Ich kann Gedanken lesen. So wie heute Morgen am Brunnen. Wie, glaubst du, wusste ich, dass etwas nicht stimmte?“

„Ich weiß nicht.“ Ich hoffte, er konnte meine nicht lesen, sonst wüsste er, dass ich mich zu ihm hingezogen fühlte.

Daniel wies mich zur Tür. „Komm. Es ist Zeit für dich, deinen Vater zu treffen – vielleicht einer der Gründe, warum du hier bist.“

Ich nickte.

Draußen schien die Helligkeit blendend, nachdem ich so lange in der dunklen Höhle gesessen hatte. Daniel ging zu dem Pferd, das an einem Pfosten angebunden war. Mein Vater war bereits hineingegangen.

„Warte eine Sekunde, und ich stelle dich vor – wenn es dich weniger nervös macht. Ich bin gleich zurück." Daniel führte das Pferd meines Vaters zum Stall, und ich wartete ungeduldig. Je länger ich auf Daniels Rückkehr wartete, desto nervöser wurde ich. Ich blickte auf meine zitternden Hände. Angenommen, das war ein Fehler? Was würde mein Vater von mir denken? Ich wollte nicht warten. Ich öffnete die Hintertür und spähte hinein.

Kapitel 15
MOMENT DER WAHRHEIT IN EINER WELT DER SCHATTEN

Ein breitschultriger Mann mit Vollbart näherte sich. Ein freundliches Grinsen breitete sich über seine rosigen Wangen aus. „Shale, bist du das?" Seine braunen Augen bekamen an den Winkeln Fältchen. „Shale!"

Mein Herz machte einen Sprung. Der Klang meines Namens auf seinen Lippen. Hatte Brutus, mein Vater, das jemals gesagt, wenn ich nicht in der Nähe war? Ich strich mir eine Haarsträhne hinters Ohr.

Er zögerte, dann öffnete er die Arme und machte drei schnelle Schritte auf mich zu für eine herzliche Umarmung. Konnte das süße Liebe sein?

„Du weißt nicht, wie lange ich darauf gewartet habe." Er trat zurück, ließ seine Hände auf meinen Schultern und musterte mein Gesicht. Er kicherte. „Gut zu sehen, dass du nicht die Snyder-Nase hast."

„Die was?"

„Ach, vergiss es. Ein Witz." Er lachte. „Endlich kann ich dich sehen und dich berühren."

„Äh." Ich sah auf seine große Nase. „Es ist auch schön, hier bei Euch zu sein." Meine Finger spielten mit dem Ei in meiner Tasche. Er schien nicht so zu sein, wie meine Mutter ihn beschrieben hatte.

Konnte ich meinen Gefühlen trauen? Wie in einem Spiegel starrte ich in seine braunen Augen, die einen Teil dessen widerspiegelten, was ich war.

Eine Tür knallte hinter mir zu. Ich drehte mich um.

Scyllas Augen blitzten. „Oh, entschuldigt bitte."

Ohne ihren Gesichtsausdruck zu bemerken, winkte mein Vater sie herbei. „Komm her und triff Shale."

Scylla lachte. „Wir haben uns gestern bereits getroffen."

Ich hatte gehofft, diesen Moment mit meinem Vater ganz für mich allein zu haben. Ich wollte ihn nicht mit ihr teilen.

Mein Vater erinnerte sich. „Oh, das stimmt, ja."

Sie glitt sanft durch den Raum zu einer Bank, nah genug, um uns zu hören. Sie warf mir ein falsches Lächeln zu und ließ ihre Hand über seinen breiten Bizeps gleiten.

Mein Vater nahm einen Silberbecher vom Tisch und goss etwas Wein ein. „Liebling, möchtest du einen Schluck Wein?"

„Natürlich", sagte Scylla. „Wir müssen unsere Besucherin mit einem Trinkspruch ehren."

Mein Vater reichte ihr einen Becher und drückte ihr einen überraschenden Kuss auf die Wange.

„Ich liebe dich, Schatz", sagte sie.

Dann ging er hinüber und setzte sich auf die Bank neben Nathan. Zurückgelehnt streckte mein Vater die Beine aus. „Erzähl mir von deiner Reise, Shale. Ist alles gut gelaufen? Keine Probleme?"

„Alles lief gut", sagte ich leichthin.

„Das ist gut zu hören." Eine peinliche Stille folgte. Er nahm mehrere Schlucke und rülpste. „Es war eine lange Reise von Jerusalem. Ich kam so schnell ich konnte, sobald ich von deiner Ankunft erfuhr."

Ich nestelte an dem Ei in meiner Tasche und sagte nichts. Ein paar Minuten vergingen. Mein Vater trank den letzten Schluck seines Getränks hinunter und stellte den Becher auf den Tisch. „Shale, lass uns einen Spaziergang nach draußen machen und etwas frische Luft schnappen."

„Sicher, das klingt großartig." Als wir zur Tür gingen, folgten mir Scyllas Knopfaugen wie eine Radarpistole.

Draußen kam Daniel um die Ecke. „Guten Tag, Mr. Snyder."

„Habt Ihr meine Tochter Shale getroffen?"

Daniel lächelte und nickte. „Ja, Sir. Eine sehr freundliche junge Dame."

„Gut, gut." Mein Vater griff hinüber und gab mir noch eine herzliche Umarmung.

Wir verließen den hinteren Innenhof und gingen auf den Feldweg, der zur Vorderseite des Anwesens meines Vaters führte. Ohne dass eifersüchtige Ohren lauschten, konnte ich ihn studieren – seine Eigenheiten, die Art, wie er ging, den Tonfall seiner Stimme.

„Shale, es ist gut, dich zu sehen. Ich will dich nicht wieder verlieren."

Wie anders mein Leben gewesen wäre, wenn er nicht gegangen wäre, als ich jung war. Das sanfte Klappern von Steinen unter unseren Sandalen im Kies war das einzige Geräusch.

„Scylla und ich sind seit ein paar Jahren verheiratet. Die Zeit vergeht schnell. Sie ist die beste Frau, die ich je hatte. Vielleicht bekomme ich es mit der Vierten ja richtig hin, was?"

„Ich nehme an." Ich würde nicht sagen, was ich wirklich dachte – wie, was siehst du in dieser Frau außer ihrer verblassenden Schönheit?

Nach einer Weile machten wir uns auf den Rückweg.

Mein Vater sagte: „Ich muss morgen nach Jerusalem zurück. Es gab viel Ärger mit den Juden. Sie sind ein lauter Haufen, neigen dazu, Unruhe zu stiften. Es ist meine Aufgabe, den Frieden zu wahren."

„Was tut Ihr denn?"

„Ich bin Diplomat für die römische Regierung. Ich spreche mehrere Sprachen – Latein, Griechisch und Hebräisch, unter anderem."

„Ihr sprecht Hebräisch?", fragte ich.

„Ja. Das hat mir geholfen, diesen Job zu bekommen."

„Was ist mit mir? Soll ich bleiben oder zurückgehen?"

„Haben du und deine Mutter das nicht besprochen?"

„Nein."

„Oh." Mein Vater rieb sich die Augen.

Vier Tauben flogen aus dem Baum, der sich in die Biegung der Straße schmiegte. Weltkluge Krähe hatte sie aufgescheucht, als er lauschte.

Mein Vater scharrte mit den Füßen. „Wir werden es genauer besprechen, wenn ich zurückkomme. Ich sollte nicht lange weg sein."

„Wie lange?", fragte ich.

„Ein paar Tage vielleicht. Ich bin mitten in einem potenziellen Aufstand abgereist, aber ich musste dich sehen. Ich konnte nicht warten. Brauchst du irgendetwas? Geld?"

„Ein paar Tage? Versprochen?"

„Es werden nicht wieder vierzehn Jahre sein." Er lachte. „Ich muss sicherstellen, dass wir keine Revolte am Hals haben. Jerusalem ist unruhig wegen Gerüchten über die Prophezeiung eines neuen Königs. Vor dreißig Jahren erschienen seltsame Zeichen am Himmel, und es gab ein politisches Massaker an jungen Babys in Galiläa. Die Prophezeiungen müssen sich noch erfüllen. Einige glauben, die Zeit sei reif. Ein Mann namens Johannes der Täufer hat die Massen aufgewiegelt."

Ich wollte die Antwort auf eine Frage. „Warum habt Ihr meine Mutter verlassen?"

„Warum ich deine Mutter verlassen habe?"

„Ja."

„Lass mich sehen."

Eine Minute verging, und er sagte nichts. Ich zählte die Ziegen auf dem Feld und die Schmetterlinge auf einem nahen Busch. Würde er antworten?

„Die Wahrheit ist, ich konnte mit deiner Mutter nicht auskommen."

Ich lachte. „Das kann ich verstehen. Ich komme auch nicht mit ihr aus." Um sie nicht schlecht dastehen zu lassen, fügte ich hinzu: „Aber sie meint es gut."

„Das tut sie sicher", sagte mein Vater nichtssagend.

„Aber auch wenn Ihr nicht mit meiner Mutter auskommen konntet", wandte ich ein, „hättet Ihr nicht all die Jahre ein Fremder sein müssen."

„Ich weiß. Das war mein Fehler. Ich hätte es versuchen sollen."

„Warum habt Ihr es nicht getan?", beharrte ich.

„Ich wollte mich nicht einmischen. Sie hatte ihr Leben, Freunde, und dann heiratete sie wieder – es wäre schwierig und kompliziert geworden. Ich wollte den Konflikt nicht."

„Ich weiß, dass sie Euch nicht mag, aber es ist traurig, dass ich keine Beziehung zu Euch haben konnte."

Mein Vater griff hinüber und gab mir noch eine Umarmung. „Hör zu, wenn du irgendetwas brauchst, Scylla wird hier sein. Daniel kümmert sich in meiner Abwesenheit gut um Nathan."

„Kann Nathan überhaupt sprechen?"

„Der Einzige, mit dem er sprechen kann, ist Daniel."

Wir gingen eine Weile, ohne etwas Weiteres zu sagen. Ich war froh, bei ihm zu sein, aber es würde niemals ausreichen, um die vierzehn Jahre seiner Abwesenheit wiedergutzumachen.

„Wisst Ihr, wie es sich anfühlt, verlassen zu werden?", fragte ich.

„Ich habe dich nicht verlassen. Ich habe deiner Mutter Geld geschickt und dir Geschenke geschickt."

„Sie kamen alle zerbrochen an. Ob Ihr es Verlassen nennt oder nicht, so hat es sich angefühlt. Ich hatte keinen Vater wie die meisten meiner Freunde – um Dinge mit mir zu unternehmen, mich zu lieben, mich zu umarmen, für mich da zu sein."

„Das hast du jetzt – da deine Mutter wieder geheiratet hat."

„Wenn Ihr mich nicht verlassen habt, was habt Ihr dann getan?"

Mein Vater zuckte mit den Schultern. „Ich habe deine Mutter bei einem Blind Date kennengelernt. Sie war kontrollierend – zu kontrollierend. Wir waren nicht füreinander geschaffen."

Warum war das so schwierig? Ich musste die Wahrheit wissen. Ich versuchte es noch einmal. „Ich habe mich oft gefragt, wie es wäre, wenn wir uns treffen würden. Ich habe davon geträumt, Zeit mit Euch zu verbringen. Ich mochte es nicht, ohne Vater aufzuwachsen. Etwas fehlte. Ich fühlte mich wie ein Donut mit einem großen Loch in der Mitte. Mutter hat mich nie verstanden – und sie mochte Euch ganz sicher nicht, als ich alt genug war, um zu begreifen, dass alle anderen einen Vater hatten, nur ich nicht."

„Ich hatte immer Angst – es ist schwierig, einmal zurückgewiesen zu werden, aber was, wenn es zweimal passiert? Ich weiß nicht, was schlimmer ist, Zurückweisung oder Verlassenwerden, aber am Ende fühlen sie sich gleich an."

Mein Vater verzog das Gesicht bei meiner Direktheit. „Shale, ich bin froh, dich zu sehen. Das bin ich wirklich. Ich werde dich nicht wieder verlassen." Er umarmte mich beruhigend. „Ich hasse es, dass ich nicht länger hierbleiben kann, aber ich muss morgen zurück nach Jerusalem."

Ich griff in meine Tasche und nestelte nach dem Ei. „Übrigens, ich habe Euch etwas zu zeigen."

„Was ist das?"

Ich zog das Geschenk heraus, das er mir geschickt hatte.

Ein Stirnrunzeln überzog sein Gesicht, als er die zerbrochenen Stücke sah. „Wie ist das passiert?"

„Ich weiß nicht. Das Päckchen kam zerbrochen an."

Ein dunkler Schatten fiel auf uns, als die Sonne hinter einigen Wolken verschwand. „Bist du sicher, dass dein Stiefvater und deine Mutter das Ei nicht zerbrochen haben?"

„Was?" Warum sollte er sie so einer gemeinen Sache beschuldigen? „Ich habe es erhalten, als die Schachtel ankam. Ich habe sie geöffnet."

Er beäugte mich skeptisch.

„Eigentlich kam alles, was Ihr mir geschickt habt, zerbrochen an."

„Ich bin sicher, sie haben sie zerbrochen."

„Das haben sie nicht."

Mein Vater blickte verärgert weg, bevor er seine Fassung wiedererlangte. „Shale, ich bin wirklich froh, dass du hier bist. Ich will dich nie wieder verlieren."

Er blieb stehen und blickte mir in die Augen. In diesem Augenblick glaubte ich ihm.

„Shale, brauchst du irgendetwas?"

„Ja. Ich hätte gern etwas zum Schreiben."

„Schreiben?"

„Ja, damit ich ein Tagebuch führen kann."

„Ich kann dir ein Schreibrohr und Papyrus besorgen."

„Das wäre großartig." Mein Vater drückte mich ein letztes Mal.

Als wir zum Haus zurückkehrten, war ein Bote aus Jerusalem in einer wichtigen Geschäftsangelegenheit angekommen. Mein Vater nahm ihn mit in seine Privatgemächer, und ich wartete auf der Veranda. Sie sprachen eine andere Sprache, aber ich hörte meinen Namen ein paar Mal.

Ich wanderte im Raum umher, nahm Töpferwaren auf, untersuchte sie und stellte sie wieder ab, um die Zeit totzuschlagen, bis er fertig war. Warum war ich hier? Ich verstand mich besser mit den Tieren als mit meiner eigenen Familie. Ich fühlte mich wie eine Fremde statt wie die Tochter meines Vaters.

Nathan starrte aus dem kleinen Fenster – so verbrachte er den größten Teil des Tages. Da unser Vater hier war, war er aufgeblüht, vielleicht in Erwartung, Zeit mit ihm zu verbringen.

Ich ging hinüber und setzte mich neben ihn. Wir beide waren auf ähnliche Weise gefangen.

Scylla kam herein, überrascht, mich zu sehen. „Ich dachte, Ihr wärt noch spazieren."

„Wir sind gerade zurückgekommen. Er spricht mit jemandem."

„Oh." Sie ging an uns vorbei und steckte den Kopf zur Tür herein. Ich war mir nicht sicher, ob sie das Gespräch verstand.

Sie zuckte mit den Schultern. „Mari, kannst du uns noch einen Drink machen?"

Ich wusste nicht, wie sie dieses schreckliche Zeug trinken konnten.

„Hatten du und dein Vater ein gutes Gespräch?"

Ich nickte.

„Er ist ein brillanter Mann. Ich bin sicher, du musst etwas von seinem Talent geerbt haben. Du siehst ihm ähnlich."

„Das hat meine Mutter mir auch gesagt."

„Wie geht es deiner Mutter?"

„Ihr geht es gut." Ich wollte nicht über meine Mutter sprechen. Sie war netter zu mir, wenn mein Vater in der Nähe war. Würde sie privat auch so mit mir reden?

Bald kam mein Vater mit dem Boten aus dem Zimmer. Er sah abgelenkt aus – unentschlossen.

Ich wollte nicht zugeben, dass ich wie meine Mutter oder mein

Vater war. Ich war mir nicht einmal sicher, ob ich, wenn ich einen von ihnen auf der Straße träfe, mit einem von beiden befreundet sein wollte.

Würgende Geräusche kamen von Nathan. Er erbrach sich auf den Boden. Die Plötzlichkeit überraschte uns alle. Mein Vater schnappte sich ein paar Lappen vom Tisch und eilte zu ihm.

Vater klopfte ihm auf den Rücken, und Nathan grunzte und sah verlegen aus. „Ist schon gut, Nathan. Wir machen das sauber."

Scylla verdrehte die Augen bei der Sauerei und ging hinaus. „Mir wird schlecht", murmelte sie.

Ich legte die Lappen auf die Bescherung.

„Ich komme später wieder", sagte der Bote. Mari und ich blieben zurück, um aufzuräumen. Mein Vater begleitete Nathan hinaus und sprach sanft mit ihm. Es ermutigte mich, dass mein Vater Mitgefühl für Nathan hatte. Das gab mir Hoffnung.

Mari lächelte mich an. „Du bist eine gute Tochter", sagte sie. „Du hast ein gütiges Herz."

Später an diesem Abend starrte ich in meinem Schlafzimmer aus dem winzigen Fenster auf die Sterne und zählte, wie viele ich sehen konnte. Eine Sternschnuppe huschte über den Himmel, und ich wünschte mir etwas, skeptisch, ob es wahr werden würde. Als ich meinen Blick wieder nach innen richtete, kletterten erneut dunkle Zeichentrickfiguren die Wände empor.

Kapitel 16
BEUNRUHIGENDE ENTDECKUNG

Ein Traum weckte mich. Ich hatte ihn schon einmal geträumt, aber dieses Mal schien er realer. Viel-Furcht stand da und wartete auf mich für ein bedeutungsvolles Ereignis. Sie war gewaschen, gekämmt und bis zur Perfektion gepflegt. Wie lange war es her, seit ich sie in meinen Armen gehalten hatte? Sollten wir in Zukunft gemeinsam an einem wichtigen Ereignis teilnehmen?

Ich war damit beschäftigt gewesen, meinen Vater zu treffen. Ich wusste, dass Daniel sich gut um die Tiere kümmerte, aber ich musste Cherios sofort sehen. Ungeduld hat ihre Tugenden.

Ich schlich mich hinaus und zitterte in der kühlen Morgenluft. Als ich die Höhlentür öffnete, begrüßten mich Cherios, Viel-Furcht und Lowly mit Umarmungen und Küssen.

„Schön, euch zu sehen." Ich schlang meine Arme um Viel-Furcht und hob Cherios vom Boden auf, setzte sie mir auf den Schoß. Ich lächelte Lowly an. Ein Schwein wollte ich weiterhin nicht umarmen. Dann bemerkte ich, dass Baruch nicht in seiner Box war.

Ich blickte die drei an. „Wo ist mein Lieblingsesel?" War Baruch draußen, um frische Luft zu schnappen oder einen Spaziergang auf dem Feld zu machen?

„Oh, er ist gegangen, als der Mond noch schien", sagte Lowly.

„Was hast du gesagt?" Eine rote Paniklampe begann zu blinken. Wo konnte Baruch so früh am Morgen hingegangen sein?

Viel-Furcht meldete sich zu Wort. „Ich kann dir erzählen, was vorgefallen ist. Ich war misstrauisch. Vielleicht ist es nichts."

Ich stand auf und setzte Cherios auf den Boden. „Wovon redest du? "

„Nein, ich erzähle es", sagte Cherios. „Mir hat er mehr erzählt als euch allen. Er erzählt mir alles."

„Könnte mir einer von euch sagen, wo Baruch ist?"

Einige der anderen Tiere wurden unruhig, als unsere Stimmen sie alarmierten. Assassin war in dem Pferch hinten. Hatte er etwas damit zu tun?

Cherios wackelte mit der Nase und blickte mir strahlend in die Augen. „Warum bist du so aufgebracht? Er ist losgegangen, um Äpfel zu holen."

„Äpfel holen? Hier gibt es keine Äpfel."

„Nein?"

„Fang von vorn an und erzähl es mir."

Cherios holte tief Luft. „Assassin hat Baruch erzählt, dass es im Tal Äpfel gäbe, aber man müsse sie früh pflücken, sonst würden Aasfresser die besten erwischen. Er schlich sich durch das Holztor hinaus, bevor irgendjemand außer mir erwachte. Sogar bevor der alte Weltkluge Krähe auf war und bevor der Hahn Kikeriki rief."

„Erzähl weiter." Ich wünschte, Cherios könnte schneller reden.

„I-ich wusste es erst später", sagte Lowly. „Ich war nur n-noch nicht wach."

„Erzähl weiter", flehte ich.

„Assassin fand eine alte, zerknitterte Karte vom berühmten Apfel-hain im Tal zwischen den Versuchungsbergen nahe dem Wildnispass. Er versprach Baruch, obwohl es eine lange Reise sei, würde es sich lohnen, wenn er die roten Äpfel kostete. Als Baruch ging, versicherte ihm Assassin, er würde den anderen sagen, er brächte ihnen eine Über-raschung."

Ich blickte zurück zu Assassin. Er schlief oder tat so, als ob er schliefe – wahrscheinlich, um meinen bohrenden Fragen auszuweichen.

Cherios fuhr fort: „Assassin sagte, er würde Judd dazu bringen, frischen Hafer zu holen, und Baruch könnte die große Box mit der besten Aussicht haben, obwohl er schon in dieser Box war. Ich weiß nicht, warum Baruch ihm überhaupt zugehört hat."

Ich verdrehte die Augen. Esel waren nicht die hellsten Geschöpfe der Welt, und Baruch war viel zu vertrauensselig, um auch nur gut darin zu sein, dumm zu sein.

Cherios hüpfte im Kreis herum und rang die Pfoten. „Baruch sagte, er habe Assassin falsch eingeschätzt. Assassin wollte sein Freund sein. Er versprach, Assassin einige der Äpfel zurückzubringen – diejenigen, die er nicht aß."

„Hat Baruch gesagt, wie weit es ist?"

„Ungefähr einen halben Tag hin und einen halben Tag zurück." Cherios zuckte mit der Nase. „Du weißt, wie sehr Baruch Äpfel liebt. Da er den Garten des Königs so sehr vermisst, sagte er, er würde alles tun, um einen zu essen."

Ich schüttelte ungläubig den Kopf. „Nicht gut. Wohin sagte er, dass er gehen würde?"

„Ins Tal jenseits des Wildnispasses der Versuchungsberge."

Ich lehnte mich an das Gatter und starrte auf die leere Box neben meinen drei treuen Freunden. Ich blickte zu Assassin. Er hatte Baruch zu diesem Schwindel angestiftet, dieser eifersüchtige, hinterhältige Esel, der er war.

„Aber noch schlimmer als das", fügte Lowly hinzu, „er hat die Karte auf dem Weg zur Tür fallen lassen. Ich sah, wie sie aus seinem Rucksack fiel." Lowly hielt die zerknüllte Karte in seinem Maul.

„Hier, lass mich das sehen." Ich nahm sie Lowly aus dem Maul und studierte die zerknitterte Seite, während ich zu Assassins Box ging.

Der rote Esel lächelte und zeigte seine perlweißen Zähne, als ob er mich einschüchtern wollte.

„Warum heißt du Assassin?"

Seine Nüstern blähten sich schief, als er mit dem Schwanz wedelte. „Ich bin ein wilder Eselhengst, und alle Eselstuten gehören mir. In meinem Revier ist kein Platz für einen anderen Eselhengst. Ich werde ihn ermorden."

Konnte ich Baruch in der Wildnis finden, bevor es zu sp

Kapitel 17
REISE DURCH DIE WILDNIS

Die Sonne wölbte sich über den Horizont und tauchte die Hügel in ein sanftes, purpurrot-oranges Licht. Die Hähne krähten spät, und die Stille hieß mich willkommen. Wie Vorhänge standen in der Ferne die Versuchungsberge – kühn, majestätisch und einladend. Assassin sagte, es würde zwei Stunden dauern, dorthin zu gelangen, nicht einen halben Tag. Ich plante, bis zum Nachmittag zurück zu sein. Wie viel Vorsprung hatte Baruch?

Ich steckte die halb zerrissene Karte zurück in meine Kleidertasche. Die gut markierte Straße schlängelte sich leicht durch die Hügel, teilte sich dann aber in drei unbefestigte Schotterwege, die in den Bergen verschwanden. Ich blickte mich um, um mich zu orientieren. Die Hügel sahen alle gleich aus. Welche Route würde Baruch genommen haben?

Wenn ich geradeaus ginge und den mittleren Weg nähme, käme ich schneller an, obwohl es ein härterer Aufstieg den Berg hinauf wäre. Eine Weile kam ich gut voran, aber bald wurde der Anstieg überwältigend. Der felsige Boden, karg bis auf ein paar Büschel braunen Unkrauts, war alles, was ich meilenweit sehen konnte, sogar den Berghang hinauf. Ich hielt an, um mich auf einem Felsen neben einer

Kaktuspflanze auszuruhen. Ich war durstig, wollte aber das wenige Wasser, das ich mitgebracht hatte, für später aufsparen.

Ich sehnte mich danach, im kühlen Wasser des Gartens des Königs zu schwimmen, während ich in der Hitze schwitzte. Die Sonne stand hoch, und die Schatten waren kurz. Ohne Vorwarnung spritzten mir Pollen ins Gesicht und brannten in meinen Augen.

Ich glitt vom Felsen und verschmierte den klebrigen Schleim auf meinen Wangen. Ohne ein nasses Tuch machten meine schwachen Versuche, ihn abzuwischen, alles nur noch schlimmer. Kamen die Pollen von der Kaktuspflanze? Ich nahm etwas von dem wenigen verbliebenen Wasser, formte meine Hände zu einer Schale und wischte die Pollen so gut es ging aus meinen Augen.

Meine Kehle brannte vor Trockenheit, als ich beim Gehen den trockenen Sand aufwirbelte. Wie viele Menschen starben hier draußen? Was wusste ich schon über Wanderungen in einer Wüstenwildnis? Je weiter ich ging, desto mehr wollte ich umkehren. Schatten war spärlich, wenn er auftauchte – unter ein paar krüppeligen Bäumen und großen Felsbrocken.

Der harte Untergrund knackte unter mir und erinnerte mich daran, wie dumm ich war, hier zu sein. Tiefe, leere Rinnsale in den Schluchten verrieten Zeiten von Sturzfluten. Der gelegentliche Wind, der aus dem Süden heraufpeitschte, bot kurze Momente der Erleichterung, obwohl die Luft, wenn der Wind nachließ, so heiß wie Feuer wurde. Trotzdem ging ich weiter. Ich würde Baruch hier nicht sterben lassen.

Ein kurzes Stück voraus kreisten drei Geier. Ich erwartete den Gestank von etwas Totem und suchte nach einem unglücklichen Opfer, aber alles, was ich sah, war Rauch, der von der heißen Oberfläche blubberte. Während ich starrte, wandten sich aufsteigende Dämpfe in kringeligen Formen vom Boden empor.

Die sich windenden Dämpfe zogen die Geier an, die am Himmel kreisten. Ich rieb mir die Augen. Vielleicht verursachten die Pollen des Kaktus Halluzinationen. Als ich aufhörte, mir die Augen zu reiben, kreisten die Geier immer noch, aber die wellenförmigen, schlangenartigen Kreaturen waren verschwunden. Die unerklärliche Vision machte mir Angst.

Ich zog die Karte heraus. Weniger als eine Meile noch. Ich kam voran. Ich bemerkte die verschiedenen Gipfel um mich herum – der links hatte einen kleinen Knick in der Seite. In der Mitte war ein spitzer Gipfel, fast wie eine Kirchturmspitze, und rechts eine pfannkuchenflache Felsformation. Im Süden begannen die niedrigeren, weitläufigen Hügel wieder. Ich sammelte fünf mittelgroße Steine und platzierte sie in Form eines Pfeils, der zurück in die Richtung zeigte, aus der ich gekommen war.

Als ich den felsigen Pfad entlangging, schien die Stille unheimlich. Sollten hier nicht Insekten summen oder Vögel rufen oder Eidechsen huschen? Ich atmete tief ein, konnte aber nichts Vertrautes riechen.

Ich drängte mich zur Spitze des Plateaus vor, wo eine freie Sicht ein Panorama vom Gipfel bot. Eine kahle Wildnis erstreckte sich meilenweit, obwohl die Karte einen Apfelhain mit wildem Honig zeigte. Das bestätigte meine Befürchtungen. Assassin hatte Baruch in den Tod geschickt.

Ich musterte das Ödland und bemerkte etwas, das sich im Tal bewegte. Ich strengte meine Augen an, um es zu erkennen. War es Baruch?

„Baruch, ich bin's, Shale." Er war zu weit weg, um mich zu hören. Ich rief ihn noch dreimal, bevor er mich hörte.

„Iiih-aaah!"

Wusste er, dass Assassin ihn hereingelegt hatte? Ich rannte den felsigen Pfad hinunter, um ihn zu begrüßen.

Die müden Augen des Esels leuchteten vor Freude. „Miss Shale, wie habt Ihr mich hier gefunden?"

Ich zog die zerrissene Karte heraus. „Das hast du zurückgelassen."

Baruch beugte sich über die Karte und musterte sie. „Ich wusste nicht, dass ich sie nicht mehr hatte, bis ich sie aus meinem Rucksack ziehen wollte. Ich dachte, ich könnte den Hain trotzdem finden. Bin ich am falschen Ort?"

„Du wurdest reingelegt, Baruch. Hier gibt es keinen Apfelhain. Es war ein Scherz."

„Ein Scherz?“

Die Hitze der Sonne hatte mich körperlich und seelisch ausgelaugt. Schweiß tropfte auf die Karte.

„Ich muss in den Schatten, bevor ich ohnmächtig werde.“ Wir gingen zu einigen nahen Felsbrocken, und ich brach in einem Schattenfleck zusammen. Baruch, niedergeschlagen, trottete hinter mir her. Ich zog die Karte wieder heraus und zeigte ihm, wo wir waren. Assassin hatte ein großes „X“ über den nicht existierenden Apfelhain gemalt.

„Hier gibt es keine Äpfel. Assassin hat dich angelogen. Er wollte dich loswerden, damit du nicht all die schönen Eselstuten bekommst.“

„Welche Eselstuten?“ Baruch iahte laut und stampfte mit den Hinterbeinen auf den harten Boden. Dann schnippte er mir die Karte mit der Nase aus der Hand und zertrat sie im Kies.

„Ich hatte Angst, wenn ich dir nicht nachkomme, würde ich dich nie wiedersehen. Du und deine Äpfel. Wir müssen auch deinen Rucksack reparieren lassen, da wo er zerrissen ist.“

Baruch schnaubte. „Er wollte mein Freund sein.“

„Assassin ist ein grausamer Esel. Sein Besitzer ist – vergiss, was er ist.“

Wir saßen ein paar Minuten da und ruhten uns aus, während die Realität einsickerte. Der Gedanke an den langen Rückweg erschöpfte mich, bevor wir überhaupt angefangen hatten. „Wir müssen gehen.“

Baruchs Ohren hingen neben seinem niedergeschlagenen Gesicht herab. „Ich vermisse den Garten.“

Als meine Augen über das Tal schweiften, durchbrach rauschendes Wasser die Stille. Mein Herz pochte. Ein ähnliches Geräusch hatte uns schon einmal verfolgt – als wir den Garten verließen. Ich suchte den Horizont ab. Sturzfluten in der Wüste waren gefährlich. Das Wasser würde die Berge hinabstürzen, die Wadis überfluten und alles in seinem Weg ertränken.

Baruch nickte in Richtung Berg. „Sieh nur.“

Tosende Wassermassen stürzten die Hänge hinab, gefolgt von einem Blitz. Der zuckende Strahl zerriss die Wüste in zwei Dimensionen, eine Wirklichkeitsebene über die andere gelegt. Ein gigantischer

Donner hallte wider, erschütterte mein Sicherheitsgefühl, prallte von den Bergen ab und verklang im Tal.

Die neue Dimension öffnete sich, als sich die erste zurückzog, wie Vorhänge in einem Theaterstück, und etwas enthüllte, das in der Wüste verborgen war. Was war real? Gab es zwei Dimensionen, die nebeneinander existierten? Der Stoff meiner Welt schien zerrissen, wie das Tuch von Baruchs Rucksack.

Kapitel 18
DREI VERSUCHUNGEN

Der Riss zog sich bis zum Gipfel des Berges hinauf, wo zwei gegensätzliche Kräfte einander gegenüberstanden. Schwärze kleidete eine Kreatur und hüllte sie in Dunkelheit. Die andere war ein Mann mit einem weißen Schal, der über Kopf und Schultern drapiert war. Seine zerschundenen Füße waren geschwollen vom Gehen in der heißen, trockenen Wüste. Müde, am Rande des Zusammenbruchs, lehnte er sich an einen Felsen und atmete schwer.

Wie konnte ich solche Details aus so großer Entfernung erkennen? Sah ich einen Film, den ein mysteriöser Regisseur mir zeigen wollte?

„I-Ah, I-Ah. Das ist der König!", rief Baruch aus. Der Esel hielt den Kopf hoch und verbeugte sich tief bis zum Boden.

„Welcher?"

„Der in Weiß. Der in Schwärze – oh, ich wette, das ist ein Scherge. " Baruch zitterte und bebte, in einem Moment bebend und im nächsten singend.

„Das ist nur ein Mann", sagte ich. „Der in Weiß sieht nicht wie ein König aus. Du musst dich irren."

„Nein, er ist es. Der König. Ich würde ihn überall erkennen."

„Wie kannst du ihn erkennen?"

„Er hat meinen Namen gerufen. Sobald der König deinen Namen sagt und du zuhörst, vergisst du nie, wer er ist.“

Ich erinnerte mich an die Geschichte über Baruch aus *Der Esel und der König*:

„Baruch ging auf das flammende Schwert zu.

Er hörte den König seinen Namen rufen. ‚Baruch.‘

‚Ich habe keine Angst‘, sagte er. ‚Ich weiß, dass der König mich liebt.‘

Tränen der Freude fielen von seinem Gesicht und bedeckten die Flammen.“

„Warum sollte er überhaupt hier sein?“

„Ich weiß nicht“, sagte Baruch. „Lass uns zusehen und sehen, was passiert. Der König hat uns mit einem Platz in der ersten Reihe bei einem möglicherweise spektakulären Ereignis belohnt.“

Nur war ich mir nicht sicher, ob ich zusehen wollte. Vielleicht sollten wir es nicht einmal sehen.

Die äußere Hülle der dunklen Kreatur war pechschwarz – so düster, dass nichts ihre Fassade durchdringen konnte.

Trotz meiner Sorge schien mein Seh-, Hör- und Geruchssinn hundertfach verstärkt zu sein – wie bei einem Adler, der seine nächste Mahlzeit erspäht, oder einem Rettungshund, der ein vermisstes Kind entdeckt. Der Ruf einer Krähe von jenseits des Berges hallte über das Tal. Eine Ameise huschte einige Meter entfernt vorbei. Ich konnte sie deutlich sehen, als wären meine Augen ein Nikon-Objektiv. Süße Gewürze aus einer fernen Stadt machten mich hungrig. Ich nahm an, daher kam der Duft, da ich kein Essen mitgebracht hatte und niemand in der Nähe kochte.

Ein Blitz durchzuckte den Himmel – und enthüllte eine wilde, abgelegene Nische, versteckt in der Wildnis, nah und doch fern.

Die abscheulich aussehende Kreatur überragte den Mann. Sein schwarzer Mantel breitete sich am Himmel aus und verdunkelte die Wüste des Lichts, der Hoffnung, des Verstehens und des Wissens.

Der Scherge sagte: „Wenn du Gottes Sohn bist, so sprich, dass diese Steine Brot werden."

Steine erschienen vor dem Mann im weißen Schal, einige in Haufen, andere verstreut im Ödland.

„Sohn Gottes?", wiederholte ich. „Was bedeutet das?"

„Ich sage dir, das ist der König", sagte Baruch. „Die andere Kreatur ist ein Scherge. Vielleicht DER Scherge. Die Schergen haben den Garten geplündert und vom König gestohlen. Der König hat uns beschützt und uns in Sicherheit gebracht."

Die Schwärze zog sich zusammen und dehnte sich über das Hinterland aus.

Der Mann sagte: „Es steht geschrieben: ‚Der Mensch lebt nicht vom Brot allein, sondern von einem jeden Wort, das aus dem Mund Gottes geht.'"

„Baruch, wenn das ein König ist, ein König welchen Landes?"

„Er ist der König des Gartens."

Eine Sehnsucht stieg in mir auf und brannte einen Pfad zu meiner Seele. Eine andere Realität tat sich auf – von Liebe, Einheit, Schönheit und Wissen, aber ein Machtkampf braute sich zusammen. Konnte das Böse das Gute herausfordern und gewinnen? Mein Herz dürstete nach der Wahrheit, nach Verständnis. Die Bedeutung entzog sich mir.

In der Wüste erstreckte sich eine wunderschöne Stadt quer durch die Wildnis. Im Zentrum der Metropole stand ein prächtiger Tempel. Seine Pracht sprach von Charme, Herrlichkeit und zukünftiger Vollkommenheit, aber wo waren die Menschen? Die Stadt war leer.

Die in Dunkelheit gehüllte Kreatur führte den Mann zum höchsten Punkt des Gebäudes. Er sagte: „Wenn du Gottes Sohn bist, so stürze dich hinab; denn es steht geschrieben: ‚Er wird seinen Engeln deinetwegen Befehl geben'; und ‚auf den Händen werden sie dich tragen, damit du deinen Fuß nicht an einen Stein stößt.'"

War dieser Mann der Sohn Gottes? Wo waren die Engel? Welche Magie besaß die schwarze Kreatur? Wenn er so mächtig war, warum wollte er, dass dieser gewöhnliche Mann die Engel anrief, um ihn zu retten?

Der Mann antwortete: „Es steht geschrieben: ‚Du sollst den Herrn, deinen Gott, nicht versuchen.'"

Der Himmel erbebte bei der Antwort des Mannes. Die böse Kreatur zischte und stieß Flüche aus, als spräche sie die Sprache der Dämonen.

Wütende Blitze zuckten über den Himmel. Ich tippte Baruch auf die Seite. „Wenn er ein König ist, ist er dann auch der Sohn Gottes? Wie kann ein König der Sohn Gottes sein? Er klang sogar so, als sei er Gott."

„Psst, hör einfach zu."

Der Scherge brachte den erschöpften Mann auf den höchsten Gipfel. Ein Prisma spannte sich über den Himmel und die Wildnis. Eine dritte Realität tat sich auf, eine Magie jenseits von allem, was ich je gesehen hatte, und enthüllte dunkle Geheimnisse.

In einem Augenblick machte die vermummte Gestalt, die ich nun als dämonisch empfand, alle Königreiche der Welt bekannt. Goldene Tempel sprossen über die Berge, und die ganze trügerische Macht des Reiches der schwarzen Kreatur erfüllte die Luft – eine Illusion von Reichtum, die diejenigen täuschen würde, die den Unterschied zwischen Original und Fälschung nicht kannten.

Wie konnte etwas so Abscheuliches solche Schönheit erschaffen? Der Mann, ein williger Gefangener, beobachtete aufmerksam.

Der Scherge verspottete das Aussehen des Mannes und schleuderte ihm Beleidigungen entgegen. Seine Verzweiflung steigerte sich bis zur totalen Selbstversunkenheit. „All dies will ich dir geben, wenn du niederfällst und mich anbetest."

„Baruch, was passiert hier?"

„Wartet, Miss Shale. Wir müssen den Rest sehen."

War er der König des Gartens, wie Baruch sagte? Wenn ja, warum war er hier? Warum waren wir die Einzigen, die das miterlebten? Bewegten mich die mächtigen Worte, oder war es etwas anderes? Ich identifizierte mich mit dem armen Mann. Ich wusste, wie es sich anfühlte, gemobbt zu werden, aber seine Demut war übermenschlich.

Der Mann antwortete: „Geh, Satan! Denn es steht geschrieben: ‚Du sollst den Herrn, deinen Gott, anbeten und ihm allein dienen.'"

Eine kurze Stille folgte. „Nein!", brüllte die böse Kreatur.

Dunkle, fledermausartige Körper fielen vom Himmel, gestaltwandelnde Erscheinungen ohne Substanz, und der Wüstenboden brach auseinander, um sie zu verschlingen. Ein trügerischer Abgrund öffnete sich und verschluckte die Schergen. Schreie kreischten aus dem Loch im Boden, erbärmliches, wimmerndes Keuchen, und das Loch brach in sich zusammen, wie ein Erdloch. Der Versucher verschwand.

Vom Himmel herab stiegen wunderschöne Kreaturen, zu zahlreich, um sie zu zählen, in Weiß gekleidet. Sie trugen leuchtende Gewänder von blendender Pracht. Während sie sich um den Mann kümmerten, den Baruch einen König nannte, sah ich zu, zu ehrfürchtig, um zu sprechen, und zu fassungslos, um zu wissen, was ich denken sollte.

Ein paar Minuten später kam ich wieder zu Sinnen.

„Jetzt weißt du, was ein Scherge ist", sagte Baruch.

„Ein Feigling, ein Tyrann, ein Dämon." Ich schüttelte den Kopf, immer noch fassungslos. „Baruch, du hast das alles gesehen, oder? Ich habe es mir nicht eingebildet."

„*I-Ah*. Jetzt kennst du den König."

„Ich will ihn treffen, Baruch. Wie kann ich das?"

„Ruf ihn einfach an, und er wird dir antworten."

„*Kra-kra*. Shale Snyder?"

Ich wirbelte herum. Diese Stimme hatte ich schon einmal gehört. Auf einem kahlen Felsen saß eine schillernde schwarze Krähe. Der rosafarbene Hintergrund der Wüste hob ihn als Silhouette ab und ließ ihn wie eine Kreatur vom Mars aussehen.

Die Krähe legte den Kopf schief und schlug mit den Flügeln. „Wusstest du, dass Krähen zu den klügsten Kreaturen der Welt gehören?"

Kapitel 19
DIE WIDERSPRÜCHLICHEN WELTEN
VON SHALE UND DANIEL

Der Vogel hatte die nervtötende Angewohnheit, aufzutauchen, wenn ich erschöpft war. „Weltkluge Krähe, was machst du hier?" Hatte ich einen Peilsender an meinem Knöchel?

Weltkluge Krähe stolzierte ein paar Meter entfernt auf einem flachen, stumpfen Felsen. „Ich sehe nach dir, um sicherzugehen, dass du noch am Leben bist. Es scheint, als wären einige Leute bereit, deine Beerdigung zu planen. Wie, glaubst du, habe ich dich gefunden?"

„Weil du so klug bist?"

Die Krähe sah für ihr eigenes Wohl zu selbstgefällig aus – meine Schmeichelei brachte das Schlechteste in ihr zum Vorschein. Ich starrte in den Himmel. Das einzige Zeichen, dass etwas Spektakuläres geschehen war, war das sich auflösende Loch in den Wolken. Ich fühlte mich wie betäubt und wollte nicht so bald gehen, aber das Leben in der Wüste war bestenfalls ungewiss. Ich wusste an der sinkenden Sonne, dass es spät war, und wir näherten uns dieser Grenze ohne Wiederkehr.

„Wie spät ist es?", fragte ich.

„*Kra-kra*. Spät genug, dass ich gekommen bin, um dich zu finden."

Nebel schlich sich in meinen Geist. Würde so etwas jemals wieder geschehen? In mir atmete Hoffnung, und Sehnsucht blieb – was all das entschädigte, was nur noch eine sagenhafte Erinnerung zu sein schien.

„Was starrst du da am Himmel an?"

„Nichts, Weltkluge Krähe. Gar nichts." Ich drehte mich um und klopfte Baruch auf den Rücken. „Wir sollten uns besser auf den Rückweg machen, wenn wir vor Einbruch der Dunkelheit zu Hause sein wollen."

Als wir den steilen Berg hinabstiegen, sickerte ein kleiner Bach aus einer Felsspalte. Ich tauchte mein Gesicht in das kühle Wasser. Nachdem ich mehrere Schlucke getrunken hatte, blickte ich über die Wüste und stellte mir die Szene erneut vor – eine dunkle Kreatur, die einen armen Wanderer verspottete, den Baruch einen König nannte. Was die wunderschönen Kreaturen betraf, die dem Mann danach zu Hilfe kamen, wer sonst hätten sie sein können als Engel?

Wir kamen bei Einbruch der Dunkelheit zu Hause an. Mein Vater war nach Jerusalem aufgebrochen und hatte allen Bescheid gesagt, sie sollten ein Auge auf mich haben. Ich nahm an, es war gut, dass er sich nicht zu viele Sorgen machte, sonst hätte ich viel mehr Ärger bekommen.

Ich fand Papyrus und ein Schreibrohr auf dem Schminktisch in meinem Zimmer. Ich lächelte. Ich umklammerte das Ei in meiner Tasche – würde ich ihn jemals wiedersehen?

Ich setzte mich an den Tisch, um mein neues Schreibgerät auszuprobieren. Ich würde vortäuschen, als wäre ich Anne Frank und ein Tagebuch führen – in gewisser Weise war ich wie sie, irgendwo festgehalten, obwohl ich nicht wusste, wo. Sie nannte ihr Tagebuch „Kitty". Ich würde meins „Hund" nennen – Gott rückwärts buchstabiert.

„Lieber Hund, ich kenne den Tag nicht, aber du schon. Danke, dass du mich meinem Vater vorgestellt hast – obwohl es seltsam erscheint, meinen Vater im stolzen Alter von fünfzehn Jahren zu treffen. Danke für meine Tierfreunde. Danke für die Gabe der Tiersprache. Du kannst Judd jederzeit wegschaffen. Kannst du Daniel dazu bringen, mich zu mögen? Erzähl mir mehr über den König des Gartens. Wer ist er? Ich habe ihn heute in der Wildnis gesehen. Ich würde ihn liebend gern treffen."

Ich legte das Schreibrohr nieder und dachte über das nach, was ich geschrieben hatte. Ich war froh, wieder zu schreiben. Ich würde darauf achten, nichts allzu Anklagendes zu schreiben.

Früher am Tag, als wir zurückkamen, war Scylla wütend auf mich. „Ich habe Euren Esel gerettet", sagte ich ihr, „und ihn in die Höhle zurückgebracht." Ich hatte gehofft, sie zu besänftigen, aber es funktionierte nicht.

Sie beschuldigte Daniel, seine Arbeit nicht gemacht zu haben.

„Nein, er ist einfach ausgerissen", beharrte ich. Ich wollte Daniel nicht wegen meiner Unverschämtheit in Schwierigkeiten bringen. Um sicherzugehen, beschloss ich, in meinem Tagebuch nicht lang und breit über ihre Schwächen zu schreiben. Was, wenn sie jemals meine Notizen fände? Ich brauchte keine weiteren belastenden Beweise gegen mich.

Nach einer Weile normalisierten sich die Dinge wieder. Ich wartete meine Zeit ab für einen privaten Moment mit Daniel. Als Scylla mit etwas anderem beschäftigt war, als ihren Ärger über mich auszubrüten, ging ich zur Höhle, um ihn zu finden. Ich entdeckte ihn auf dem Feld, den Stab in der Hand, wie er die Schafe hütete.

Was für ein gut aussehender junger Mann. Schade, dass ich meiner Fantasie nicht freien Lauf lassen konnte. Da er drei Jahre älter war, war ich zu jung, um ihn zu interessieren. Außerdem wollte Mutter, dass ich mich von „älteren" Männern fernhielt. Sie sagte, ich sei zu unreif.

Als ich mich näherte, hellte sich sein Gesicht auf. „Ich höre, du warst auf einer Tierrettungsaktion in der Wildnis, um Baruch zu finden?"

„Ja."

Er stieß mit seinem Stab in die Erde. „Ein junges Mädchen sollte niemals allein ausgehen. Es gibt Räuber und Diebe und Männer mit schlechten Absichten."

Ich ignorierte seine Abfuhr. „Daniel, ich muss dir erzählen, was vorgefallen ist, und hoffe, du kannst mir erklären, was es bedeutet."

Er hob interessiert die Augenbraue. „Was willst du mir erzählen, und was lässt dich denken, ich kenne die Antworten?"

„Wir haben etwas gesehen, das ich nicht erklären kann – Baruch und ich."

Daniel grinste. „Ich könnte deine Gedanken lesen, aber es macht mehr Spaß, dir zuzuhören."

Ich errötete. Er könnte etwas erfahren, von dem ich nicht wollte, dass er es wusste. „Ja, lass mich erzählen."

Daniel lehnte sich an eine Palme und verschränkte die Arme. „Leg los."

Ich war begeistert, meine Geschichte zu teilen. Ich strich mir die Haare aus dem Gesicht und holte tief Luft. „Ich bin Baruch in die Wildnis nachgegangen, und kurz nachdem ich ihn gefunden hatte, öffnete sich der Himmel in zwei Dimensionen. Blitze schossen den Berg hinab und ins Tal."

Daniels Augen quollen hervor. „Wie konnte sich der Himmel öffnen?"

Ich blickte in den Himmel und durchlebte die Szene in Gedanken noch einmal. Wie konnte ich erklären, was ich sah? „Hast du jemals das Böse gesehen?"

„Ohne Zweifel."

„Baruch sagte, die schwarze Kreatur sei ein Scherge – ich nenne ihn einen Dämon. Je mehr ich darüber nachdenke, desto mehr beunruhigt mich die Vision."

Daniel sah verwirrt aus. „Erzähl mir, was du gesehen hast. Ich verstehe nicht."

„Die schwarze Kreatur wollte, dass der Mann ihn anbetete. Der Mann schien gewöhnlich – außer, dass er erschöpft und schwach war. Die Kreatur, die ein Dämon gewesen sein könnte, versuchte dreimal, den Mann dazu zu bringen, ihm zu gehorchen."

Daniel starrte auf den Boden, tief in Gedanken versunken, und tippte mit seinem Stab auf die Felsen.

Ich fügte hinzu: „Baruch sagte, der Mann sei der König des Gartens. Er muss sehr hungrig gewesen sein, denn danach brachten ihm Engel Essen."

„Engel?" Daniel beäugte mich skeptisch. „Was wollte der Dämon sonst noch, dass der Mann tat?"

Ich schluckte schwer. „Zuerst sagte der Scherge dem Mann, er solle die Steine in Brot verwandeln. Dann sagte der Scherge ihm, er solle von einem hohen Gipfel springen, und behauptete, die Engel würden ihn retten. Der Mann antwortete, indem er sagte: ‚Es steht geschrieben.' Dann bot ihm der Scherge alle Wunder der Welt an, wenn der Mann ihn anbeten würde."

Daniel schüttelte den Kopf. „Klingt nach etwas Mystischem. So etwas steht nicht in der Thora."

„Der was?"

„Unseren Schriften, den ersten fünf Büchern der Bibel."

„Die vermummte Gestalt zitierte Worte, und der Mann zitierte andere Worte zurück. Ich weiß nicht, wo die Worte geschrieben stehen. "

„Das hat dich ziemlich aufgewühlt, nicht wahr?"

Ich nickte. „Ich wünschte, du könntest mit Baruch sprechen."

„Du bist sehr beunruhigt", bemerkte Daniel. „Und für ein sensibles Mädchen wie dich macht es das noch beunruhigender. Aber glaubst du, was du mir gerade erzählt hast – du verdrehst nicht die Wahrheit?"

„Du nicht?", fauchte ich. „Wie erklärst du es, oder wie erklärst du, wie wir hierhergekommen sind, oder warum wir hier sind? Ich dachte, du wärst klüger als ich, aber vielleicht auch nicht."

Ich hielt inne. Ich hatte zu viel gesagt. Er würde mich jetzt hassen, aber ich mochte es nicht, wenn Leute mir nicht zuhörten oder mich nicht ernst nahmen.

„Ich benutze Logik, um Fragen zu beantworten."

„Wie kannst du das sagen, wenn wir uns in der Zeit zurückversetzt wiederfinden? Vielleicht funktioniert Logik nicht immer."

„Vielleicht nicht", antwortete er barsch.

„Ich hatte erwartet, dass du alle Antworten hast." Enttäuschung überwältigte mich. Es war einfacher für Daniel, das anzugreifen, was ich sah, als zu erklären, was es bedeutete. „Ist dir jemals so etwas passiert?"

„Nein, aber ich habe seltsame Dinge gesehen, seit ich hier bin, die ich nicht erklären kann."

„Ich denke mir das nicht aus. Kannst du einfach versuchen, mir zu glauben?"

Daniel nickte. „Ja."

„Wer, glaubst du, waren die beiden Kreaturen?"

Daniel ging ein paar Meter weg und blieb stehen. Er sprach ein paar Worte auf Hebräisch, faltete die Hände und sang noch ein paar Phrasen. „Das erklärt eines."

Ich näherte mich ihm. „Was denn?"

„Warum diese Zeit? Warum zurück in römische Zeiten? Warum jetzt?"

„Ja, warum jetzt?"

Daniel musterte mich. „Wie gut bist du in Geschichte?"

Ich lachte. „Nicht besonders. Es ist langweilig."

„Nicht die ganze Geschichte. Lass mich dir eine kurze Geschichtsstunde geben."

Ich erwartete einen langweiligen Vortrag.

Daniel begann. „Eine bedeutende Person wurde während der Herrschaft von Cäsar Augustus geboren. Kontroversen umgaben seine Geburt – seine Herkunft. Viele nannten ihn einen König, und andere nannten ihn den jüdischen Messias. Ich habe die Gerüchte nie ernst genommen, weil die jüdischen Führer ihn ablehnten."

„Warum taten sie das?"

„Was tun?"

„Ihn ablehnen?"

Daniel ignorierte meine Frage. „Könnte das der Mann sein, von dem im Neuen Testament die Rede ist – das wollte ich gerade sagen?"

„Du meinst die Bibel?"

„Ja. Ich erinnere mich, diese Geschichte gelesen oder in einem Film gesehen zu haben. Der Teufel versuchte einen Propheten, nachdem dieser vierzig Tage ohne Essen in der Wildnis verbracht hatte. Einige nannten ihn einen Verrückten. Ich hielt ihn für einen falschen Propheten. Es gab Hunderte von ihnen im Laufe der Geschichte. Die Juden brauchten zu dieser Zeit in der Geschichte keinen weiteren, als sie bereits so von den Römern unterdrückt wurden."

„Du hast mir nicht geantwortet, Daniel. Warum glaubten die jüdischen Führer den Dingen nicht, die er sagte?"

„Sie waren weise im Gesetz, und nachdem sie seine Behauptungen und seinen Hintergrund bewertet hatten, stellten sie fest, dass er nicht der war, für den er sich ausgab."

„Angenommen, sie irrten sich?", beharrte ich.

Daniel schien überrascht – als ob er glaubte, was er glaubte, weil er es schon immer geglaubt hatte. „Sie irrten sich nicht. Du sprichst vom Sanhedrin, den gelehrtesten Männern jener Tage, einschließlich sowohl der Sadduzäer als auch der Pharisäer, die sich in nichts einig waren, aber beide Gruppen lehnten seine Behauptungen ab. Sie kannten die Schriften."

Daniel hielt inne, als ob er immer noch damit kämpfte, das abzutun, was ich gerade gesagt hatte. „Wenigstens ist dein Vater ein römischer Bürger – wenn das die Zeitperiode jetzt ist. Was mich betrifft, so sollte ich hier besser keinen Ärger anzetteln."

„Er wirkte auf mich nicht wie ein Verrückter. Baruch nannte ihn den König des Gartens."

„Was weiß ein Esel schon von irgendetwas?"

„Glaubst du an Gott?", fragte ich.

„Ja, natürlich, den jüdischen Gott."

„Wie viele Götter gibt es?"

Daniel zuckte mit den Schultern. „Ich glaube an den Gott Abrahams, Isaaks und Jakobs, den Gott, der uns nach dem Zweiten Weltkrieg vor den Arabern gerettet hat, als wir angegriffen wurden. Und, in jüngerer Zeit, als Gott uns vor dem Iran beschützte – da Hilfe von unseren Verbündeten nie ankam."

„Wer ist dieser Kerl dann? Ein Verrückter, ein Prophet, ein König oder Gott? Der Scherge wollte, dass der Mann sich niederwarf und ihn anbetete."

Daniel schrieb ein hebräisches Wort mit seinem Stab in den Sand. „Wenn er derselbe ist, von dem im Neuen Testament die Rede ist, ist er ein fehlgeleiteter Mann, der viele gute Dinge getan hat. Einige nannten ihn den Sohn Gottes. Das brachte ihn in Schwierigkeiten mit den Juden. Cäsar mochte ihn nicht, weil einige ihn einen König nannten.

Davon konnte es unter den Römern nur einen geben. Eifersucht herrschte uneingeschränkt."

Ich verschränkte herausfordernd die Arme.

Daniel lachte. „Sah er wie ein König aus? Würde er nicht wie einer aussehen? Er würde sicher nicht in der Wildnis umherwandern."

„Ich nehme an", gab ich zu.

„Shale, sich selbst Gott zu nennen, ist Blasphemie. Jeder, der das tut, unterliegt der Todesstrafe. Vielleicht ist er schizophren, aber er könnte nicht der Sohn Gottes sein – oder Gott."

„Angenommen, du irrst dich? Angenommen, er ist der Sohn Gottes?"

Daniel schüttelte den Kopf.

Der Blick in seinen Augen durchbohrte mein Herz.

Daniel fuhr fort: „Wir hatten ein paar Patienten in der Psychiatrie, die wahnhaft waren. Die Krankenschwestern hielten sie mit Medikamenten ruhig. Natürlich pumpten sie alle voll, auch diejenigen, die es nicht hätten sein sollen. Es ist schwer, zu wissen, wer jemand ist. Sie hielten mich für verrückt, und das war ich nicht."

„Du bist nicht verrückt", versicherte ich ihm. Die Neugier überwältigte mich. „Was hast du gerade in den Sand geschrieben?"

„Gottes Name, der zu heilig ist, um ihn auszusprechen. Gott gibt seine Herrlichkeit nicht anderen", fügte Daniel hinzu. „Vielleicht gibt es einen Grund, warum wir hier sind." Seine Stimme verklang, als seine Augen der verschwindenden Straße in der Ferne folgten. Dann kniff er mehrmals die Augen zusammen.

„Stören dich deine Kontaktlinsen wieder?"

„Nein." Er beugte sich vor, als ob er etwas suchte. „Wir werden beobachtet."

„Wirklich?" Ein Kribbeln lief mir über die Arme und ließ mich zusammenzucken. Ich mochte keine Überraschungen.

Daniel zeigte zum Eingang der Höhle. „Da drüben."

„Von wem?"

„Judd."

Ich folgte seinem Finger, konnte aber nicht erkennen, ob er es war. Ich strengte meine Augen an. „Wie lange ist er schon da?"

Daniel zuckte mit den Schultern. „Ich weiß nicht. Er will seinen Job zurück und sucht nach einem Weg, das zu erreichen."

Ich kniff die Augen zusammen, um etwas zu sehen, aber ohne Erfolg. „Ich hasse ihn."

„Du hasst den Judd aus deinem eigenen Leben, deiner Zeit – deiner Dimension."

„Warum glaubst du, dass er nicht derselbe ist?"

„Ich habe versucht, dir das zu erklären. Angenommen, du wärst in dieser Dimension geboren worden. Stell dir vor, welche Möglichkeiten es gäbe. Du wärst immer noch du, mit denselben Eltern, aber deine Zukunft und deine Welt wären anders. Deine Vergangenheit wäre in mancher Hinsicht anders, aber in anderer gleich. Sie sind wie Paralleluniversen."

„Angenommen, es gibt eine spirituelle Komponente, die du übersiehst, Daniel?"

„Was wäre das? Ich bin Jude, und du bist nichts. Glaubst du nicht, wenn es etwas Spirituelles in all dem gäbe, würde ich es vor dir sehen?
"

„Es sei denn, du bist blind."

Daniel schien von meiner Abfuhr irritiert zu sein.

„Warum sind wir hier, Daniel? Etwas Bedeutendes ist da draußen in der Wüste passiert. Ich beabsichtige herauszufinden, was."

„Und das mag ich an dir, Shale Snyder."

Er sagte meinen vollen Namen, als ob er es so meinte. „Noch eine Frage an Sie, Herr Wissenschaftler. Wenn Gott Sie erreichen wollte, glauben Sie, er könnte irgendetwas im Universum tun, um das zu erreichen?"

Daniel atmete aus. „Ja."

„Also, wenn du etwas irgendwo liest, wie in einem Buch, könnte er es lebendig werden lassen?"

Daniels Augen leuchteten leidenschaftlich auf. „Ja."

„Könnte er dich in der Zeit zurückversetzen?"

„Gott kann alles tun", sagte Daniel.

Ich drehte mich zum Haus um und suchte nach Judd. „Ist er noch da?"

„Ja. Solange er mich die Tiere versorgen lässt, hauptsächlich deine, ist es mir egal, ob er in der Nähe ist."

„Du glaubst nicht, dass er ihnen etwas antun würde, oder?"

„Nein. Nicht, es sei denn, er wollte es so aussehen lassen, als hätte ich es getan, um mich loszuwerden."

„Du machst mir Angst."

Daniel sagte beruhigend: „Er mag gemein sein, aber ich glaube nicht, dass er böse ist."

Ich hoffte, Daniel hatte recht. „Nur noch eine Frage. Warum sollte der Scherge dem Mann alles anbieten, wenn er sich niederwerfen und ihn anbeten würde? Die schwarze Kreatur hatte doch schon viel Macht. "

„Es gibt Gut und Böse in der Welt. Der Pentateuch gibt uns Beispiele für beides." Daniel trat gegen die Steine unter seinen Füßen. „Das jüdische Volk hat eine reiche Geschichte – wir sind Gottes auserwähltes Volk. Ich kann nicht glauben, dass dieser arme Mann mehr ist als ein guter Mann – und trotzdem Jude bleibt. Das könnte ich niemals aufgeben. Das ist es, was ich bin."

Ich starrte auf den Boden. „Ich glaube, er ist mehr als ein guter Mann, und ich wünschte, ich wäre Jüdin."

Daniel packte mich an den Schultern, sah mir in die Augen und sagte: „Du bist eine Römerin, eine gute römische Bürgerin. Das wird hier geschätzt. Wenn irgendetwas Schlimmes in der Welt passiert, werden die Juden dafür verantwortlich gemacht. Es ist fast wie ein Fluch."

Die Art, wie er es sagte, verursachte mir Gänsehaut. „Warum, wenn ihr Gottes Auserwählte seid?"

Daniel murmelte: „Ich weiß nicht."

Kapitel 20
DAS DUNKLE LICHT DES MONDES

Der Frühling schlich sich in den Sommer, und der Herbst kam. Bevor ich es merkte, war ein Jahr vergangen. Ich war größer geworden und hatte ein wenig zugelegt, fühlte mich mehr wie eine junge Frau als ein schlaksiger Teenager.

Mein Antrag auf Schulbesuch wurde abgeschickt, aber selbst das verlief nicht ohne Konflikte. Scylla und mein Vater waren sich nicht einig, und die eine kurze Reise, die er während dieser Zeit von Jerusalem nach Hause unternahm, um sich darum zu kümmern, war enttäuschend. Ich sah ihn kaum.

Mein Vater setzte sich zwar bei der Wahl der Schule durch, aber die verspäteten Dokumente waren noch nicht eingetroffen. Scylla wollte mir nicht mehr erzählen. Ich fragte mich, ob sie sich einfach nicht die Mühe gemacht hatte, sich darum zu kümmern.

Ich gewöhnte mich an meine neue Routine – erledigte meine Hausarbeiten, mied Judd und meine Stiefmutter, verbrachte ruhige Zeit mit den Tieren und genoss lange Gespräche mit Daniel, wenn er sich nicht um Nathan kümmerte. Das war seine Hauptaufgabe, aber oft, wenn er auf dem Feld war und die Schafe hütete, gesellte ich mich zu ihm.

Es war nun schon lange her, seit mein Vater zu Hause gewesen war. Liebte er mich? Wenn ja, wie konnte er so viele Monate fernbleiben, die sich nun schon zu mehr als einem Jahr ausdehnten?

Es war Abend, und ich war gerade mit Wasser vom Brunnen zurückgekehrt. Scylla rief mich in ihre Privatgemächer. Ich stellte den Eimer ab und ging an Nathan vorbei, der allein auf der Bank saß, schaukelte und weinte.

Scyllas Stimme war scharf. „Setz dich dorthin."

Ich packte die Bank und ließ mich auf die Kante nieder plumpsen. Was brodelte in diesem dunklen Geist von ihr?

„Wie kannst du es wagen, den Namen deines Vaters zu entehren, nach allem, was er für dich getan hat?"

„Wovon redest du?" Ich blickte mich um, verlegen, falls jemand zuhörte.

Scylla hielt ein Getränk in der Hand und schwankte, als sie mich ansprach. Ihre blutunterlaufenen Augen bohrten sich in mich. „Du weißt, was du getan hast. Ich dachte, du wärst eine Dame. Du bist ein Flittchen der übelsten Sorte."

„Was?"

„Judd hat mir von dir und Daniel erzählt."

Ich starrte sie an. „Was ist mit Daniel? Wovon redest du?"

„Die ganze Zeit, die du in der Höhle verbringst, dich hineinschleichst, wenn niemand da ist. Er sagte, Daniel hat dich verrückt gemacht. Er hört dich dort drinnen reden, unsinniges Zeug, als ob du mit den Tieren sprechen könntest. Wir wissen, dass Daniel aus der Anstalt kam, und er muss dorthin zurück. Ich habe ihn heute Morgen entlassen."

„Du was?"

„Ich habe ihm gesagt, er soll seine Sachen packen und gehen. Wir brauchen hier keinen Verrückten wie ihn."

„Ich dachte, du magst Daniel."

Sie ignorierte mich. „Weißt du, was sie mit einer Frau mit lockerer Moral machen?"

Sie wartete nicht auf meine Antwort. „Ich weiß, du kommst aus einem fernen Land, aber hier steinigen sie Mädchen. Ist es das, was du willst?"

Ich schüttelte den Kopf.

„Man redet über dich. Ich würde es hassen, deinen zerschellten Körper auf der Straße ausgestreckt zu sehen. Es würde den Ruf deines Vaters zerstören, ihn seinen Job kosten und mein Erbe – es sei denn, Judd bekommt es zuerst. Wenn es nach mir geht, wird das nicht passieren. Ich muss dich beschützen. Künftig bleibst du, wo ich dich sehen kann.“

„Judd bekommt was?“

Sie antwortete mir nicht.

Ich war nicht im Bilde darüber, wovon sie redete. Judd hatte sie also davon überzeugt, ich sei ein Flittchen, obwohl Daniel nie auch nur einmal mit mir allein gewesen war. Selbst in der Höhle bestand er immer darauf, dass die Tür offenblieb – wahrscheinlich hatte Judd deshalb zu viel mitbekommen.

Scylla wollte mich einsperren, als wäre ich ein Vogel im Käfig. Ich wette, sie würde mich loswerden, wenn ich nicht Brutus' Tochter wäre. „Wo ist Daniel?“

„Er ist zurück im Irrenhaus, wo er hingehört.“

„Du meinst bei Dr. Lukas?“

Sie beäugte mich misstrauisch. „Woher kennst du ihn?“

Ich ignorierte ihre Frage. „Was ist mit Nathan?“

Scylla wedelte mit der Hand in der Luft. „Judd kann sich um ihn kümmern.“

„So, wie er sich um die Tiere gekümmert hat?“ Obwohl Daniel sich weigerte, es zuzugeben, wusste ich, dass Judds Pflege nur knapp an Misshandlung grenzte.

Scylla stellte ungeschickt ihr Getränk ab und stampfte mit dem Fuß auf. „Ich lasse nicht zu, dass du so mit mir redest.“

Ich nestelte an dem Ei herum, das ich immer noch in meiner Tasche hatte.

„Du kannst nächste Woche nicht einmal mit der Schule anfangen. Die Schule hat deine Anmeldung abgelehnt, bis wir deine vollständigen Unterlagen erhalten, deren Herausgabe deine Mutter verweigert hat. Spielt keine Rolle. Ich habe gehört, du warst ohnehin eine miserable Schülerin.“

„Ich könnte hier allein lernen", bot ich an.

„Wenn du motiviert genug wärst. Dein Vater versucht, eine Ausnahme zu erwirken – er hat den Einfluss, er hat nur nicht die Zeit, sich mit den Schulbeamten zu treffen."

„Bist du fertig?", fragte ich.

„So fertig, wie ich es jemals sein werde."

Ich ging zur Tür. Nathan saß auf der Bank, Tränen strömten ihm übers Gesicht. Warum hatte ich Daniel nicht mehr Fragen über meinen Bruder gestellt? Wie viel wusste Nathan? Ohne eine Möglichkeit zur Kommunikation würden seine Gedanken ein Rätsel bleiben.

Ich rutschte auf der Bank zu ihm hinüber und umarmte ihn. Kümmerte sich mein Vater um Nathan? Scylla würde niemals Nachricht darüber schicken, wie aufgebracht er war. Nathan musste mitbekommen haben, wie Scylla mit Daniel sprach, als sie ihn feuerte.

Könnte mein Bruder gewalttätig werden, wenn er zur Verzweiflung getrieben würde? Er war mir lästig gewesen, als ich ankam, die gutturalen Laute, die er ausstieß, weil er nicht sprechen konnte. Jetzt drückte ich seine Hand, um ihn zu trösten.

Ich konnte Scyllas Gegenwart hinter mir spüren, ihre feurigen Augen, die Kugeln in meinen Rücken schossen.

Ich flüsterte. „Wir sehen uns morgen, Nathan."

Er nickte.

Nachdem ich die Treppe hinaufgestiegen war, hielt ich inne – die dunkle Erinnerung kehrte zurück und quälte mich erneut.

Ich brach auf dem Bett zusammen und zog die Decke bis über die Schultern. Obwohl mir nicht kalt war, konnte ich nicht aufhören zu zittern. Würde ich Daniel jemals wiedersehen? Warum hatte er sich nicht verabschiedet?

Ich nahm die beiden Goldklumpen unter der Decke hervor und untersuchte sie. Wie viel waren sie wert? Selbst diese konnten nicht kaufen, was ich wollte – Daniel ein letztes Mal sehen und meiner Gefangenschaft entkommen. Wo war der König in all dem?

Der Fluch – das war es. Ich hasste Judd. Ich rief Bilder hervor, wie ich ihn diese Treppe hinunterstieß, die mich verfolgten. Wie konnte ich es ihm heimzahlen?

Ich drehte die Goldklumpen in meiner Hand. Selbst im dunklen Licht des Mondes übertraf ihre Schönheit die Schatten. Waren sie schön, weil sie wertvoll waren? Nein, es musste mehr als das sein. Sie kamen aus dem Garten des Königs, und das machte sie schön. Ich könnte sie für Geld verwenden und weglaufen – vielleicht ein neues Leben beginnen.

Und die Tiere hierlassen? Ich wollte meinen Vater noch einmal sehen. Wenn ich wegliefe, würde ich Daniel, von dem ich mir einbildete, ihn zu lieben, vielleicht nie wiedersehen.

Ich legte die Goldklumpen zurück an ihren sicheren Aufbewahrungsort in den Falten der Decken. Ich konnte nicht gehen. Ich musste mich von Daniel verabschieden. Ich stand auf, ging zum Tisch und nahm das Blatt Papyrus, auf das ich geschrieben hatte. Ich begann den heutigen Eintrag:

„Lieber Hund, warum hast du mich in dieses Mauseloch gesteckt? Was willst du von mir? Warum hast du mir solch eine hasserfüllte Stiefmutter gegeben? Wenn Daniel und die Tiere nicht wären, wäre ich außer mir vor Kummer. Bitte zeig mir, was ich tun soll. Zeig mir, dass du dich um mich sorgst."

Ich stand auf und spähte aus dem kleinen Fenster. Wo war der König des Gartens? War er in sein eigenes Königreich zurückgekehrt, oder war er immer noch da draußen? Die Hügel erstreckten sich am Horizont, soweit ich sehen konnte.

Nein, ich würde nicht gehen. Ich würde nicht aufgeben. Ich würde nachts in die Höhle schleichen und die Tiere besuchen, wenn Judd schlief. Es lag nicht in meiner Art, so leicht aufzugeben. Außerdem würde ich auf keinen Fall gehen, ohne Daniel ein letztes Mal gesehen zu haben.

Ich formulierte weitere Worte aus meinen Gedanken, als ich zum Tisch zurückging:

„Lieber Hund, du musst einen Sinn für Humor haben. Wer sonst würde mich in der Zeit zurückschicken, um ein Kaninchen, einen

Hund, ein Schwein und einen Esel zu treffen? In ein Land, in dem ein mächtiger König wie ein Armer umherstreift und ein gut aussehender junger Mann mich in Liebe entflammt hat. Also habe ich meinen Vater getroffen, aber was ist mit dir? Lass mich nicht allein hier."

Kapitel 21
WELTKLUGE KRÄHE - FREUND ODER FEIND

Fieber fesselte mich die nächsten drei Tage ans Zimmer. Ich lag im Bett, zitterte in einem Moment und schwitzte im nächsten. Das Hausmädchen, Mari, war freundlich und brachte mir frisches Wasser und tröstende Worte. Wie konnte sie hier leben und so glücklich sein? Sah sie die Welt durch eine rosarote Brille, um etwas zu verbergen?

„Dein Vater wird sich freuen, dich zu sehen, wenn er zurückkehrt", sagte sie. „Ich muss dich gesund pflegen." Sie lächelte und drehte meinen Kopf, tupfte meine heißen Wangen mit einem kühlen Tuch ab. „Wenn du jemals etwas brauchst, kommst du zu Mari. Ich helfe dir, okay?"

Ich nickte.

Sie sang ein beruhigendes Lied, während sie mein Gesicht trocknete. Ihre melodische Stimme berührte meine Seele, als ihr süßer Gesang mich in den Schlaf wiegte.

Später an diesem Nachmittag ließ sich Weltkluge Krähe auf der Fensterbank nieder. „*Kra-kra*. Wie lange willst du noch Krankheit vortäuschen?"

„Was? Ich tue nicht so, als ob ich krank wäre, du Dummkopf." Entrüstet drehte ich mich auf meinem Bett um.

„Was soll ich deinen Tierfreunden sagen? Sie machen sich Sorgen um dich."

„Sag ihnen, mir geht es gut, und ich werde mich morgen früh zu ihnen hinunterschleichen."

„Schleichen?", wiederholte er.

„Ja. Ich soll mein Zimmer nicht verlassen."

„Brauchst du irgendetwas?"

„Ja. Meinen Vater."

Die Krähe krächzte mehrmals. „Du musst mich für einen Wundertäter halten."

„Was ist mit Daniel? Weißt du, wo er ist?"

„Er ist weg. Die Hexe hat ihn verjagt, dieses Mal endgültig verjagt. "

Ich drehte mich um und sah ihn direkt an. „Weißt du, wohin er gegangen ist?"

„Ich sah ihn in das Dorf gehen, wo ich dich mit Baruch getroffen habe", krächzte die Krähe. „Das war ein köstlicher Fisch. Sollte zurückgehen und mir noch einen holen."

Ich lag still da. Mein Kopf schmerzte vom Fieber. Könnte Daniel bei Dr. Lukas sein? Ich war zu krank, um ihm nachzugehen. Was würde ich überhaupt sagen? „Ich bin wahnsinnig verliebt in dich und vermisse dich"? Oder der Grund, warum er überhaupt eingestellt wurde – „Nathan braucht dich." Ich stöhnte.

„*Kra-kra*. Brauchst du was?"

Ich schüttelte den Kopf, als ich auf der Decke lag. „Mach Judds Leben so elend wie möglich."

Weltkluge Krähe schlug mit den Flügeln und flog davon. Ich wünschte mir halb, er wäre geblieben. Einsamkeit verfolgte mich wie ein abgewiesener Liebhaber. Ich wollte die Tiere besuchen, war aber zu deprimiert. Vielleicht würde mich eine gute Nachtruhe erfrischen.

Kapitel 22
TYRANNEN UND DÄMONEN

Am nächsten Morgen, vor Sonnenaufgang, kletterte ich aus dem Bett und schlich mich auf Zehenspitzen zur Höhle. Als ich mich der Tür näherte, alarmierten mich missmutige Stimmen. Ich ging näher.

„Könnt ihr zwei das nicht woanders besprechen?", krähte ein Hahn. „Die Sonne ist noch nicht einmal aufgegangen."

Ich spähte umher, um sicherzugehen, dass mich niemand sah, während ich lauschte. Lowly flehte: „I-ich will nicht allein gehen. Kannst du nicht mitk-kommen?"

Ich öffnete die Tür einen Spalt.

„Geh weg." Cherios grub sich in den Heuhaufen in der Ecke des Stalls. Ihre weißen Ohren ragten oben heraus.

Lowly schlich herüber und stieß mit dem Hintern gegen den Ballen. Cherios sprang aus dem Heu und rannte im Zickzack durch die Box. „Ich will nicht mit dir gehen."

Lowly beharrte. „Sieh mal, Cherios, wir müssen etwas tun, sonst verhungern wir. Die Schweine nebenan teilen vielleicht etwas Abfall mit uns, den wir essen könnten."

„Essensreste? Ich mache keinen langen Spaziergang, um Abfall zu essen." Cherios leckte ihr sauberes weißes Fell. „Du bist ein Schwein.

Iss du nur all den Abfall, den du dort drüben willst, und bring mir frische Karotten mit."

„I-ich will nicht allein gehen."

„Und du machst dir keine Sorgen, dich zu verlaufen? Warst du schon mal da drüben?"

Ich schloss die Tür hinter mir und machte ein paar Schritte in den Raum. Die Höhle war nicht so aufgeräumt wie damals, als Daniel sich um die Dinge kümmerte. „Was ist los? Was soll das mit dem knappen Essen?"

Baruch wieherte. „Miss Shale, Ihr bringt Euch noch in Schwierigkeiten. Wenn Judd Euch sieht, solltet Ihr besser das Weite suchen."

Da Daniel weg war, durfte ich nicht in die Höhle. Judd mochte das Schwein nicht, und das Kaninchen ärgerte ihn. Wenn es nach ihm ginge, würde er sie wahrscheinlich zum Frühstück essen. Assassin sah so wohlgenährt aus wie immer. Genügend Essen zu haben, war nicht das Problem – es ging nur an die falschen Tiere.

Lowly ging zur Tür, als ob er erwartete, dass ich sie öffnete.

„Warte!", rief Cherios.

Lowly grunzte und drehte sich um.

Cherios sprang zur Tür. „Ich komme mit dir."

„Ich auch", sagte ich.

„Ihr beide?" Lowly wackelte mit seinem geringelten Schwanz.

Cherios nickte zuversichtlich. „Wir werden unterwegs etwas finden."

Die Tiere sahen von ihrer drückenden Last befreit aus. Ich ging zum hinteren Teil des Stalls und küsste Baruch auf die Nase.

„Nicht genug Hafer", beklagte er sich.

Ich untersuchte die Höhle und suchte nach Tierfutter. „Weißt du, wo Judd es lagert?"

„Weiter vorn."

Nachdem ich mehrere Behälter durchsucht hatte, fand ich ein wenig und schüttete den Hafer in Baruchs Futtertrog. „Wenigstens wirst du einen weiteren Tag nicht verhungern."

„Danke, Miss Shale."

Auch Viel-Furcht gesellte sich zu uns. Es würde das erste Mal seit langer Zeit sein, dass wir das Land meines Vaters verließen. Ich fühlte mich immer noch etwas fiebrig, aber ich wollte mir davon nicht den Tag verderben lassen.

Cherios' ständiges Geplapper war entzückend. Sie kommentierte alles, während sie von Stein zu Stein hüpfte. „Und der König ließ alle Arten von Bäumen aus dem Boden wachsen – Bäume, die dem Auge gefielen und gut zum Essen waren. Jetzt müssen wir nur noch das Essen finden."

„Ich hoffe, das können wir", sagte Lowly. „Mein Magen knurrt."

Cherios hüpfte auf einen Baumstamm und rief aus: „Vertraue auf den König, hoffe unerschütterlich, liebe verschwenderisch. Und das Beste all dieser wunderbaren Dinge ist die Liebe."

„Hier gibt es nicht viel Liebe", grunzte Lowly. „Besonders nicht für Schweine. Wenn wir nicht aufpassen, landen wir bei jemandem zum Frühstück auf dem Teller."

„Im Garten wird niemand gefressen." Cherios stöhnte. „Das alles nur, weil ich mich in Baruchs Rucksack versteckt habe, bin ich hier."

„Es könnte schlimmer sein", sagte ich.

„Schlimmer? Das Schlimmste auf der Welt ist, von der Liebe des Königs getrennt zu sein." Cherios hielt sich davon ab, bitter zu werden. „Wir müssen ein wenig Liebe hierherbringen und den König repräsentieren." Tränen sammelten sich in ihren Augen. „Glaubst du, wir werden ihn jemals wiedersehen?"

„Ich sah den König einmal mit Baruch in der Wildnis, aber das ist schon eine ganze Weile her." Ich fügte hinzu: „Er sah nicht wie ein König aus, obwohl Baruch sagte, er sei es. Er wurde von einem Tyrannen verspottet." Ich ging ein Stück weiter, in Gedanken versunken. „Hat der König euch im Garten besucht?"

„Er war der Gärtner", rief Cherios aus. „Er kam vom Berggipfel herunter und erzählte uns sagenhafte Geschichten. Er ist der beste Geschichtenerzähler im ganzen Universum."

„Was ist auf dem Gipfel des Berges?", fragte ich.

„Sein Herrenhaus. Viele Zimmer füllen sein Haus. Er ist ein großartiger Zimmermann. Er erzählte uns, er müsse noch viele Zimmer bauen. Er bereitete einen Ort vor, an dem jeder kommen und bei ihm bleiben konnte. Er versprach, eines Tages würden viel, viel mehr Menschen im Garten leben."

„Ich wünschte, ich könnte ihn wiedersehen", sagte ich.

„Ich auch. Ich würde ihn überall erkennen", erklärte Cherios nachdrücklich. Sie fügte hinzu: „Manchmal verließ der König den Garten und ging in ein fernes Land. Ich wusste nie, wohin er ging." Cherios seufzte. „Seine Liebe vermisse ich am allermeisten."

Ich dachte über Cherios' Worte nach. „Ich wünschte, ich hätte den König getroffen, als ich dort war. Vielleicht werde ich das eines Tages."

Wir gingen noch ein wenig weiter, während ich beklagte, was hätte sein können. Um die Stimmung optimistisch zu halten, fügte ich hinzu: „Hier ist es auch wunderschön, Cherios, nur auf eine andere Weise."

Niemand sagte etwas mehr, als wir den Hügel entlangwanderten, bis zwei markerschütternde Schreie meine Ohren durchdrangen. Viel-Furcht drängte sich dicht an mich.

„Was war das?", fragte ich.

Ein spärlich bekleideter Mann torkelte auf uns zu. Sein langes, schmutziges Haar zog Fliegen an, die um seinen Kopf schwirrten. Seine verwitterten Hände waren von Sonnenflecken gezeichnet, und seine Finger waren knochig und dick. Blutunterlaufene Handgelenke zeigten eindeutige Zeichen von Misshandlung, als wäre er in Ketten gefesselt gewesen. Er erinnerte mich an ein Tier – eine Bestie, die Gras fraß. Die Augen des Mannes blitzten Verachtung – ein Hass jenseits gewöhnlicher Abneigung, ein Hass, der töten wollte.

Geschockt vom Aussehen des Mannes, blieb ich stehen. Viel-Furcht trat zwischen uns, um den wilden Mann daran zu hindern, näherzukommen. Sie hob den Schwanz und knurrte.

Der Mann blieb stehen, als er den Hund sah. „Tut mir nichts!", schrie er. Seine klagenden Worte stachen mir ins Herz. Ich bemitleidete den Mann, aber Furcht ergriff mich, als er näherkam. Viel-Furcht sauste auf ihn zu.

„Nein, Viel-Furcht, komm wieder her!" Sie ignorierte meine Bitten. Cherios und Lowly rannten in die andere Richtung, um den

Mann von Viel-Furcht wegzulenken. Gerade als Viel-Furcht angriff, drehte sich der Mann um und entkam ihr um Haaresbreite. Ich schrie aus Angst, einer von ihnen könnte verletzt werden. Bald jedoch rannte der Mann davon, und Viel-Furcht und die anderen kehrten zurück.

„Ist alles in Ordnung mit dir?", fragte der Hund.

„Ja." Ich strich mir mit den Händen über das Kleid, als könnte ich die Angst wegstreichen.

Cherios hüpfte auf mich zu. „Der Mann wirkte wie ein Scherge."

„Ein Scherge?", wiederholte ich. „Das letzte Mal, als ich dieses Wort hörte, war an dem Tag, als Baruch und ich den Dämon und den König in der Wildnis sahen." Ich packte Viel-Furcht um den Hals und umarmte sie. „Danke, dass du mein Leben gerettet hast." Wir setzten uns auf den Hügel und ruhten uns aus, um wieder zu Atem zu kommen.

In der Ferne graste eine große Schweineherde. Ein See grenzte an die Ostseite des Hügels. Auf der anderen Seite war das Land leer, bis auf einen verlassenen Friedhof, der von Unkraut überwuchert war. Gelbe Butterblumen und Löwenzahn waren zwischen den Grashalmen hervorgesprossen. Ich brach einen Stängel ab und pustete die Samen in die Luft. Die Brise trug sie zum See.

Cherios hüpfte auf einen Felsen, wackelte mit der Nase und nieste. „Müssen wir noch weitergehen?"

Ich musterte die Schweineherde vor uns. Wo waren die Besitzer? Ich sah keinen Hirten. Bei all den wilden Tieren in der Umgebung mussten sie in der Nähe sein.

Lowly schlenderte über den Hügel, um sich ihnen zu nähern. Einer der großen Keiler fragte: „Wer bist du?"

„Ich bin Lowly. Euer Nachbar im Westen."

„Also, was hast du auf dem Herzen, Schweinchen Oinky?" Der Keiler lachte.

Ich zuckte zusammen. Armer Lowly. Er war so unsicher und von anderen eingeschüchtert. Selbst in der Tierwelt wurden Schweine verachtet. Ich wollte ihm helfen, aber gegen einen Wildkeiler konnte ich nichts ausrichten. Ich wartete darauf, dass Lowly dem Rohling antwortete, aber er brachte keine zwei Worte zusammen – nicht einmal in Schweinesprache.

„Ängstliches Schweinchen, was?" Mehrere Schweine brüllten. Ich zuckte zusammen. Tyrannen waren das.

„H-hört mir zu", begann Lowly. Nachdem er sich geräuspert hatte, fuhr er heiser fort: „Ich bin sehr hungrig."

Ein schwarzer Keiler trat vor und ließ Lowly durch seine enorme Größe zwergenhaft erscheinen. „Was hast du gesagt?" Er spuckte Lowly ins Gesicht. „Oh, tut mir leid, mein nachbarlicher Freund. Ich musste mich räuspern."

Lowly wischte seine Schnauze im Gras ab. Schweinetyrannen waren wie Tyrannen in der Schule. Ihre Worte stachen. Mein Magen drehte sich um, als ich zusah, aber ich war stolz, dass er nicht weglief.

Endlich kamen ein paar Worte heraus. „I-ich bin sehr hungrig. Ich habe meine Freunde mitgebracht, Viel-Furcht und Cherios." Lowly nickte in unsere Richtung. „Können wir eu-euer Essen teilen, ein paar Reste? Wir wären für eure Freundlichkeit sehr dankbar."

„Unser Essen mit dir teilen?" Der Keiler unterbrach. „Du glaubst, du kannst einfach zu uns herschlendern und unsere Blätter, Pilze, Wurzeln, Eier und Regenwürmer stehlen? Das ist unser Hügel."

Lowly wich vor dem Tyrannen zurück.

Der Keiler wandte sich an die anderen Schweine. „Habt ihr das gehört? Er will etwas von unserem Essen, weil er hungrig ist." Er gaffte. „Seht euch dieses alberne Kaninchen und diesen dummen Hund an."

Die Schweine lachten.

Lowly versuchte es erneut. „Wir werden nicht viel essen, nur ein wenig."

Bevor er ein weiteres Wort sagen konnte, schlenderte ein Schwergewicht auf Lowly zu und starrte ihn von oben herab an.

„Also, lass es uns hier und jetzt klären. Das ist unser Land, du bist in unserem Revier. Du willst unser Land. Das ist es doch, oder?"

„Nein, nein, ganz und gar nicht", flehte Lowly.

„Runter von unserem Hügel – jetzt!"

Lowly rannte zurück zu Cherios, die auf einem Felsen hockte und ihre Pfote putzte. So zwiegespalten ich auch war, wagte ich es nicht, mich den Rohlingen zu nähern. Einmal von einem Verrückten angegriffen zu werden, war genug. Außerdem wussten sie nicht, dass ich Schweinesprache sprach.

Dann stellte sich Cherios auf die Hinterbeine, als sie etwas in der Ferne betrachtete. Ich folgte ihrem Blick zu einem überwucherten Friedhof. Der bekannte Mann, der uns zuvor bedroht hatte, brach aus den Schatten hervor. Er stolperte über den Hügel, als wäre er von Sinnen.

Ich war entsetzt. Der Mann lebte zwischen den Grabsteinen. Was hatte er getan, um einen solchen Fluch auf sich zu laden? War er schon immer obdachlos gewesen?

Das Wehklagen des Mannes wurde lauter. Er huschte von Grab zu Grab und fuchtelte mit den Armen. Welche Leiden trieben ihn dazu, hier zu leben? Seine zornigen Augen fanden mich. Ich erstarrte. Dann drehte er sich um und rannte auf die Schweine zu, wodurch er sie auf dem Hügel zerstreute.

Viel-Furcht blieb neben mir, bereit, ihn erneut anzugreifen, wenn er sich näherte.

„Was ist mit ihm los?", flüsterte Viel-Furcht Lowly zu.

„Sieh mal da drüben", sagte Lowly. „I-ich sehe ein Boot auf dem See."

Ich spähte zum Ufer. Der Wind war ruhig, und das Wasser wogte sanft hin und her. Ein Fischerboot legte an. Zwei Fischer warfen einen Anker aus und sicherten ihre Habseligkeiten. Ein dritter Mann stand dabei und begutachtete die Gegend.

Etwa zu dieser Zeit rannten die Hirten der Schweine den Hügel hinunter. Sie näherten sich vorsichtig, wahrscheinlich mehr aus Sorge um das Wohl ihres Viehbestands. Sie mussten die Schreie des Mannes gehört haben.

Der verrückte Mann rannte auf die Keiler zu.

„Schafft ihn hier weg!", schrie einer der Hirten, „bevor er unsere Schweine tötet."

„Wir ketten ihn Tag und Nacht an", sagte ein anderer, „aber er reißt sich los."

„Wir sollten ihn töten und ihn von seinem Elend erlösen.“ Währenddessen beobachteten die Fischer am See das Geschehen.

Versuche, den wilden Mann einzufangen, waren erfolglos. Jeder hatte Angst, sich ihm zu nähern. Er hatte Schaum vor dem Mund, wie ein tollwütiges Tier. Der besessene Mann raste dann zum See. Er stieß unsinnige Worte zu den Fischern aus. Derjenige, dem er sich näherte, zeigte großes Interesse an ihm.

Cherios wippte auf und ab, rang die Pfoten und tanzte. „Das ist der König! Der König ist unter uns!“

Kapitel 23
KÖNIG DER BEFREIUNG

„Bist du sicher?", fragte ich.

„Wenn man den König einmal getroffen hat, vergisst man ihn nie wieder."

Der besessene Mann warf sich demütig vor den Anglern zu Boden. Mit lauter, klagender Stimme schrie der geplagte Mann: „Was habe ich mit dir zu schaffen, König des Höchsten? Schwöre, dass du mich nicht quälen wirst!"

„Quälen – wovor hat er Angst?", fragte ich.

Seine Worte hallten über den See wie traurige Sirenengesänge.

Eine Vertrautheit ergriff mich. Déjà-vu. Die Erinnerung an die Wildnis explodierte in meinem Geist.

Der König sagte zu ihm: „Fahre aus, du böser Geist!"

Gab es Schergen, die auf der Erde umherstreiften und nach einem unglücklichen Opfer suchten? Gefesselt von den Augen des Königs, stand die gequälte Seele zum ersten Mal still vor den Fischern.

Vom See her erhob sich eine Brise, zuerst langsam, dann an Fahrt gewinnend. Wie Zwiebelschalen lösten sich dunstige Kreaturen vom Gehirn des Wahnsinnigen, und der wirbelnde Wind zerrte an den nackten und bloßgestellten Gestaltwandlern. Die schwarzen, formlosen Kreaturen waren wie Fledermäuse ohne Körper.

Die dunklen Wesen rochen ranzig, und der schreckliche Geruch legte sich über alles. Die Dämonen kauerten sich unterwürfig vor dem König nieder. Die Kreaturen zischten, kreischten und machten sich lächerlich. Die furchtsamen Schweinehirten zogen sich in sichere Entfernung zurück.

„Wie ist dein Name?", fragte der König.

„Mein Name ist Legion", antwortete einer der Dämonen, „denn wir sind viele."

Die Macht und Autorität des Königs über die Geister waren allmächtig. Die Schergen kannten ihn. Sie kannten den König. Die Muskeln in meinen Schultern spannten sich an, und meine Beine zuckten. Viel-Furcht versteckte ihr Gesicht unter meinem Arm.

Die Dämonen flehten: „Bitte, schick uns nicht aus dieser Gegend." Sie zeigten auf die Schweine. „Schick uns unter die Schweine. Erlaube uns, in sie zu fahren."

Auf Befehl des Königs flohen sie von dem Mann und fuhren in die Herde. Ihre formlosen Körper glitten in die Schweine. Ich schauderte. Die Schweine zitterten heftig. Die Herde, die Tausende zählte, stürmte in panischer Flucht den steilen Hang hinunter und direkt in den See.

Die Hirten sahen zu, wie ihr wertvoller Viehbestand verschwand, und sie schleuderten dem König Anschuldigungen entgegen. „Mit wessen Autorität habt Ihr unsere Herde ertränkt?"

Sie fuchtelten mit den Armen nach den Anglern, und die Hirten trotteten das Feld wieder hinauf, fest entschlossen, Antworten zu bekommen. „Wer ist dieser Mann, der Schweine in den See schickt? Mit welcher Autorität tut er solche Dinge?" Sie stritten weiter untereinander.

Zuerst waren Cherios, Lowly, Viel-Furcht und ich zu fassungslos, um zu sprechen. Cherios sprach zuerst. „Lowly, das ist der König, der König des Gartens. Er ist hier. Der König ist hier unter uns."

„G-genau wie Baruch es uns erzählt hat", erwiderte Lowly. „Aber ich habe ihm nicht geglaubt. I-ich meine, irgendwie schon, aber jetzt, da ich es mit eigenen Augen gesehen habe, glaube ich besser."

Wir sahen weiter zu, aber das Aussehen des verwirrten Mannes war nun auffallend anders. Er hatte sein Haar, Gesicht und Hände im See gewaschen und saß still zu den Füßen des Königs. Einer der anderen brachte ihm Kleidung.

Der Gefangene des Friedhofs schlug nicht mehr um sich wie ein Ochse in Not. Zum ersten Mal lag ein schwaches Lächeln auf seinem Gesicht – ein Gesicht, lebendig vor Hoffnung. Dankbarkeit strömte aus seinen Poren. Eine wunderbare Reinigung verwandelte mehr als nur das äußere Erscheinungsbild des Mannes – der König befreite ihn.

Inzwischen strömten Menschenmassen den Hügel hinauf, nachdem sie die Tiraden der Hirten gehört hatten.

„Bitte verlasst uns!", riefen sie. „Wir wollen Euch hier nicht haben. "

Wir blieben noch ein paar Stunden, aber ich hatte zu viel Angst, mich dem König zu nähern. Außerdem wollten andere seine Aufmerksamkeit – und ich war mir nicht sicher, was ich sagen würde. Hin- und hergerissen zwischen dem Wunsch, ihm nahe zu sein, und der Angst, ihm zu nahezukommen, verweilte ich, beobachtete und hoffte, eines Tages mutig genug zu sein, mich ihm zu nähern.

Später am Nachmittag begannen die Fischer mit den Vorbereitungen zur Abreise, aber der vom König geheilte Mann vom Friedhof rannte zu ihm und flehte: „Bitte, lass mich mit Euch gehen."

Der König sagte: „Geh nach Hause zu deiner Familie. Erzähl ihnen, was ich für dich getan und wie ich mich deiner erbarmt habe." Also ging der Mann weg, um zu tun, was der König ihm aufgetragen hatte.

Bald machten die Fischer ihr Boot los und fuhren ab. Traurigkeit erfüllte mich, dass ich den König nicht getroffen hatte. Würde ich eine weitere Chance bekommen?

Ich fühlte mich auf eine Weise zu ihm hingezogen, die ich nicht verstand. Wer war er, dass ihm sogar die Schergen gehorchten?

Auf dem Heimweg war Cherios ungewöhnlich still. Lowly murmelte immer wieder: „I-ich weiß, dass du der König bist, i-ich glaube, dass du der König bist, ich nehme dich als König an", bis Cherios ihn fragte, warum er das Gefühl habe, es auf so viele verschiedene Arten sagen zu müssen.

„Angenommen, ich habe es beim ersten Mal nicht richtig gemacht", antwortete Lowly.

„Was beim ersten Mal tun?", fragte Cherios.

„Angenommen, er hat mich nicht gehört?"

„Lowly, der König hat dich beim ersten Mal gehört."

„Bist du sicher?"

„Natürlich bin ich sicher. Ich kenne den König. Ob der König im Garten ist oder hier oder dort, der König hört, weiß und ist überall."

Trotz Cherios' Versicherungen beharrte Lowly auf seinen Ängsten. „Die Schweine wollten nicht auf mich hören. Hätten sie es getan, hätte ich mit ihnen gefressen, als die Dämonen in sie fuhren." Und er wiederholte immer wieder den ganzen Weg nach Hause: „Ich glaube, du bist der König", aber er war sich weiterhin nicht sicher, ob der König ihn gehört hatte.

„Hilf meinem Unglauben!", flüsterte Lowly.

Viel-Furcht war zu einem Herumtollen aufgebrochen und kehrte nun mit einem „Geschenk" zurück.

„Was hast du im Maul?", fragte ich.

„Oh, Viel-Furcht, das ist widerlich", tadelte Cherios.

Ich untersuchte Viel-Furcht genauer. „Wirst du das fressen?"

Der Schwanz der Maus baumelte über ihrer Schnauze. Sie kaute es herunter und schluckte ein paar Mal. Der zappelnde Schwanz verschwand in ihrer Kehle.

„Ich muss mir keine Sorgen machen, dass du verhungerst", kicherte ich.

Als wir zur Höhle zurückkehrten, bewunderte ich die grünen, sanften Hügel. Die Schafe grasten friedlich, und der blaue Himmel, gesprenkelt mit weißen, bauschigen Wolken, erstreckte sich bis hinter den Horizont. Das Einatmen der frischen Luft hob meine Stimmung, als ich mich an Daniel und die guten Zeiten erinnerte, die wir zusammen hatten. Jetzt, da er weg war, war ich auf mich allein gestellt. Mein Vater war zu beschäftigt, um nach Hause zu kommen, und Scylla beschuldigte mich fälschlicherweise für alles. In Daniels und meines Vaters Abwesenheit fühlte ich mich für Nathan verantwortlich.

Was wollte ich? Wenn ich es wüsste, wäre ich bereit, alles zu riskieren, um es zu erlangen? Ich blickte auf den See – wohin war der König unterwegs? Ich wünschte, ich kennte die Geheimnisse des Sees. Wenn er der König aus dem Garten war, wie war er hierhergekommen? Er schien in mancher Hinsicht mächtig, in anderer aber nicht.

Ich steckte in einer Sackgasse fest. Ich konnte Daniel nicht aus dem Kopf bekommen. Was würde mit Nathan geschehen? Und warum hatte ich Judds Hund getötet, als ich noch ein Kind war? Konnte der König mir helfen, darüber hinwegzukommen? Wenn ja, wie könnte ich ihn in Zukunft treffen?

Ich war heute zu furchtsam gewesen, um mein Gesicht zu zeigen, zu schuldig wegen meiner Vergangenheit, um mich ihm zu nähern. Jetzt formte sich ein Plan an einem geheimen Ort in meinem Geist. Wäre ich bereit, alles zu riskieren?

Eine sanfte Brise berührte mein Gesicht, wie die Hand Gottes, und belebte die Wünsche meines Herzens. Ja, ich konnte es tun. Mein Leben hing davon ab. Ich ballte die Faust und schüttelte sie in die Luft. „Wenn du wirklich ein König bist, zeig dich mir!"

Tränen stiegen mir in die Augen, und ich begann zu weinen. Viel-Furcht torkelte herüber und tätschelte mein Kleid. Ich kraulte sie hinter dem Ohr. „Du liebst mich, nicht wahr?"

Sie bellte fröhlich. „Natürlich tue ich das."

Kapitel 24
ENTHÜLLTE WAHRHEIT IN MULTIPLEN REALITÄTEN

Mehrere Wochen vergingen, während ich mit der Angst kämpfte. Angst, mich Judd zu nähern. Angst, Daniel zu fragen. Angst, dem König gegenüberzutreten. Angst vor dem Versagen. Angst vor dem Unbekannten. Angst, mich lächerlich zu machen.

Ich schrieb heute in mein Tagebuch:

„LIEBER HUND, bitte hilf mir, erfolgreich zu sein, wenn das dein Wille ist. Warum sollte Nathan so elend sein, wenn du ihn heilen kannst? Wie schwer muss es sein, nicht sprechen zu können. Daniel sagte, du könntest alles tun. Bedeutet das, du würdest Nathan heilen, wenn wir ihn zu dir brächten?"

ICH VERSTECKTE mein Tagebuch und ging nach unten, um meine Hausarbeiten zu erledigen. Später wartete ich vor der Höhle auf Judd. Ich hatte ihn früher eintreten sehen. Mein Herz raste, und mein Kleid fühlte sich verschwitzt an, als ich meinen nächsten Schritt vorwegnahm. Ich schlug nach den Mücken, die lästig um mein Gesicht schwirrten. Wie lange würde er noch brauchen? Ich wusste nicht, ob er sich auf meinen Plan einlassen würde, also brachte ich etwas mit, nur für den Fall, dass er Überzeugung brauchte.

Die Tür öffnete sich, und Judd trat heraus. Er war überrascht, mich zu sehen, gewann aber schnell seine Fassung zurück. Er blickte auf meine geballte Faust.

„Was willst du?", fragte er.

Ich holte tief Luft. „Ich brauche deine Hilfe."

Er stieg die Stufen hinab und schlenderte an mir vorbei. „Du kommst zu mir, um Hilfe zu erbitten?"

„Ich muss zu Daniel."

Er lachte. „Du schienst ja auch ohne meine Hilfe ganz gut mit ihm zurechtzukommen."

„Ich brauche dich, um mich bei Scylla zu decken."

„Dich decken? Was soll das heißen?"

„Muss ich es deutlicher sagen – ich will dich bestechen."

Judd lachte. „Versuchst du, mich auszutricksen, um ihn zurückzubekommen?"

„Ich glaube nicht, dass er zu mir zurückkommen würde, selbst wenn ich magische Kräfte hätte."

„Du hast kein Geld, also was könntest du mir als Bestechung anbieten?"

Ich explodierte. „Ich habe sehr wohl etwas, aber sag mir zuerst, warum du über Daniel und mich gelogen hast?"

Judd ging auf mich zu, aber ich wich zurück. Viel-Furcht rannte herbei und knurrte ihn an.

„Schon gut, Viel-Furcht." Ich bückte mich und tätschelte ihr beruhigend den Kopf.

„Ich habe nicht über dich gelogen."

„Doch, das hast du. Du hast Scylla Lügen über Daniel und mich erzählt, Geschichten erfunden, dass wir eine Beziehung hätten. Sie hat mir erzählt, was du gesagt hast." Meine Wut wuchs, und ich konnte das Gift nicht aufhalten.

„Das musste ich ihr nicht erzählen."

„Wovon redest du? Hör auf, in Rätseln zu sprechen."

„Du wurdest mir versprochen, bevor du und deine Mutter abgehauen seid."

„Was?"

„Arrangierte Heirat. Du weißt, was hier Sitte ist. Ich dachte, du wärst zurückgekehrt, um den Vertrag zu ehren. Hat deine Mutter dir das nicht erklärt?"

Ich hob einen faustgroßen Stein auf und warf ihn nach ihm. „Du perverser Lügner! Wie kannst du es wagen, so etwas zu sagen!"

„Es ist wahr. Ich war froh, dass du zurückgekehrt warst. Der Vertrag gilt bis Ende nächsten Jahres, wenn du siebzehn wirst."

„Dich heiraten?"

Judd lächelte. „Es gibt eine riesige Mitgift für dich – du musstest zurückkommen, um Scylla davon abzuhalten, all das Geld zu bekommen."

Ich stellte mir vor, seine Sklavin zu werden, und schauderte. „Niemals!", schrie ich.

Judd ging auf mich zu und legte seine Hand auf meine Schulter.

„Geh weg von mir, du Tier!" Ich stieß ihn mit dem Ellbogen weg, als ich einen Schritt zurücktrat.

Er beharrte, nahm ein paar Strähnen meines langen Haares und wickelte sie um seinen Finger.

„Hör auf damit!"

Bevor ich etwas tun konnte, rannte Viel-Furcht herbei und biss ihm mit ihren Fangzähnen ins Bein, wobei sie das Fleisch zerriss.

Judd zuckte zusammen und fiel zu Boden. „Nimm diesen Hund von mir runter!", schrie er, „bevor ich ihn töte!"

„Das würdest du nicht wagen!", kreischte ich.

Judd packte sein Bein mit einer Hand und schlug mit der anderen nach Viel-Furcht.

„Lass ihn los, Viel-Furcht!", befahl ich ihr.

Viel-Furcht wich zurück, obwohl ihre Lefzen immer noch gekräuselt waren und sie knurrte. Judd rutschte weg und packte sein verletztes Bein. Seine zerrissene Haut zeigte üble Bisswunden, als das Blut sickerte.

„Warum bist du zu mir gekommen?" Judd bedeckte die Wunde mit den Fingern, um die Blutung zu stoppen. Mir wurde schwindelig, als ich das rote Blut rieseln sah. Ich blickte weg. Erinnerungen an den Flur und das Badezimmer kehrten zurück. Das schien Ewigkeiten her zu sein.

„Ich will, dass du dich um die Tiere kümmerst, während ich weg bin. Ich nehme Baruch mit, und du musst Scylla sagen, dass ich nach Jerusalem gegangen bin, um meinen Vater zu suchen. Auf diese Weise wird sie sich gut um Nathan kümmern, wenn sie einen schlechten Bericht fürchtet, wenn mein Vater zurückkehrt."

„Ist das alles?"

„Das ist viel für dich." Ich zeigte mit dem Finger. „Und wenn du Cherios, Lowly oder Viel-Furcht auch nur ein Haar krümmst, während ich weg bin, bringe ich dich um." Ich funkelte ihn an und atmete tief ein, als wäre ich bereit, ihn mit all dem Gift, das in mir aufgestaut war, zu ermorden.

Judds graue Augen dampften.

Wie viele Jahre waren vergangen, seit ich nun sechzehn war? Wie viel von diesem Hass lag an mir?

„Er ist bei Dr. Lukas. Das ist alles, was ich weiß", sagte Judd.

„Das hat mir Weltkluge Krähe auch erzählt."

„Weltkluge Krähe?"

Mein Gesicht wurde heiß. Ein Versprecher. „Kannst du Baruch bitte für mich fertig machen? I-ich kenne mich mit all diesen Dingen nicht aus."

„Warum sollte ich deiner Stiefmutter nicht die Wahrheit sagen? Warum erwartest du von mir, für dich zu lügen?"

„Du hast schon einmal gelogen. Welchen Unterschied macht es für dich, wenn du sie noch einmal anlügst?"

Blut bedeckte Judds Hand, und er zuckte vor Schmerz zusammen. „Ich sagte dir, ich habe sie nicht angelogen. Sie wusste nicht, dass du mir bereits versprochen warst. Sie hat Daniel verjagt. Oder auch nicht, je nach deiner Sichtweise."

„Du hast kein Wort darüber verloren, dass wir eine Beziehung hätten?"

„Nein. Aber –"

„Aber was?"

Judd blickte weg und wich meiner Frage aus. „Ich denke, es war gegenseitig."

„Was war gegenseitig?"

„Daniel dachte, es wäre das Beste, zu gehen."

„Warum?" Ich funkelte Judd an, wütend, dass er mich abblockte.

„Shale, wie ich schon sagte, du wurdest für mich auserwählt. Als Daniel davon hörte, sagte er, er müsse gehen."

„Warum?"

„Shale, bist du blind? Er mag dich, um Himmels willen, und er kann dich nicht haben. Und jetzt lass mich bitte mein Bein versorgen, bevor es sich entzündet oder ich verblute."

Judd tat mir leid. Ich war die Ursache für vieles seines Leidens, aber ich würde meinen eigenen Schmerz nicht loslassen, um seinen anzunehmen. „Geht es bei all dem nur um die Mitgift, dass du mich heiraten willst, Judd? Beantworte mir diese Frage. Du hasst mich."

„Nein, ich hasse dich nicht. Und ja, es gibt einen Vertrag."

„Das ist es also, was? Jeder will das Geld meines Vaters." Ich stampfte mit dem Fuß in den Dreck, und Partikel flogen hoch und trafen Judd ins Gesicht.

„Warum hast du das getan? Man wirft einem Mann keinen Dreck ins Gesicht, wenn er am Boden liegt."

„Du kannst mich nicht haben, hörst du das? Niemals! Außerdem wohne ich nicht hier, und ich habe vor, nach Hause zurückzukehren. Bald." Ich verschränkte die Arme vor mir und fügte am Ende ein „Pah" hinzu, um den Punkt zu verdeutlichen.

„Wenn du willst, dass ich dir helfe, will ich Geld dafür, was du nicht hast. Ich exponiere mich, indem ich für dich lüge. Deine Stiefmutter ist böse."

„Was weißt du denn? Wir sind uns in etwas einig." Ich stand vor Judds Gesicht, aber weit genug entfernt, dass er mich nicht packen konnte. Ich hielt den Goldklumpen hoch. Der Stein blendete im Sonnenlicht. Die Anziehungskraft des Klumpens war stark. Judd starrte.

„Wo hast du das her?"

Ich warf ihn in meinen Händen hin und her. „Du würdest mir nicht glauben, wenn ich es dir erzählte."

„Das ist viel Geld wert." Seine Augen folgten dem Klumpen, als ich ihn wie einen Pfannkuchen hochwarf. „Vorsicht, lass ihn nicht fallen", warnte er, als ob er ihn bereits als sein Eigentum beanspruchte.

Ich lachte. „Er wird nicht zerbrechen."

„Du würdest doch nichts so Wertvolles fallen lassen wollen, besonders wenn du es mir geben willst."

Ich steckte den Goldklumpen in meine Tasche. „Du denkst dir diese Geschichte aus, kümmerst dich um meine Tiere, machst Baruch fertig, und ich gebe dir das hier, wenn ich mit Daniel zurückkomme."

„Angenommen, er kommt nicht zurück?"

„Du solltest besser hoffen, dass er es tut, wenn du deinen goldenen Stein willst."

„Warum bringst du ihn hierher zurück?"

„Das musst du selbst herausfinden. Gib Nathan auch etwas Liebe. Er ist deprimiert."

Judd nickte. „Hast du noch mehr davon?"

„Das werde ich dir nicht sagen. Ich will so schnell wie möglich weg."

„Kannst du mir aufhelfen?", fragte Judd.

„Nein, aber ich bringe dir etwas Wasser, um es auf dein Bein zu tun, und ein paar Tücher für Verbände. Damit ich hier wegkann."

„Weißt du den Weg zu Dr. Lukas?", fragte Judd.

„Ich brauche eine Karte – wenn du eine hast, die du mir geben kannst."

Ermutigt und dankbar, dass ich bald aufbrechen würde, rannte ich zurück in mein Zimmer und kritzelte in mein Tagebuch:

„Danke, Hund. Ich wusste, du würdest mir beistehen. Nun hilf mir bitte, Daniel zu finden. Schenke mir Erfolg. Darf ich dich Abba nennen?"

Kapitel 25
KANN SHALE DANIEL FÜR SICH GEWINNEN?

Innerhalb einer Stunde brachen Baruch und ich mit einer wasserfleckigen Karte in der Hand nach Dothan auf und durchquerten die Terrassenhügel von Samaria. Trotz der Gefahren durch Diebe und Banditen würde ich Daniel finden. War es ein Zufall, dass ich Dr. Lukas auf dem Weg nach Nazareth gesehen hatte?

Baruch trottete gemütlich dahin. „Miss Shale, ich glaube nicht, dass Daniel zurückkommen wird."

„Wir werden ihn dazu bringen müssen. Warum bist du so negativ eingestellt?"

„Es funktioniert nicht, wenn zwei Männer in dieselbe schöne junge Dame verliebt sind."

„Was weißt du schon von solchen Dingen? Außerdem tue ich das für Nathan."

„Natürlich", fuhr Baruch fort, „ich glaube nicht, dass Judd in dich verliebt ist. Er will das Geld deines Vaters. Daniel ist eine andere Geschichte."

Ich erinnerte mich an die Worte aus Shakespeares Stück, das wir im Englischunterricht behandelt hatten.

"Die ganze Welt ist Bühne,

Und alle Fraun und Männer bloße Spieler.
Sie treten auf und gehen wieder ab;
Sein Leben lang spielt einer manche Rollen
Durch sieben Akte hin."

Es war Zeit, einen dramatischen Auftritt hinzulegen und meine Rolle zu übernehmen. Ich musste Daniel zurückgewinnen – ich würde Judd niemals erlauben, mich für das Geld meines Vaters zu heiraten. Ich wollte nicht nur eine Spielerin sein. Ich wollte eine Heldin sein.

Wir reisten eine Weile und kamen schließlich nach Dothan. Ich blickte auf mein Kleid hinab und erinnerte mich an die junge Frau, Martha, die es für mich ausgesucht hatte. Ein paar Jahre waren vergangen, seit wir das letzte Mal hier gewesen waren.

Wir näherten uns dem Basar der Händler, und ich suchte nach Marthas Stand. Ich konnte mich nicht erinnern, wo er war. Wenn ich ihn jedoch als Orientierungspunkt benutzte, könnte ich das Gasthaus leichter finden. Ich spähte in die Ladenfronten und schwelgte in Erinnerungen, als wir die Straße überquerten. Dann sah ich Daniel und wollte schon zu ihm eilen, aber wer war diese Frau, mit der er sprach? Martha – war sie das? Daniels Manierismen waren flirtend und zu vertraut.

Wut und Eifersucht verzehrten mich. Schmerz, Ärger, Verwirrung und Enttäuschung überwältigten mich. Was tat ich hier? War ich hier, um Nathan zu helfen oder um meine eigenen Sehnsüchte zu stillen? Die Wahrheit war schmerzhaft. Martha lachte, als er sich über den Tresen beugte. Dann umarmte Daniel sie und trat zurück, als ob er im Begriff wäre zu gehen. Ich stieß Baruch an, bevor Daniel uns sah – es war mir zu peinlich, ihn jetzt anzusprechen. Mein Gesicht würde alles verraten.

Hatte Baruch es bemerkt? Sollten wir umkehren und nach Hause gehen? Daniel hatte also eine Freundin. Warum auch nicht? Schließlich war er ein gut aussehender Typ. Was war so wunderbar an ihr? Ich schnitt eine Grimasse in ihre Richtung, als wir uns von der Gegend entfernten.

Würde ich jetzt aufgeben, nachdem wir so weit gereist waren?

„Weiter", befahl ich Baruch. Ich klopfte ihm auf den Rücken. Wenn er Daniel und Martha sah, sagte er nichts. Vielleicht war ich eine Närrin, hier zu sein, aber selbst Narren können anderen helfen, und ich war hier, um Nathan zu helfen, auch wenn ich auf mehr gehofft hatte.

Wenig später erreichten wir Jakobs Gasthaus. Dieselben zwei Männer lagen wie zuvor auf Matten – seit anderthalb bis zwei Jahren. Es gab auch zwei neue Patienten. Wo war Dr. Lukas? Ich würde vortäuschen, als hätte ich Daniel überhaupt nicht gesehen. Vielleicht würde sich Dr. Lukas für mich erkundigen. Ich wollte mich nicht blamieren.

„Warte hier auf mich, okay, Baruch?"

„Ich gehe nirgendwohin ohne Euch, Miss Shale."

Ich band ihn am Pfosten fest und tätschelte ihm den Kopf. „Ich bin gleich zurück."

Die richtige Etikette war knifflig – mit wem ich sprechen konnte, mit wem nicht. An die Manieren zu Hause konnte ich mich kaum erinnern, aber hier war es schlimmer. Jeder hasste irgendjemanden. Die Juden hassten die Samariter, die Römer hassten die Juden, und wen hassten die Samariter? Vielleicht waren es die Juden und die Römer. Mist – wen kümmerte das schon? Ich ging auf einen älteren Mann zu, der mit einem verkrüppelten Bein auf einer Pritsche lag.

„Entschuldigen Sie, Sir, aber haben Sie Dr. Lukas heute gesehen?"

Der alte Mann beäugte mich unbeholfen und kniff die Augen im Sonnenlicht zusammen. „Ist bald zurück", sagte er. „Er ist mit einem jungen Mann weggegangen – mal sehen, sein Name war Daniel, glaube ich."

„Danke, Sir."

Ich ging zurück zu Baruch. „Dr. Lukas' Patient sagte, er wäre bald zurück." Ich spielte an Baruchs Zügeln herum, während wir warteten. Tu einfach normal, sagte ich mir. Dumm. Darin war ich gut.

„Ich sehe Daniel jetzt!", rief Baruch aus.

„Wo?" Dann entdeckte ich ihn auch, wie er sich mit Dr. Lukas unterhielt. Daniel und der Arzt gestikulierten mit den Händen und gingen langsam. Ich wartete ungeduldig.

Ein paar Minuten später war Daniel in Hörweite, aber bevor ich sprechen konnte, sah er mich.

„Shale?"

„Daniel."

Er starrte mich ungläubig an.

Ein peinlicher Moment erfüllte die Luft zwischen uns.

„Ich dachte, du würdest kommen", sagte Daniel schließlich, „aber ich habe es abgetan."

Dr. Lukas blickte mich an, als ob er sich fragte, ob er wissen sollte, wer ich war.

Daniel, der seine mangelnden Manieren bemerkte, sprach. „Doktor, das ist meine Freundin Shale aus Brutus Snyders Haushalt, seine Tochter."

Er neigte den Kopf. „Freut mich, Euch kennenzulernen. Wie geht es Nathan?"

„Oh, Dr. Lukas, er braucht Daniel, damit er zurückkehrt."

„Ist er krank?"

Ich konnte diesen freundlichen Arzt nicht anlügen. „Nein, aber er vermisst Daniel."

Dr. Lukas blickte zu Daniel.

Daniel scharrte mit den Füßen und strich sein lockiges Haar von der Stirn zurück. „Das tut mir leid zu hören", murmelte Daniel und vermied meinen Blickkontakt.

Der Arzt griff hinüber und rieb Daniels Schulter in einer freundlichen Geste. „Die junge Dame ist im Namen von Mr. Snyders Sohn weit gereist, in einem Land voller Banditen und Diebe. Ihr solltet sie zurückbegleiten und um des Vaters willen nach Nathan sehen. Die Arbeit hier wird warten, bis Ihr zurückkehren könnt."

Ich spürte, dass Daniel sich gefangen fühlte und wütend war, dass ich ihn nicht privat angesprochen hatte, aber er war zu sehr ein Gentleman, um es zu zeigen. Natürlich hatte er auch eine Freundin, und das bedeutete, er müsste sie zurücklassen.

„Ja, Dr. Lukas. Natürlich."

Dr. Lukas hielt inne, bevor er zu seinen wartenden Patienten ging. „Grüßt Mister Snyder von mir, wenn Ihr ihn seht."

„Ja, Sir. Das werde ich sicher tun", antwortete ich.

Als Dr. Lukas in respektabler Entfernung war, flehte Daniel mich um eine Antwort auf die unausgesprochene Frage an.

„Du kannst nicht einfach so gehen, Daniel. Nathan braucht dich."

„Ich wurde gefeuert. Dr. Lukas weiß es nicht."

„Wer hat dich gefeuert?"

„Scylla."

„Sie kann dich nicht feuern", sagte ich.

„Sie kann tun, was immer sie will."

„Sie ist nicht meine Mutter."

„Sie ist auch nicht meine Mutter, aber das bedeutet nicht, dass ich tun kann, was immer ich will", fuhr Daniel sie an.

Er hielt abrupt inne und blickte sich um. Unsere Stimmen waren zu laut, und ein paar Lauscher hörten zu.

Er zeigte auf einen Pfad, der zur Rückseite des Gasthauses führte, und bedeutete mir, vor ihm herzugehen. „Komm."

„Weiter", drängte er mich. „Dort ist ein Tisch, und wir können privat reden."

Ein paar Minuten später saßen wir uns gegenüber, obwohl die Dinge nicht mehr so waren wie zuvor. Was war anders? Diese andere Frau, da war ich mir sicher.

„Du hättest nicht kommen sollen." Sein Tadel war ärgerlich. Er blickte von mir weg und weigerte sich, Augenkontakt aufzunehmen.

Sein Ausweichen verletzte mich. „Du behandelst mich ... unhöflich." Selbst wenn er in Martha verliebt war, konnte er immer noch nett sein.

Ich griff nach seinem Arm, und er zog ihn weg.

„Lass das", sagte er barsch.

„Gut. Sei doch so, während Nathan in Nazareth sitzt und sich das Herz aus dem Leib weint, weil du weg bist und er niemanden hat, der ihn versteht oder mit dem er reden kann."

„Ich kann nichts für ihn tun", sagte Daniel barsch.

Ich schüttelte den Kopf. „Männer sind alle gleich – Idioten. Ich dachte, du wärst anders. Es muss diese andere Frau sein."

Daniels Augen weiteten sich. „Welche andere Frau?"

„Die, mit der ich dich gesehen habe, als ich in die Stadt kam. Du weißt, von wem ich rede."

Daniel schien verblüfft. „Nein, das tue ich nicht."

Ich klopfte mir auf die Brust. „Ich habe dieses Kleid von ihr gekauft, als ich zum ersten Mal aus dem Garten kam. Martha, sie verkauft weibliche Dinge – Parfüms und so. Sie hat ihren eigenen Stand in der Stadt."

„Du meinst meine Schwester?", fragte Daniel.

„Das ist deine Schwester – Martha? Die, mit der du heute früh ein lebhaftes Gespräch hattest – die du umarmt hast?"

Daniel lachte. „Das ist meine Schwester. Zu Hause in meiner Dimension betreibt sie ihr eigenes Bekleidungsgeschäft. Hier macht sie dasselbe, wenn auch in viel kleinerem Maßstab."

„Martha ist deine Schwester?"

„Ja", sagte Daniel. „Ernsthaft."

Ich starrte auf den Boden. „Ich fühle mich dumm."

Ich bemerkte eine Weichheit in seiner Stimme. „Shale, der wahre Grund, warum ich gegangen bin, ist nicht, dass ich wahnsinnig in eine andere Frau verliebt bin, wie du vermutest. Scylla verlangte, dass ich gehe, und als ich von der Vereinbarung hörte, dass du Judd heiraten sollst, wurde es kompliziert."

„Inwiefern?"

Daniel verschränkte nachdenklich die Arme. „Du verstehst die Regeln hier nicht. Du wurdest Judd vor langer Zeit versprochen. Ich wusste es nicht. Judd erzählte Scylla, es sei nicht richtig, dass ich so viel Zeit mit dir verbringe, obwohl wir nur Freunde waren."

Daniel beugte sich über den Tisch und flüsterte. „Ich fühle mich jetzt nicht mehr wohl in deiner Nähe. Zumindest nicht wie vorher."

„Bist du verrückt? Ich hasse Judd, und er ist nicht einmal aus meiner Dimension."

„Wenn du bei den Römern bist, tue, was die Römer tun."

„Was soll das bedeuten?"

„Es bedeutet, was es sagt. Du hältst dich an ihre Regeln."

„Daniel –"

„Was?"

„Der wahre Grund, warum ich für dich gekommen bin, ist ein anderer. Es war nicht, weil du mich verlassen hast."

„Warum bist du dann gekommen?"

Ich atmete tief ein. „Nachdem du gegangen warst, machte ich mit den Tieren einen kurzen Tagesausflug über die Hügel. Wir trafen einen Mann, der auf dem Friedhof lebte, halb nackt, voller Dämonen, und –"

„Und?"

„Lass mich von vorn anfangen. Der Grund, warum wir an diesem Tag ausgingen, war, dass Judd die Tiere nicht fütterte. Lowly sagte, er verhungere. Er wollte zu einem Bauernhof gehen, der etwas weiter entfernt war, um Futter zu holen. In der Nähe gab es keinen Ort mit Schweinen."

„Es gibt nicht so viele Schweine in der Gegend, weil nur Heiden sie halten. Schweine sind für Juden rituell unrein und ekelhaft."

Ich seufzte. „Später, nach der ersten Begegnung, die mich erschreckte, huschte der wilde Mann zwischen den Schweinen auf dem Hügel hin und her und scheuchte sie auf. In diesem Moment legte ein Fischerboot an. Als sich die Fischer näherten, sagte Cherios, einer der Fischer sei der König, von dem ich dir schon erzählt habe."

„Der Verrückte?"

„Er ist kein Verrückter", korrigierte ich.

„Erzähl weiter. Komm zum Punkt." Daniel blickte hinter mich.

„Du redest davon, dass ich ungeduldig bin – ich bin drei Stunden auf dem Rücken eines Esels gereist, um hierherzukommen."

Daniel richtete seinen Blick wieder auf mich.

„Der wilde Mann rannte direkt auf die Fischer zu – den König. Die Augen des Königs hielten ihn an. Dämonen verließen den Mann und fuhren in die Schweine. Dann stürmten die Schweine in den See und ertranken."

„Das soll ich glauben?", fragte Daniel.

„Ja."

Daniel schüttelte den Kopf. „Shale, ich habe eine ähnliche Geschichte gehört. Klatsch verbreitet sich hier schnell. Du musst übertreiben."

„Nein. Es ist wahr. Ich würde über so etwas nicht lügen."

Daniel schwieg eine Minute lang. „Was hat das also mit mir zu tun, oder mit uns?"

Ich griff erneut nach Daniels Arm. Dieses Mal zuckte er nicht zurück. „Ich will Nathan zum König bringen. Wenn er diesen Friedhofsmann heilen konnte, könnte er Nathan helfen zu sprechen."

Daniel schüttelte den Kopf. „Nein."

„Sieh mal", fuhr ich fort, „wenn der König Nathan heilte, könnte er sprechen und normal sein, oder? Er ist nicht dumm, oder?"

„Nein." Daniel stützte sich auf den Tisch und legte sein Kinn in die Hand. Er blickte an mir vorbei, als nähme er etwas in einer anderen Welt wahr. Nach einer Minute lehnte er sich mit untypischer Resignation zurück. „Nichts kann Nathan heilen. Er ist so seit seiner Geburt."

„Was lässt dich denken, der König könne ihn nicht heilen?"

„Wie kann ich etwas so Absonderliches glauben? Ja, du hast etwas gesehen, das du nicht erklären kannst, aber wer weiß. Vielleicht war der Mann nicht verrückt. Es könnte inszeniert gewesen sein."

„Er hat versucht, mich auf dem Weg zum Bauernhof anzugreifen."

„Vielleicht war das sein Probelauf vor der eigentlichen Sache."

Ich biss mir auf die Unterlippe. „Warum sagst du so etwas?"

„Shale, dieser Mann, den du den König nennst – er ist kein Heiler. Er ist ein Scharlatan. Er ist – nichts. Er ist sicher kein Gott."

„Angenommen, du irrst dich? Wirst du Nathan im Stich lassen, ohne es wenigstens zu versuchen?"

Daniel stand auf und begann auf und ab zu gehen. Ein paar Minuten vergingen schweigend. Ich hielt den Atem an – und betete.

Schließlich blieb Daniel stehen. „Also gut, Shale. Ich gehe mit dir zurück und sehe, ob wir diesen angeblichen Heiler finden können, aber es gibt eine Bedingung."

„Welche denn?"

„Niemand sonst erfährt, dass ich zurück bin. Und sobald wir unsere Aufgabe erledigt und dir bewiesen haben, dass er ein Scharlatan ist, komme ich hierher zurück, wo ich hingehöre."

„Hasst du mich dafür, dass ich das tue?"

„Ob ich dich hasse – um Himmels willen, Shale, ich hasse dich nicht. Du bist nur – so hartnäckig. Und ich möchte die Sitten des Landes ehren, in dem wir uns befinden."

Daniel ließ sich auf den Stuhl fallen, seufzte und blickte weg. „Selbst wenn Judd nicht für dich auserwählt worden wäre, musste ich gehen."

„Wie, glaubst du, habe ich mich gefühlt, als ich herausfand, dass du gegangen bist, ohne dich zu verabschieden?"

„Ich war mir nicht sicher. Das wurde in der Vergangenheit arrangiert, bevor dein Vater Scylla heiratete. In der Hitze des Gefechts wollte ich sie besänftigen. Ich hatte Angst, dich in Betracht zu ziehen – ich könnte die falsche Entscheidung treffen. Vielleicht habe ich überstürzt gehandelt, ohne Nathans Bedürfnisse zu berücksichtigen. Ich wünschte, ich wüsste, was ich für ihn tun soll."

Ich überlegte, ob ich Daniel meine Liebe gestehen sollte – aber vielleicht war es besser, ihn im Ungewissen zu lassen. Jedenfalls wusste er es wahrscheinlich, da er meine Gedanken lesen konnte. „Du wirst mit mir zurückkommen?"

„Ja, aber nur unter den Bedingungen, die ich dir genannt habe."

„Wo wirst du bleiben?"

„Außer Sichtweite." Daniel lachte. „Ernsthaft. Du musst herausfinden, wo sich dieser Verrückte herumtreibt. Es wird nicht einfach sein." Er beäugte mich merklich. „Wie bist du hierhergekommen? Ich meine, was hast du Scylla erzählt?"

„Nichts. Ich habe Judd einen Goldklumpen für seine Hilfe versprochen."

„Mit Gold?" Daniels Augen weiteten sich. „Ich frage nicht, woher das kam."

„Ich dachte, du könntest meine Gedanken lesen", neckte ich ihn.

„Das kann ich, aber ich muss mich dafür anstrengen." Daniel beugte sich vor. „Du hast es nicht gestohlen, oder?"

„Natürlich nicht", sagte ich entrüstet.

Daniel zupfte nachdenklich an seiner Tunika.

Ich blickte weg. Ich wusste, er versuchte, meine Gedanken zu lesen.

„Du hast es also aus dem Garten", stellte er fest.

„Ja.“

„Kol HaKavod. Gut gemacht.“

Ich lachte über seine Fähigkeit, Gedanken zu lesen. Ich hatte ihm nie etwas davon erzählt, Goldklumpen im Garten gefunden zu haben.

„Warum siehst du mich so an?“, fragte er.

„Nichts. Judd sollte Scylla erzählen, ich sei nach Jerusalem gegangen, um meinen Vater zu suchen. Sie wird mich ein paar Tage lang nicht zurückerwarten.“

„Wir werden mit Nathan aus dem Haus schleichen müssen. Das wird nicht einfach. Nathan geht nie irgendwohin.“

„Wir haben Zeit, bevor Judd seinen Goldklumpen will oder denkt, ich hätte ihn betrogen.“

„Mach dir keine Sorgen um Judd. Wir haben genug damit zu tun, uns um Nathan zu kümmern. Lass uns gehen.“

Wir gingen zur Vorderseite von Jakobs Gasthaus, um Baruch zu holen. Daniel ging voran. Dann hielt er inne und berührte meinen Arm. „Warte hier, Shale, eine Sekunde. Ich muss etwas von Dr. Lukas holen. Ich bin in einer Minute zurück.“

„Wie, was, was brauchst du?“

„Einen Trank, damit Scylla wie ein Baby schläft.“ Daniel verschwand drinnen.

Ich fühlte mich ängstlich – angenommen, er wollte mich hierlassen und nicht zurückkommen? Warum hatte ich solche Zweifel? Ich blickte mich um. Lauerte hier etwas Böses in der Nähe? Ich spürte etwas, das mich unruhig m

Kapitel 26
DER VERZAUBERER SPRICHT EINEN ZAUBER

Ich stand neben Baruch und rieb ihm den Rücken.

„Ihr habt es geschafft", sagte Baruch. „Ich wusste nicht, wie Ihr ihn zurückholen würdet."

„Nur um Nathan zum König zu bringen", erinnerte ich ihn. „Hoffen wir, dass der König mehr tut, als ihn nur zu heilen."

„Wie was?", fragte Baruch.

„Mir meine Herzenswünsche erfüllen."

„Und was könnte das sein?"

„Viele Dinge. Stell dir nur vor." Während wir auf Daniel warteten, sah ich etwas im Gras bewegen – wie beim letzten Mal, als wir im Gasthaus waren. Das Gras war zu hoch, um aus dieser Entfernung etwas zu erkennen. Neugierig ging ich hinüber, um zu sehen, was es war.

Plötzlich schoss eine schwarze Schlange in die Luft und ließ ihre Zunge züngeln. Ihre blitzenden Augen trafen meine unerwartet. Ich versuchte, mich von der Kreatur abzuwenden, aber der seltsame Versucher hypnotisierte mich. Ich hatte noch nie eine Schlange gesehen, die sich so ungewöhnlich verhielt. Trommelschläge ertönten, und die Schlange begann, sich zur Musik zu wiegen, die an Intensität zunahm.

Er rief meinen Namen. „Shale, meine strahlende und wunderschöne. Ich weiß, wonach du dich sehnst, auch wenn du es noch nicht herausgefunden hast. Ich kann es dir geben."

Die Kreatur sprach redegewandt und flüsterte ein Wort, das mein Herz durchbohrte.

Ich nickte. „Ja, das ist es. Liebe."

„Oh, Shale, du bist so wunderschön."

Ich berührte meine Wange. „Bin ich das?"

Die Schlange wiegte sich hin und her. Bald erschienen mehr Schlangen, die sich mit der ersten tummelten, und die abscheulichen Kreaturen verwandelten sich in gut aussehende Männer, die lächelten und Luftküsse schickten. Dann verwandelten sie sich zurück in bezaubernde Schlangen, die versuchten, mich näher zu locken.

Baruch wieherte und stampfte mit den Hufen. Warum tat er das?

„Shale, du verdienst so viel Besseres. Komm näher. Ich kann dir ein wunderbares Gefühl geben. Ich verstehe dich, Shale, du armes Mädchen, das so sehr gelitten hat."

Ich konnte meine Augen nicht von dem Verzauberer abwenden. „Du verstehst mich?"

Die Schlange tanzte bezaubernd. „Vertraust du mir?"

„Ich weiß nicht."

„Du sehnst dich danach, geliebt zu werden, nicht wahr, Liebling?"

„Ja, aber du bist eine Schlange. Was weißt du schon von Liebe?"

„Ich kann es so einrichten, dass du dich immer geliebt fühlst. Möchtest du das?"

„Ja."

„Ich kann dafür sorgen, dass gut aussehende Männer dich begehren."

Ich spürte, dass etwas nicht stimmte, aber die Kreatur war unwiderstehlich. Ich konnte mich nicht abwenden. Ein Gardenienduft, meine Lieblingsblume, entführte mich in eine ferne Utopie. Mit den Füßen tippend, wiegte ich meine Arme zu sanften, melodiösen Streichinstrumenten, die den Rhythmus der Trommeln hielten. Die Schlange näherte sich mit ihrem Gefolge. Die verführerische Kreatur sprach angenehme Worte zu mir.

So angenehm war der Klang meines Namens. Die Lockrufe forderten mich auf, mich freizulassen, und das gewinnende Lächeln fesselte mich. Liebe erfüllte die Luft, als die Schlangenaugen mich begehrten, aber eine andere Stimme sprach.

„Geh weg", forderte ich. „Lass mich in Ruhe."

Ich machte einen weiteren Schritt und streckte die Hand aus, um den Zauberer zu berühren.

„Ich mache dich zu einer wunderschönen Prinzessin", versprach er.

Der Wunsch, talentiert zu sein und von gut aussehenden jungen Männern begehrt zu werden, verzehrte mich.

Schritte näherten sich, und eine vertraute Stimme sprach mich an. „Shale, komm zu mir."

Daniel kam zu spät. Ich wollte ihn nicht mehr. Ich lachte.

„Shale, komm zu mir." Die Schlange benutzte dieselben Worte wie Daniel. Ich starrte in die Tiefen der Augen der Kreatur, und das Böse stach in meine Seele.

„Gib mir deine Hand, Shale, jetzt", forderte Daniel. „Ich werde dich zu mir ziehen."

Ich streckte die Hand zurück, und Daniels Hand umfasste meine. Er zerrte an mir und zog mich zu sich. Ich wollte meine Hand wegziehen. Die Schlange hielt mich immer noch in ihren Fängen, hypnotisierte mich und weigerte sich, mich gehen zu lassen.

„Shale, sieh mich an", drängte Daniel.

Die Schlange beharrte. „Ich kann dir alles geben, was du willst."

Ich fühlte mich zwischen den beiden gefangen – warum war es so schwer zu wählen? Plötzlich flog eine weiße Taube über uns hinweg. Die unerwartete Bewegung überraschte mich genug, um den Bann zu brechen. Ich brach in Daniels Armen zusammen und vergrub mein Gesicht in seiner Brust.

Daniel schlang seine Arme um mich. „Dir geht es gut, Gott sei Dank. Ich spürte, dass du in Gefahr sein könntest, und als Baruch wieherte, kam ich heraus, um nachzusehen. Nächstes Mal werde ich nicht zögern."

Mehrere Männer in der Nähe riefen um Hilfe und eilten herbei, um die schwarze Kobra zu sehen. Ein Tumult entstand, obwohl ich zu verängstigt war, um zuzusehen, wie sie sie töteten.

Ich hatte diese Dunkelheit schon einmal erlebt. Jetzt wusste ich, was es war. Die Schlange erinnerte mich an die Zeichentrickfiguren, die meine Schlafzimmerwände bedeckten, die Versuchung des Königs in der Wildnis, die Schlange, die mir im Garten durch die Hand geglitten war, die kringeligen Gestalten, die die Geier jagten, und die abscheulichen Kreaturen, die in die Schweine gefahren waren.

Ich atmete aus. Die Dunkelheit drang immer noch in meinen Geist ein und erfüllte mich mit schrecklichen Bildern. Ich fürchtete die Angst selbst, die schlimmste Art von Dunkelheit, aber ich würde bald lernen, dass dies erst der Anfang des Kampfes um meine Seele war.

Kapitel 27
DAS SCHAF

Als wir zu meines Vaters Villa in Galiläa zurückkehrten, wollte ich nicht über das Geschehene sprechen. Obwohl Daniel mich in Ruhe ließ, um es zu verarbeiten, und seine Anwesenheit neben mir beruhigend war, konnte ich meinen innersten Kampf nicht mit ihm teilen. Warum hatte ich dieses Gefühl, dass etwas Böses mich wollte?

Bei unserer Rückkehr hielten wir neben der Straße, ein paar Hundert Stadien vom Anwesen meines Vaters entfernt, an. Hier gerieten wir in eine hitzige Diskussion darüber, wie wir Nathan in dieser Nacht aus dem Haus bekommen sollten.

„Ich denke, du solltest Weltkluge Krähe eine Ablenkung mit Mari inszenieren lassen, und du tust den Trank in ihren Wein", beharrte Daniel. „Schließlich ist er gut darin, Ablenkungsmanöver zu verursachen."

„Mari hat mir versprochen, dass sie alles tun würde, um mir zu helfen, aber ich traue Weltkluge Krähe nicht. Ich traue keiner Krähe."

Wir steckten in einer Sackgasse. So weit gekommen zu sein und sich bei einem so wichtigen Detail uneinig zu sein, brachte mich auf.

Daniel untersuchte den Trank im Fläschchen und schüttelte es sanft. „Du hast eine Chance, das richtigzumachen. Scylla wäre außer sich, wenn sie wüsste, dass du das tust."

„Ich weiß. Mari sorgt sich um Nathan. Zu wissen, dass wir ihn zur Heilung bringen, wird sie motivieren, mitzumachen."

Daniel hörte zu, schien aber nicht überzeugt.

„Es ist besser, dass Mari uns hilft, als zu versuchen, mit Nathan hinauszuschleichen – solange wir zurück sind, bis Scylla aufwacht. Hast du herausgefunden, wo der König ist?"

„Ich?", fragte Daniel.

„Ja."

„Der Fischer, meinst du?" Daniel stellte das Fläschchen ab und lehnte sich zurück, stützte sich auf die Ellbogen, während er das Feld bewunderte. Die Sonne war hinter den Bäumen am Horizont versunken. „Ich weigere mich, ihn einen König zu nennen."

Die Art, wie Daniel es sagte, zeigte, dass er unnachgiebig war.

„Gut – der Heiler", sagte ich widerstrebend.

Daniel verdrehte die Augen. „Wie auch immer."

Der rötliche Schimmer auf Daniels gebräuntem Gesicht und braunem Haar ließ ihn noch gut aussehender erscheinen als sonst.

„Du solltest besser gehen und es ihr sagen", sagte Daniel. „Ich bin begierig darauf, anzufangen. Möge Gott uns Erfolg schenken."

Ich stand auf und klopfte den Schmutz von meinem Kleid. „Wünsch mir Glück."

Daniel reichte mir den Trank. „Nein, kein Glück. Ich werde beten."

„Danke." Ich lächelte und ging die Straße hinauf zu meinem Vaterhaus. Die Abendsonne war hinter den grünen Feldern und der staubigen Straße versunken. Die Luft war schwer von Feuchtigkeit. Einige Tauben gurrten von den Bäumen, und eine Schafherde graste auf dem Hügel.

Hatte Daniel jemals gesagt, ob er wusste, wo der König war? Ich hätte fragen sollen, als wir in der Stadt waren, aber die Begegnung mit der Kobra hatte mein Denken verwirrt.

Ich lauschte an der Hausecke nach Mari – Geschirrklappern, Teppichklopfen, sogar ihre Stimme. Da ich nichts hörte, schlich ich zur anderen Seite. Sie schleppte Wasser vom Brunnen. Das war meine Aufgabe, aber da ich nicht hier war, musste sie auch meine Arbeit erledigen. Sie war zu sichtbar für mich, um hinzurennen und sie zu begrüßen. Scylla oder Judd könnten mich sehen. Ich würde warten, bis sie näher war.

Ein paar Minuten später flüsterte ich ihr zu. Mari blieb abrupt stehen und sah sich um.

„Mari, hier ist Shale, hier drüben."

Sie grinste. „Shale, du bist zurück."

„Komm her und tu normal. Du hast mich nie gesehen, okay?"

„Okay." Mari sah verblüfft, aber froh aus, mich zu sehen.

„Stell das Wasser ab, und ich erkläre es dir."

„Sicher."

Ich erzählte Mari die Einzelheiten unseres Plans. „Gib diese Medizin heute Abend in Scyllas Wein. Es wird sie sehr schläfrig machen. Daniel und ich wollen Nathan zur Heilung zum König bringen – dem Lehrer, der Wunder wirkt, aber Scylla würde es uns nicht erlauben, wenn sie es wüsste. Wir holen Nathan, sobald sie eingeschlafen ist, und gehen. Wir sollten zurück sein, bevor sie aufwacht. Kannst du uns helfen?"

Mari nickte. „Ich tue es für Nathan."

„Großartig." Ich griff hinüber und umarmte sie. „Hier, nimm das.
"

Mari untersuchte das Fläschchen und roch an der Mischung. „Was ist das?"

„Es ist ein Beruhigungsmittel – es wird sie einschlafen lassen."

„Okay. Ich gebe es ihr."

„Gut. Nun brauche ich ein Zeichen, um zu wissen, dass du die Medizin in Scyllas Getränk getan hast und sie es getrunken hat. Was können wir benutzen?"

„Ich könnte ein Lied singen."

„Ja, das ist es. Sing das Lied, das du mir gesungen hast, als ich Fieber hatte. Dann wissen Daniel und ich, dass sie schläft und es sicher ist, sich hineinzuschleichen."

„Ja, Ma'am." Mari steckte die Schlafmedizin oben in ihr Kleid. „Ihr solltet ihn vielleicht gleich holen."

Ich nickte. „Ich werde in der Nähe sein", versicherte ich ihr. „Je früher, desto besser. Nochmals danke."

„Gern geschehen." Mari ging zurück, um den Eimer aufzuheben, und ich winkte ihr zu, als sie mir einen Luftkuss zuwarf.

Ich eilte die Straße hinunter, um Daniel wissen zu lassen, dass alles vorbereitet war.

„Wohin gehen wir?", fragte er.

„Ich dachte, du hättest herausgefunden, wohin."

„Nein. Ich musste die Medizin von Dr. Lukas holen, den Trank."

Ich biss mir auf die Lippe. Ich war immer großartig mit Ideen, aber nicht so sehr mit den Details. „Wie wissen wir, wohin wir gehen sollen, wenn wir nicht wissen, wo der König ist?"

Daniel ignorierte meine Königsreferenz. „Das musst du herausfinden. Das ist dein Abenteuer, Shale."

„Aber du bist ein Mann. Es erscheint natürlicher, dass du die Männer fragst als ich." Ich ging hin und setzte mich auf einen Baumstamm neben Baruch, verschränkte die Arme und machte mir Sorgen. Männer konnten so stur sein.

Ein süßer Klang unterbrach meinen klagenden Geist. Ich blickte auf und sah Viel-Furcht über die Weide sprinten. Sie begrüßte mich mit fröhlichen Jappsern.

„Wie bist du hierhergekommen?"

„Ich habe ein Loch unter dem Zaun gegraben. Hatte dich den ganzen Tag nicht gesehen."

Ich kraulte sie hinter dem Ohr, während sie sich wandte.

Daniel fragte erneut: „Was willst du tun? Ich dachte, du wüsstest, wo er ist. Warum hast du mich nicht früher gefragt?"

„Das habe ich."

„Nein, das hast du nicht."

Ein paar Minuten vergingen, während wir uns anstarrten. Es war zu spät, um irgendwohin zu gehen, und es war keine Menschenseele in der Nähe, die etwas über einen Wanderprediger oder Heiler wissen würde.

Bald näherte sich uns ein Schaf von der Herde auf dem nahen Feld. Schafe reisten nie allein, weil sie einen Hirten brauchen, der sie führt. Daniel beäugte das Schaf neugierig.

Als das Schaf nah genug herankam, sprach es. „Shale, ich bin Klein."

„Klein?"

„Du kennst mich."

„Ja, das stimmt. Du hast Baruch zum König gebracht."

Das Schaf nickte. „Jeder, der zu mir ruft, dem werde ich antworten. Eines Tages werden die Menschen den Geist des Königs in außergewöhnlichen Menschen wie Martin Luther, David Livingstone, Corrie Ten Boom und Hudson Taylor sehen. Heute erfülle ich demütig den Auftrag des Königs für dich. Ich bin ein Schaf, wie so viele andere, das auf die Stimme des großen Hirten hört und ihr gehorcht."

Ich blickte hinter das Schaf und sah die Dutzenden von Schafen auf dem Hügel. Warum wurde dieses Schaf aus allen anderen herausgerufen?

Das Schaf antwortete mir, ohne dass ich gefragt hatte. „Ich wurde auserwählt, dir diese Botschaft zu bringen."

Daniel fragte: „Shale, mit wem sprichst du?"

Ich hob die Hand, um ihn zum Schweigen zu bringen.

Das Schaf fuhr fort: „Geht am Morgen zum See Genezareth und in die Region der Dekapolis, und er wird dort sein, um euch zu empfangen. Friede sei mit dir, mein Kind." Das Schaf drehte sich um und ging in die Richtung zurück, aus der es gekommen war.

Daniel sah dem Schaf nach, bis es verschwunden war, bevor er etwas sagte. „Sag mir nicht, dass du mit diesem Schaf gesprochen hast."

„Das habe ich."

Er verdrehte die Augen. „Wie machst du das? Ich habe nichts gehört."

„So wie du mit Nathan sprechen kannst und ich nicht."

Daniel starrte mich lange schweigend an, bevor er sprach. „Also, was hat dir das Schaf erzählt? Oder muss ich überhaupt fragen?"

„Du weißt es."

„Ja", sagte Daniel. „Wir brechen mit Nathan zur Dekapolis auf."

„Lass uns nicht bis zum Morgen warten." Ich stand auf. „Ich gehe zurück zum Haus, um auf Maris Gesang zu lauschen."

Daniel nickte. „Ich bleibe hier bei Baruch."

„Komm", sagte ich zu Viel-Furcht. „Du kannst mir Gesellschaft leisten, während ich warte."

Kapitel 28
DIE HEILUNG

Stunden später schwebte Maris melodische Stimme auf einer sanften Brise herbei. Ich hatte schwer gekämpft, um nicht einzuschlafen. Ich kletterte zurück zu Daniel, der halb wach im Gras lag. „Scylla schläft. Wir können Nathan jederzeit holen."

Daniel gähnte. „Großartig. Lass uns ein paar Stunden ruhen, und wir schleichen ihn morgens hinaus."

„Nein, warte nicht. Wer weiß, wie lange das Beruhigungsmittel wirkt."

„Du willst, dass ich sofort gehe?"

„Ja."

Daniel stand widerstrebend auf und rieb sich die Augen. Konnte ihn irgendetwas aufhalten, wie er da im Mondlicht mit seiner athletischen Gestalt stand? Er sah zu stark aus.

„Ich gehe mit dir rüber und warte", bot ich an.

„Bist du sicher, dass du das tun willst?", fragte Daniel.

„Natürlich bin ich sicher." Wir mussten es tun, bevor er seine Meinung änderte. Ich könnte es nicht ertragen, wenn wir so weit gekommen wären und keinen Erfolg hätten. Allein die erneute Begegnung mit dem König genügte, um mich davon abzuhalten, zu kneifen.

Ein paar Minuten später standen Daniel und ich draußen vor der

Tür. Daniel nickte – als ob er mich bitten würde, für ihn zu beten oder ihm Glück zu wünschen. Ich tat beides. Er verschwand im Haus, und ich kauerte mich in den Blättern nieder und lauschte auf jedes Geräusch, ob gut oder schlecht. Die Zeit verging zu langsam. Ich pustete auf meine Hände und rieb sie aneinander, um mich wach zuhalten und die Schmetterlinge in meinem Bauch zu verscheuchen.

Einige Minuten später traten Nathan und Daniel durch die Vordertür. Ich sprang aus meinem Versteck auf. Niemand sonst hätte Nathan so leise hinausschleichen können. Daniel hatte seinen Arm auf Nathans Schulter gelegt, um ihn zu führen, als er im Dunkeln stolperte. Bald erreichten wir die Straße. Ich atmete schwer und ließ die aufgestaute Spannung los.

„*Kra-Kra.* Wo gehst du hin, Shale?" Weltkluge Krähe hatte uns gefunden und kam wie üblich im unpassendsten Moment.

„Wir gehen zum König", antwortete ich. „Schhhh."

„Was?", fragte Daniel.

„Ich spreche mit Weltkluge Krähe."

„Weltkluge Krähe?" Daniel blickte zurück zu dem schwarzen Vogel, der uns nun folgte. Er zuckte mit den Schultern. „Wie auch immer."

Wir gingen zurück zu unserem Versteck und bereiteten uns auf den Aufbruch vor. Ich schickte Viel-Furcht zur Höhle, also waren es nur Baruch und wir.

Die erste Stunde verging schweigend. Nathan und Daniel gingen neben mir, während ich ritt. Daniel nahm sich ein paar Augenblicke Zeit und erklärte Nathan vom König und meinen Wunsch, ihn geheilt zu sehen. Nathan dankte mir mit seinen Augen.

Wir durchquerten die Region von Tyrus und Sidon. Bei Tagesanbruch näherten wir uns dem See Genezareth, und wenig später betraten wir die Dekapolis, wo wir auf eine Menschenmenge stießen, die sich an einem Hügel versammelt hatte. Ich stellte mich auf die Zehenspitzen, um etwas zu sehen, konnte aber nicht nach vorn blicken.

„Wir müssen Baruch hierlassen und hinuntergehen", sagte ich zu Daniel.

Baruch iahte. „Ich will den König auch sehen."

„Tut mir leid, Baruch, dieses Mal nicht. Du hattest viel Zeit mit dem König im Garten. Das ist Nathans Moment."

Baruch ließ den Kopf hängen. „Ja, Miss Shale. Ihr habt recht."

Ich tätschelte Baruch auf die Nase und band ihn unter einem schattigen Baum an.

Daniel führte Nathan vor sich her, und wir drängten uns durch die Menge. Ich erkannte die Fischer, die mit dem König in Gadara gewesen waren, als er die Dämonen austrieb.

Einer kam auf uns zu und fragte: „Was braucht ihr?"

Daniel antwortete: „Wir haben einen jungen stummen Mann bei uns, der Heilung braucht."

Der Mann winkte mit der Hand auf die auf dem Hügel versammelte Menge. „Der Meister ist gerade beschäftigt. Seht ihr das nicht?"

Manchmal zahlte sich meine Hartnäckigkeit, obwohl sie für manche ärgerlich war, aus. „Bitte lasst uns Nathan zum Heiler bringen. Wir sind von weit her gekommen."

Ich blickte hinter ihn. Wir hatten die Aufmerksamkeit des Königs erregt. Ich flehte: „Wenn der Lehrer Nathan berühren könnte, weiß ich, dass er ihn heilen würde."

Der Mann ging, um privat mit dem König zu sprechen.

Ein paar Minuten später kam der König auf uns zu und begrüßte uns. Seine Augen zeigten Zärtlichkeit und Besorgnis. „Folgt mir."

Der König führte uns von den Leuten weg zu einem abgeschiedenen Ort. Er zeigte Nathan, wo er sich setzen sollte. Nachdem er gebetet hatte, spie der König auf seine Hand und berührte Nathans Zunge. Er blickte zum Himmel auf und rief: „Ephphatha!"

Nathan öffnete den Mund weit und bewegte zum ersten Mal seine Zunge. Seine Augen leuchteten auf. Lachend wandte er sich dem König zu. Deutlich sprechend redete er mit einem Überschwang, der mich erstaunte.

Nathan kniete vor dem Heiler nieder und sprach Lobpreisungen. „Danke, mein Herr, dass Ihr mich geheilt habt."

Dann wandte er sich an uns andere. „Ich kann sprechen. Ich kann sprechen. Hört mich." Er griff nach Daniel und schüttelte ihn. „Ich kann sprechen. Kannst du mich hören?"

Daniel nickte.

Nathan verneigte sich noch einmal vor dem König. „Danke, Herr.
"

Der König sagte: „Wenn ihr von hier weggeht, erzählt niemandem, was ich getan habe."

Inzwischen waren uns die Menschenmengen gefolgt. Die Leute sahen staunend zu. Viele schüttelten ungläubig den Kopf.

„Wer ist dieser Mann, der solche Wunder tut? Woher kommt er?", fragten sie.

„Er kommt aus Nazareth", antwortete ein Anhänger.

„Nazareth – kann von dort etwas Gutes kommen?"

Der Heiler hatte Spaltung unter das Volk gebracht. Daniel beobachtete mit Interesse. Ich bemerkte, dass er und der König Blicke wechselten. Daniels Nicken in Richtung des Königs erfüllte mich mit Hoffnung. Wie lange würde es dauern, bis er verstand?

Die Augen des Königs durchdrangen die Dunkelheit meines Herzens, aber ich fühlte mich nicht verurteilt. Gänsehaut kroch mir die Arme hoch. Ekstase durchströmte mich. Freude, die ich nicht gekannt hatte, floss auf eine Weise durch mich, die ich nicht verstand. Worte waren nicht nötig.

Der König kannte meine innersten Unvollkommenheiten, aber er bedeckte meine Fehler mit seiner Vollkommenheit. Ich glitt hinunter und setzte mich zu seinen Füßen. Er legte seine Hand auf meinen Kopf und betete, sprach sanft zu mir.

„Ich liebe dich, Shale, mehr, als du ahnen wirst. Lass niemanden deine Freude stehlen. Es gibt niemanden wie dich. Glaube."

Ich schluchzte, als ich wie ein zusammengekauertes Häufchen dasaß. Ich wollte nicht, dass das, was zwischen uns geschah, endete. Ich war verändert, aber ich wusste nicht, wie oder was es bedeutete. Eines wusste ich – ich wollte eine Tochter des Königs sein.

Nathan ging weiter durch die Menge und teilte seine Heilung mit. Das Staunen der Menge wuchs. „Er hat alles gut gemacht", sagten sie. „Er lässt sogar die Tauben hören und die Stummen sprechen."

Daniel behielt den König im Auge. Ich konnte spüren, wie die Räder des Glaubens in seinem intellektuellen Geist mahlten. Er brauchte mehr Zeit. Der König lächelte mich noch einmal an, als wir uns zum Aufbruch bereit machten.

Ich sehnte mich danach, ihn tief zu kennen. Wie konnte eine Person so Ehrfurcht gebietend, so vollkommen und so liebevoll sein? Ich wusste, er war mehr als nur ein gewöhnlicher Mann. Er musste der sein, für den er sich ausgab.

Wir hatten es fast den Hügel hinauf geschafft, als ich den Bettler aus Dothan sah. Als er seine Hände zum Himmel hob, floss Freude über. Ich eilte zu ihm, und er hörte auf zu beten, um mich wahrzunehmen. Ein fragender Blick überzog sein Gesicht.

„Ihr seid geheilt!", rief ich aus.

Der Mann berührte seine Augen und stieß dann die Hände in den Himmel. „Der König hat mich geheilt. Ich kann sehen!"

„Das ist wunderbar. Dann kennt Ihr den König auch", sagte ich aufgeregt.

Der Mann griff nach meiner Hand und drückte sie, wie er es vor langer Zeit getan hatte. Er lächelte breit. „Ihr habt mir einmal eine Münze gegeben, als ich blind war."

„Ja, das habe ich. Und Ihr habt für mich gebetet, dass ich Segen empfange."

Wir standen einen Moment lang da, die Hände verschränkt, und dann ließ er mich los. Ich lächelte ihn an, als ich wegging.

Daniel rief mir von weiter oben am Hügel zu.

Ein paar Minuten später kletterte ich auf Baruchs Rücken und machte mich bereit, wie ein alter Hase im Eselreiten, aber Traurigkeit erfüllte mein Herz. Wir mussten zu früh gehen. Ich wollte die Erinnerung auskosten, damit sie ewig währen würde. Und Fifi – ich wusste, er war in Sicherheit. Ich hatte Frieden. Die Augen des Königs – sie durchbohrten meine Seele und liebten mich trotzdem.

„Shale, ist alles in Ordnung mit dir?"

Daniels Stimme riss mich in die Wirklichkeit zurück.

„Ja." Ich saß eine Minute lang still da, bevor ich fortfuhr. „Er ist der König über alle Könige."

„Meinst du?" Daniel ging neben Baruch her, während ich auf dem Esel saß.

„Und du nicht?"

Daniel schürzte die Lippen. „Ich weiß nicht, was ich denken soll."

Weltkluge Krähe landete auf einer Palme, als wir vorbeikamen. „Das war spektakulär. Irgendeine Art von Magie, was? Wie hat er gelernt, das zu tun?"

„Er hat es nicht gelernt, Weltkluge Krähe."

„Was sagst du da?" Daniel blickte mich an.

Ich kicherte. „Oh, Weltkluge Krähe nannte den Heiler einen Magier."

Daniel grinste. „Das ist eine Idee."

Ich wandte mich an Nathan. „Was ist das Erste, was du Scylla sagen wirst, wenn wir zurückkehren?"

Nathans Augen waren auf den Boden gerichtet. Er murmelte. „Ich werde nichts sagen."

„Was? Sag mir, dass du Witze machst. Du bist geheilt, und du wirst anderen nicht erzählen, was der König für dich getan hat?"

„Hat er mir nicht gesagt, ich solle es niemandem erzählen?"

Ich verdrehte die Augen. „Ich glaube nicht, dass er das so gemeint hat, Nathan. Wirklich."

„Was meinte er dann, als er mir sagte, ich solle es niemandem erzählen?"

„Ich weiß nicht. Vielleicht erzähl es den Leuten erst, wenn sie bereit sind, zuzuhören."

„Ich werde enthüllen, was der König getan hat, aber nur meinem Vater. Ich möchte, dass er es zuerst von mir hört."

Ich starrte Nathan an. „Du meinst, wir haben dich den ganzen Weg hierhergebracht, den Zorn Scyllas riskiert, indem wir dich hinausschlichen, und du wirst nicht einmal mit ihr sprechen?"

„Außerdem", fuhr Nathan fort, „möchte ich, dass Daniel bei uns bleibt und nicht geht. Das wird nicht passieren, wenn Scylla weiß, dass ich sprechen kann."

„Nathan", tadelte Daniel, „du kannst die Leute nicht so manipulieren. Ich gehe, wohin ich will. Niemand kontrolliert mich, nicht einmal du."

Mein Herz sank. Das entwickelte sich nicht so, wie ich es wollte.

Meine Freude verflog bereits. Ich steckte immer noch bei einer bösen Stiefmutter fest, einem abwesenden Vater, war einem Mann verlobt, den ich hasste, und derjenige, mit dem ich zusammen sein wollte, ging. Wut schlich sich in meine Gedanken. Meine guten Absichten, Nathan zu heilen, hatten nicht alles erreicht, was ich mir erhofft hatte, und doch leuchtete das Lächeln des Königs immer noch in meinem Geist, und seine Stimme klang in meinen Ohren nach: „Lass andere nicht deine Freude stehlen."

Weltkluge Krähe krächzte. „*Kra-Kra.* Ich komme aus Jerusalem. Viele religiöse Führer sagen, dieser Mann sei ein Betrüger."

„Was weißt du schon von irgendetwas, Weltkluge Krähe? Geh weg. Lass mich in Ruhe."

Damit flog die Krähe eingeschnappt davon und überließ es mir, all diese Dinge in meinem Herzen zu bewegen.

Kapitel 29
GEHEIMNISSE ENTHÜLLT

Wir waren länger weg gewesen, als ich beabsichtigt hatte, und kamen erst spät am Nachmittag an. Daniel wollte gehen, aber ich überredete ihn, Baruch in die Höhle und Nathan ins Haus zu bringen. Nathan war entschlossen, im Hause Snyder weiterhin den stummen jungen Mann zu spielen.

Wir überquerten gerade die Veranda im Säulengang, als Scylla uns entdeckte. Sie stand wie eine Statue da, die Hände in beide Hüften gestemmt. Ihre bösartigen Augen ruhten auf mir. Obwohl wir noch ein gutes Stück entfernt waren, konnte keiner von uns ihrem giftigen Zorn entkommen.

„Das wird nicht gut gehen", sagte Nathan.

Judd stand unter einer Palme. Sein Mund stand offen, als Nathan sprach, aber ich war zu erschrocken, um über ihn nachzudenken. Wie Scarlett in *Vom Winde verweht* sagte, darüber denke ich morgen nach.

Als wir in Hörweite waren, begann Scylla mit mir.

„Shale, wo bist du gewesen? Du hast nicht einmal Mari gesagt, wo du warst. Ich habe mir solche Sorgen um Nathan gemacht."

Daniel brachte Nathan ins Haus. Ich fühlte mich bloßgestellt und wehrlos. Warum war Daniel so abrupt gegangen?

„Wir haben Nathan zum Heiler gebracht."

Scylla runzelte die Stirn. „Welcher Heiler?"

„Der König. Manche nennen ihn Meister."

Scylla funkelte mich an. „Seinetwegen steckt dein Vater in Jerusalem fest. Dieser ‚Wunderheiler' hat die römische Regierung usurpiert und das religiöse Establishment hasst ihn." Scylla spottete. „Er ist ein Jude, und doch verachtet ihn der Hohe Rat. Was sagt dir das? Noch so ein Johannes der Täufer – ich höre, er wurde geköpft."

Sie verdrehte die Augen. „Wie kannst du nur so leichtgläubig sein, Shale? Sogenannte Heiler gibt es hier wie Sand am Meer. Sie stehen an Straßenecken und stehlen dein Geld. Ein Haufen Scharlatane sind das. Wenn Dr. Lukas Nathan nicht heilen konnte, kann es niemand. Um Nathans Willen werde ich mit Daniel nachsichtig sein."

„Ihr habt mich angelogen", sagte ich.

Scylla schüttelte den Finger vor mir. „Wage es nie wieder, mich des Lügens zu bezichtigen."

„Was Ihr mir erzählt habt, war eine Lüge."

„Ich habe dich nicht angelogen."

Schritte näherten sich von hinten, aber ich ließ meine Augen auf Scylla gerichtet. „Was hat Judd Euch über Daniel und mich erzählt?"

Sie funkelte wütend, dass sie mich nicht kontrollieren konnte.

Die Verandatür öffnete sich, und Daniel trat heraus. Er stand zögernd da und musterte die sich entwickelnde Situation.

„Nur zu. Und wenn Ihr schon dabei seid, erzählt uns, was Ihr Daniel erzählt habt."

Scylla reckte ihre spitze Nase in die Luft. „Wie könnt Ihr es wagen, so mit mir zu sprechen?" „Egal. Ihr seid, was Ihr seid."

Sie wandte sich an Judd. „Sperr sie in ihre Privatgemächer, damit sie keine weiteren Eskapaden mehr unternehmen kann."

Judd zögerte.

„Tu es jetzt!", befahl sie.

Scylla erinnerte mich an einen Geier mit hervorquellenden Augen – ihr langer, spindeldürrer Hals und ihre spitze Nase konnten nur die Trophäe eines schwachen Mannes sein. Ich hasste es, dass sie der Preis meines Vaters war.

„Ich will mein Geld", flüsterte Judd.

„Wartet!", schrie Nathan. Eine Stimme, die auf dem Anwesen meines Vaters noch nie gehört worden war, erfüllte den Säulengang. Er drängte sich an Daniel vorbei und ging auf Scylla zu.

Sie schnappte nach Luft und fasste sich ans Herz. „Du – du kannst sprechen!"

„Ich habe alles gehört", sagte Nathan. „Scylla, du bist eine hinterlistige, intrigante, rachsüchtige Frau. Shale und ich sind dir egal."

Ihre Augen kochten vor Wut. „Das ist nicht wahr."

„Sei still!", forderte Nathan.

Niemand sagte ein Wort oder bewegte sich, zu schockiert, Nathans Stimme zu hören.

„Weißt du, wie es ist, stumm zu sein und kein einziges Wort hervorbringen zu können? Du hast durchgehend Lügen erzählt, und ich konnte nichts dagegen tun."

Scylla funkelte Nathan an.

Nathan wandte sich an Daniel. „Du warst die letzten dreieinhalb Jahre mein Freund – ein wunderbarer Freund. Ich liebe dich, Daniel. "

Daniel senkte verlegen den Blick angesichts der Direktheit von Nathans Dankesbezeugung.

„Aber wie kannst du leugnen, was der König für mich getan hat?"

Daniel starrte auf den Boden, sichtlich emotional und zwiegespalten. „Ich leugne es nicht", korrigierte Daniel. „Ich bin nur langsam im Glauben."

Nathan wandte sich an Judd. „Du bist böse."

„Wer hat dich zum Herrn im Haus gemacht?", säuselte Scylla.

Nathan ignorierte ihre Frage. „Ich will, dass mein Vater nach Hause kommt."

Scylla schüttelte den Kopf. „Nein."

„Warum nicht?", fragte ich. „Damit Ihr den Rest von uns weiter quälen und kontrollieren könnt."

„Ich denke, ich sollte gehen", sagte Daniel. „Das ist eine Familienangelegenheit."

„Nein, komm zurück", flehte ich. „Wenn dir irgendetwas an mir liegt."

Daniel blieb stehen. Seine Augen schienen zwischen Mitleid und Ärger hin- und hergerissen zu sein.

Dunkle Wolken zogen über uns auf und warfen Schatten auf den Säulengang. Der Wind frischte auf, als ob ein Sturm im Anzug wäre.

„Shale hat recht", sagte Daniel. „Ich sollte nicht gehen, bis alles geklärt ist. Vielleicht bin ich deshalb hier."

„Wir brauchen dich nicht mehr, Daniel", erwiderte Scylla.

„Obwohl ich sprechen kann, will ich nicht, dass Daniel geht", beharrte Nathan. „Er hat nichts Falsches getan."

„Er wird nicht mehr gebraucht, es sei denn, du willst dein Erbe verschwenden."

„Meins oder Eures?", fragte Nathan.

Scylla antwortete nicht.

Nathan sagte: „Ihr habt meinen Vater schwach gemacht, zu einem Schatten seiner selbst. Früher war er nicht so. Ihr habt ihn ruiniert. Er arbeitet immerzu. Lügen, Lügen und noch mehr Lügen. Ihr wollt sein Geld – Euren Gott."

Scylla stand da, wie zu Eis erstarrt, wahrscheinlich zu fassungslos, um zu sprechen.

„Nicht nur das", fuhr Nathan fort, „sondern Ihr habt wiederholt gelogen. Was Judd Euch erzählt hat, ist nicht das, was Ihr Shale erzählt habt."

„Die Wahrheit kommt also ans Licht", spottete ich.

Scylla erholte sich schnell und kochte nun innerlich. Sie wandte sich von Nathan ab und zeigte mit dem Finger auf Judd. „Ich habe dir gesagt, du sollst Shale auf ihr Zimmer bringen. Sperr sie ein. Sie ist nur meinetwegen noch am Leben. Ich spreche später mit dir."

Sie wandte sich zurück zu Nathan. „Du bist vielleicht nicht mehr stumm, aber du bist immer noch dumm. Du weißt nicht, wovon du redest."

Judd schob mich vorwärts.

„Hör auf!", fuhr ich zurück.

Er stieß mich erneut an. „Dann beweg dich."

Ich blickte flehend zu Daniel. Er könnte sich Scylla widersetzen, aber würde er es tun? Wie konnte sie so viel Kontrolle über Männer ausüben? Daniel folgte mir mit den Augen, als ich vorbeiging, blieb aber stumm. Ich war enttäuscht, dass er Scyllas rücksichtslosen Anschuldigungen keinen Einhalt gebot.

Wir stiegen die Treppe zu meinem Zimmer hinauf, und ein Schleier der Dunkelheit hüllte mich ein. Fifis toter Körper erschien mir wieder in einer Vision am Fuß der Treppe. Ich hatte gehofft, die Erinnerung würde mich nicht mehr quälen. Warum hatte der König mich nicht geheilt? Ich packte den Pfosten, um mein Gleichgewicht wiederzufinden. Regen begann zu fallen.

„Was ist los mit dir?"

„Nichts."

„Ich will mein Geld."

„Gib mir eine Sekunde, ja?"

Judd öffnete die Tür. Ich ging zu meinem Bett und tastete in den Decken nach den Steinen.

Ich reichte ihm einen Goldklumpen. „Hier."

Judd verzog das Gesicht und ließ den Stein fallen. Der Klumpen rollte auf den Boden.

„Was ist los?" Ich bückte mich und hob ihn auf. Der Klumpen zischte in meiner Hand, fühlte sich aber kühl an. Judd umklammerte seine verbrannten Finger.

„Lass mich sehen", forderte ich.

Als er seine geballten Finger öffnete, durchzogen feurige Striemen seine Handfläche. Der Stein glühte, als ich ihn hielt, aber er verbrannte mich nicht.

Judd wiegte seine Hand. „Ich will deinen Stein nicht. Könnte dein König selbst das heilen?" Er stieß mir seine versengte Hand entgegen. Seine Stimme klang bitter.

Kurz empfand ich Mitleid mit Judd, aber es war einfacher, ihn zu hassen. Ich wollte es nicht zugeben, aber je mehr ich ihn hasste, desto schlechter fühlte ich mich. Eine Welle der Depression erfasste mich.

„Dein König hat Nathan also doch geheilt." Judd sagte es eher als Feststellung denn als Frage. „Vielleicht ist ja doch etwas an ihm dran."

„Das musst du selbst herausfinden." Würde der König irgendetwas für Judd tun? In meiner Selbstzufriedenheit stach eine

Stimme in meine Seele. „Was ist mit dem geheilten Mann auf dem Friedhof?"

Er stürmte hinaus, umklammerte seine Hand und schloss die Tür von außen ab. Ich fühlte mich wie ein verwundeter Vogel im Käfig. Konnte ich die Stimme des Königs in meinem Schmerz noch hören? Die Stimme war nicht mehr so laut in meinem Herzen, aber ich hörte sie immer noch. „Lass andere nicht deine Freude stehlen."

Welche Freude konnte ich haben, hier hinter einer verschlossenen Tür eingesperrt? Ich starrte an die Decke. Wenn ich nicht in mein Tagebuch schriebe, würde ich explodieren.

Ich stand von meinem Bett auf und nahm das Schreibrohr und das Papier.

„Lieber Hund, wenn du jemals real warst, kannst du dich mir jetzt zeigen, bevor ich vor Traurigkeit welke? Ich habe etwas Gutes getan, und doch werde ich dafür bestraft. Wo ist die Gerechtigkeit? Warum kann mich die Liebe des Königs nicht erreichen? Ich fühle mich wie ein verwundeter Vogel, gefangen in einem Käfig, in den ich nicht gehöre."

Ich dachte einen Moment nach, bevor ich weiterschrieb.

„Ich muss sicher sein. Bist du und der König dasselbe? Er erscheint mir wie ein Vater. Kannst du mich heilen? Du scheinst so weit w

Kapitel 30
DER BESUCHER

Mehrere Stunden waren vergangen, als Schritte die Steintreppe draußen hinauf polterten. Ich rannte hinüber und spähte durch den kleinen Spalt in der Tür. Es war Mari. Gott sei Dank für sie, sonst würde ich in diesem Zimmer sterben. Ich setzte mich aufs Bett, während sie die Tür aufschloss.

„Was unten passiert?", fragte ich.

Mari stellte das Tablett mit Essen neben mich. „Gute Dinge."

„Welche guten Dinge?" Ich nahm ein Stück Brot, brach es entzwei und biss hinein. Ich war nicht hungrig, dachte aber, ich sollte essen, solange ich konnte.

„Daniel hat Nathan nach Jerusalem gebracht, damit dein Vater sehen kann, dass sein Sohn geheilt ist."

„Das ist großartig. Ich bin froh, dass Daniel das für Nathan getan hat. Wie lange wird es dauern, bis sie zurückkehren?"

Mari lächelte. „Das ist schwer zu sagen. Ich nehme an, sie könnten mehrere Monate weg sein."

„Mehrere Monate? Das ist lächerlich."

„Warum hast du es immer so eilig, meine Liebe?"

„Was soll ich hier tun, während ich warte?" Daniel so lange nicht zu sehen, wäre Folter. Hier mit Judd und Scylla festzusitzen, war unvorstellbar.

Mari blickte mich scharfsinnig an. „Fühlst du dich in Ordnung?"

„Ich nehme an. Nur deprimiert."

„Ich verstehe."

„Wann kann ich hier raus? Ich meine, sie kann mich nicht ewig einsperren."

„Oh, das wird sie nicht", versicherte mir Mari. „Sie möchte dich beschützen."

„Mich beschützen?"

„Sie will nicht, dass du verletzt wirst."

Ich schnaubte. „Hast du gehört, wie sie mit mir geredet hat?"

„Oh, das hat sie nicht so gemeint, meine Liebe. Sie war nur wütend."

„Sicher hat sie es nicht so gemeint. Bist du blind oder so?"

Mari schüttelte den Kopf. „Aber du stromerst herum. Da draußen gibt es Räuber und Mörder."

„Daniel war bei mir. Wie auch immer, ich bin fertig mit Essen."

Mari blickte auf das Tablett mit unberührtem Essen. „Bist du sicher?"

„Ja."

„Ich komme morgen früh wieder und sehe nach dir."

„Kannst du mir noch einen Gefallen tun?"

„Was denn, meine Liebe?"

„Sieh für mich nach den Tieren. Stell sicher, dass Judd sich um Lowly, Viel-Furcht und Cherios kümmert. Wie sehr wünschte ich, ich könnte sie besuchen."

Mari starrte auf den Boden.

„Schon gut. Ich weiß, du würdest Ärger bekommen, wenn du mich hier raus ließest. Deshalb möchte ich, dass du für mich nach ihnen siehst."

„Sicher. Das werde ich tun", versprach Mari.

* * *

Später in dieser Nacht, als ich auf meinem Bett saß, alarmierten mich erneut Schritte. Niemand hatte mich je nach Einbruch der Dunkelheit besucht. Der Riegel der Tür öffnete sich. Ich hielt den Atem an. Scylla stolzierte herein. Ich hätte nie gedacht, dass ich mich freuen würde, sie in meinem Zimmer zu sehen.

Ihre Worte waren verwaschen. „Du bist nicht im Bilde darüber, was für Schwierigkeiten du mir bereitet hast."

Ich starrte sie an.

„Dein Vater und ich haben deiner Mutter einen Gefallen getan, als wir dich aufgenommen haben."

„Es ist doch nicht so, als hätte sie mich gefragt."

„Es gibt nichts, was du tun kannst, um uns auseinanderzubringen, sosehr du es auch versuchen magst."

„Ich habe nichts getan."

„Warum hast du heute Nachmittag diese Dinge über mich gesagt? Die Welt dreht sich nicht nur um dich, Shale Snyder."

Wie konnte eine Person so viele verschiedene Stimmungen haben? Sie war wie eine Katze mit neun Leben – in einer Minute nett und in der nächsten boshaft, nur dass ich das Leben der eifersüchtigen Katze abbekommen hatte.

„Warum beantwortest du meine Frage nicht, warum hast du gesagt, was du über Daniel und mich gesagt hast?"

„Ich nahm es an, weil du so viel Zeit allein mit ihm verbracht hast."

„So viel war es nicht", murmelte ich.

„Du bist nicht so klug, wie du denkst. Selbst wenn du brillant wärst, solltest du es deinem Vater zuschreiben, was du anscheinend nur ungern tust. Deine Mutter ist ungeeignet, deine Mutter zu sein."

Ich ballte meine Hand unter der Decke zur Faust. Schade, dass ich kein Buch nach ihr werfen konnte, aber die waren noch nicht erfunden.

„Ich habe alles über sie gehört", fuhr Scylla fort. „Und du bist genau wie sie."

„Welche Unverschämtheit, solche Anschuldigungen zu machen."

„Ich werde zu deinem Vater stehen und ihn auf jede erdenkliche Weise verteidigen."

„Schön", sagte ich. „Hut ab vor ihm."

„Deine Mutter und dein Vater haben dich getäuscht", fuhr sie fort. „Dein Stiefvater, meine ich. Brutus hat dir wundervolle Geschenke geschickt. Weißt du nicht, dass sie sie zerbrochen haben?"

„Das ist nicht wahr", widersprach ich. „Ich habe sie alle geöffnet. Einige davon versuchte Remi zu reparieren, nachdem sie geheiratet hatten."

„Daran könntest du dich nicht erinnern. Du warst zu jung."

„Sie haben gerade erst geheiratet. Ich habe ihm das vom letzten Jahr gegeben." Was hatte es für einen Zweck? Ich musterte die Decke auf meinem Bett. Ich brachte alle Selbstbeherrschung auf, die ich aufbringen konnte, um nichts zu sagen, was ich später bereuen könnte.

Wir existierten in verschiedenen Welten. Wer war in der realen Welt, sie oder ich? Liebte mein Vater mich überhaupt? Scylla konnte unmöglich von den zerbrochenen Geschenken wissen, es sei denn, er hatte es ihr erzählt. Ich rieb das Ei in meiner Kleidertasche unter der Decke.

„Was denkst du?", fragte Scylla. „Sprich mit mir."

„Warum? Ihr mögt mich nicht, Ihr glaubt nichts, was ich sage, und Ihr erfindet Geschichten über mich, die nicht wahr sind." Ich drehte ihr den Rücken zu.

„Du hast recht", sagte Scylla. „Und dafür wirst du bezahlen. Ich kontrolliere alles, was mit deinem Vater zu tun hat. Ich spreche für ihn und schreibe seine Briefe. Er ist sehr beschäftigt."

Sie warf herausfordernd den Kopf zurück und stolzierte zur Tür. „Ich kann es sogar so einrichten, dass du ihn nicht wiedersiehst." Sie riss die Tür hinter sich zu.

Wollte ich die Wahrheit wissen? Vielleicht war alles zu schmerzhaft. Was war Scyllas Motiv, mich zu besuchen – mich zu verletzen, mich dazu zu bringen, meine Mutter und meinen Stiefvater zu hassen? Vielleicht war mein Vater gegangen, weil sie etwas über mich gesagt hatte. Vielleicht war er deshalb nicht zurückgekommen. Ich traute ihr nicht. Ich griff nach meinem Schreibrohr und begann zu schreiben.

„Hilf mir, König des Gartens, die Antworten zu finden."

Kapitel 31
REISE DER ZEITALTER

Mehrere Tage vergingen, die sich sehr ähnelten. Ich saß fest und hatte nichts anderes zu tun als zu träumen – und zu schreiben. Träumen von besseren Zeiten, davon, wieder zu Hause zu sein – was ich manchmal schmerzlich vermisste – und in anderen Momenten hatte ich Mitleid mit mir selbst. Ich wollte Daniel sehen. Wann würden Nathan und mein Vater zurückkehren, wenn überhaupt?

„Wuff.“

Viel-Furcht machte ihre täglichen Runden.

Ich kletterte zum winzigen Fenster und blickte hinaus. „Hallo, Viel-Furcht.“

Der Hund war mehrere Meter unter mir und bereit zu spielen, wenn ich herauskommen könnte. „Wie lange wirst du noch da drin festsitzen?“

Ich seufzte. „Ich nehme an, bis mein Vater zurückkommt.“ Ich drehte die Spitzen meiner Haare, die ziemlich lang geworden waren. „Wie geht es Lowly und Cherios?“

„Es geht ihnen gut. Und rate mal?“

„Was?“

„Judd füttert uns jetzt den besten Hafer.“

„Das freut mich, zu hören.“ Das war eine dramatische Veränderung zum Besseren. Ich beugte mich aus dem Fenster. „Kannst du mir einen Gefallen tun?"

Viel-Furcht wedelte mit dem Schwanz. „Was denn?"

„Siehst du Weltkluge Krähe manchmal hier?"

„Wenn er hier ist, ja. Er reist viel auf dem Land umher."

„Wenn du ihn das nächste Mal siehst, sag ihm, ich möchte, dass er etwas für mich tut."

Viel-Furcht bellte ein paar Mal. „Okay."

„Wie geht es Baruch?"

„Es geht ihm großartig, außer dass er sich beschwert, keine Äpfel zu haben."

Ich fuhr mir mit der Zunge über die Zähne. Ich wünschte, das wäre meine einzige Sorge. „Vergiss nicht, es Weltkluge Krähe zu sagen."

„Er war gestern hier. Ich werde nach ihm suchen", sagte Viel-Furcht.

„Was macht Cherios so?"

Viel-Furcht jagte ein paar Sekunden lang ihrem Schwanz nach, bevor sie antwortete. „Sie erzählt uns viele Geschichten über den König und hält uns bei Laune. Die anderen Tiere haben sie richtig gern gewonnen."

„Das ist cool. Ich bin froh, dass sie gut aufgenommen wurde."

Viel-Furcht schlug nach einer Fliege. „Lass mich Weltkluge Krähe für dich suchen gehen."

„Wird Lowly auch gut gefüttert?", fragte ich.

„Er bekommt gefüttert, was ihm gut erscheint, obwohl ich es nicht essen würde. Schweine sind aber nicht so wählerisch."

Ich lachte. „Wir sehen uns bald."

„Ich glaube nicht, dass du noch viel länger da drin festsitzen wirst. Du wirst einen Weg finden, zu entkommen."

„Hoffentlich."

Viel-Furcht rannte nach vorn davon. An die Wand gepresst, glitt ich vom Fenster herunter. Das warme Sonnenlicht, das durch das Fenster filterte, gab mir Hoffnung, dass Viel-Furcht recht hatte.

Kurze Zeit später erhielt ich einen Besucher. Weltkluge Krähe landete auf der Fensterbank und krächzte mich ungeduldig an. „*Kra-kra*."

Er schüttelte sein Gefieder, und Staubpartikel schwebten im gefilterten Licht. „Weswegen wolltest du mich sehen, Shale?"

Ich lag tagträumend auf meinem Bett und stand auf, als ich sein Krächzen hörte. „Weltkluge Krähe, danke fürs Kommen. Ich muss dich um einen Gefallen bitten."

Er legte den Kopf schief. „Was denn?"

„Ich möchte, dass du den Schlüssel zur Tür holst und sie für mich aufschließt, damit ich hier rauskomme."

Weltkluge Krähe krächzte. „Du willst, dass ich mich ins Haus schleiche, den Schlüssel finde und dann zurückkomme und die Tür aufschließe?"

„Weltkluge Krähe, wenn du einen Fisch von einem überfüllten Marktplatz stehlen kannst, kannst du auch einen Schlüssel von Mari stehlen."

„Wann soll ich das tun?"

„Sofort. Heute." Ich ließ mich auf mein Bett zurücksinken. „Ich werde wahnsinnig, wenn ich hier nicht rauskomme." Ich scharrte ungeduldig mit den Füßen. „Hast du den König irgendwo gesehen?"

„Ja, er ist in der Nähe geblieben – in der Dekapolis."

Meine gedrückte Stimmung hob sich bei dieser guten Nachricht. „Bitte tu es jetzt, schnell."

„Wie du wünschst, aber es ist keine leichte Sache für eine Krähe, unbemerkt ins Haus zu schleichen. Und die Tür muss ich aufbekommen."

Ich musterte Weltkluge Krähe. „Du schaffst das, ich habe Vertrauen in dich." Ich scheuchte ihn mit einer Handbewegung fort. „Geh."

Kurze Zeit später flatterten draußen in der Nähe Flügel. Ich sprang rechtzeitig zum Fenster, um zu sehen, wie die Krähe zur Tür stolzierte. Ich kletterte hinüber und sah durch den Türspion. Er hielt den Schlüssel im Schnabel und versuchte, ihn ins Schlüsselloch zu stecken, aber er fiel heraus. Weltkluge Krähe murmelte vor sich hin und hob ihn wieder auf.

„Du kriegst ihn da rein. Versuch es noch einmal."

Es brauchte noch zwei Versuche, aber er schloss die Tür auf.

„Du bist brillant, mein Freund."

„Es war nicht so einfach, wie du es dargestellt hast. Was wirst du jetzt tun?"

„Geh und sag Baruch, Viel-Furcht, Lowly und Cherios, sie sollen mich an unserem alten Versteck treffen. Wir gehen auf eine Reise."

„Wohin?"

„Um den König zu sehen."

„Schon wieder?"

„Wenn ich bei ihm bin, erfüllt er mich mit Hoffnung. Ich möchte ihn wiedersehen. Wer weiß – vielleicht komme ich nicht hierher zurück."

„Es könnte schlimmer sein. Du verhungerst nicht. Du hast ein Dach über dem Kopf. Du hast Mari und mich und all die anderen Tiere."

„Ich brauche keine Predigt. Hol die Tiere und sag ihnen, sie sollen mich treffen. Beeil dich."

„Du bist das ungeduldigste Mädchen, das ich je getroffen habe."

„Geh."

Ich nahm das Keramikei und die beiden Goldklumpen und steckte sie in meine Tasche. Ich hielt inne und dachte an mein Tagebuch. Ich musste es zurücklassen. Ich hatte keinen Platz dafür. Als ich die Treppe hinunterging, wäre ich beinahe in Ohnmacht gefallen. Mari sah mich und wollte gerade etwas sagen, aber ich legte meinen Finger auf meinen Mund. Sie hielt inne, lächelte schwach und winkte. Ich nahm es so, dass es bedeutete: bis bald.

Ich eilte zu unserem alten Versteck und wartete. Es dauerte nicht lange, bis meine Tierfreunde Wind von unserer Reise bekamen, und ich begrüßte sie auf dem Feldweg. Viel-Furcht trabte auf mich zu, und ich kauerte mich nieder, um sie zu umarmen.

„Wie seid ihr rausgekommen, ohne dass Judd euch gesehen hat?"

„Er war nicht zugegen. Er ist heute früher irgendwo hingegangen", sagte Baruch.

„Gut."

Baruch fragte: „Wohin sind wir unterwegs, Miss Shale?"

„Zur Dekapolis."

„Dort waren wir schon einmal."

„Weltkluge Krähe sagte, der König sei in derselben Gegend."

„Sucht nach den Menschenmengen", sagte Baruch.

Cherios hüpfte von Stein zu Stein und sang Loblieder auf den König, als wäre sie im Garten. Lowly und Viel-Furcht spielten Hund-und-Schwein-Spiele.

Bald gesellte sich eine Frau auf einem Esel mit einem kleinen Kind zu uns. „Wohin seid Ihr unterwegs?", fragte sie.

„Wir sind auf dem Weg zur Dekapolis, um den König zu treffen."

„Ich auch", sagte die Frau. „Mein Baby braucht Heilung."

Ich blickte auf das Kleine hinab, das sie im Arm hielt. „Lasst uns zusammen reisen."

Sie nickte. Wir ritten eine Weile nebeneinanderher. Zwei weitere schlossen sich uns an. Während wir gingen, sagte einer der Männer: „Wir haben gehört, der König sei in der Dekapolis. Wir wollen ihn treffen."

„Dorthin gehen wir auch." Unsere kleine Karawane wurde größer, während wir gingen.

Drei weitere schlossen sich uns an, dann fünf, zehn, zwanzig. Die Straße wurde breit, und Dutzende mehr schlossen sich unserer Gruppe an. Einige kamen in Roben, andere in Gewändern, wieder andere in Uniformen und gewöhnlicher Kleidung aus jedem Land. Einige waren reich und einige waren arm. Einige waren alt und einige waren jung. Einige waren berühmt und einige nicht so berühmt. Einige lebten zu jener Zeit, und andere waren noch nicht geboren – alle reisten auf derselben Straße, um den König zu treffen. Das Schaf, Klein, schloss sich uns an. Wir waren wie eine Herde auf der Suche nach einem Hirten.

Vor meinen Augen öffnete sich der Himmel. Tausende Engel gingen neben uns. Weitere Engel flogen über uns, mit glänzenden Schwertern in der Hand, und beschützten uns vor bösen Dämonen, die Wanderer und verlorene Seelen verfolgten, die noch nicht beansprucht worden waren. Die Engel waren stärker.

Krieger riefen Gebete und Kämpfer leisteten tapfere Verteidigung gegen Usurpatoren und Schergen und Dämonen und alle, die danach trachteten, den Besitz des Königs zu töten. Zum ersten Mal in meinem Leben wusste ich, dass ich Teil einer großen Schlacht geworden war. Ich war nicht nur Shale Snyder. Ich war eine Tochter des Königs, für die es sich zu kämpfen lohnte – sogar bis zum Tod.

Von allen Seiten beobachteten Menschenmengen das große Schauspiel. Ich ging nicht allein. Tatsächlich war ich nie allein gewesen. Selbst als ich mich vor langer Zeit im Schrank versteckte, war ich nicht allein. Donnernder Jubel und klatschende Hände erschütterten den Himmel. Das Klirren von Schwertern hallte wider und erzeugte Funken am Himmel wie Feuerwerkskörper. Tausende dunkle Schergen fielen vom Himmel wie vom Sturm zerschlagener Hagel.

Wir sangen, während wir reisten. „*Hineh ma tov 'umana'yim, schevet achim gam jachad.* Siehe, wie gut und wie lieblich ist es, wenn Brüder einträchtig beieinander wohnen."

Es dauerte nicht lange, bis wir die Menge fanden – über viertausend Seelen hatten sich vor dem König versammelt.

Kapitel 32
UNERWARTETE BEGEGNUNG

Viel-Furcht ließ sich im Gras nieder, und Cherios saß auf meinem Schoß. Die Suchenden versammelten sich in kleinen Gruppen und saßen auf flachen Felsen, Gras und Decken. Der König ging unter uns umher, hob kleine Kinder auf und segnete sie. Seine Stimme erreichte sogar mich, so weit entfernt, Worte der Ermutigung, des Friedens und der Liebe. Nichts konnte seine Stimme für diejenigen übertönen, die ihn hören wollten.

Stunden vergingen, aber die Momente verstrichen zu schnell. Ich lauschte wie gebannt und hing an jedem Wort, als könnte es sein Letztes sein. Mein Herz staunte mit dem Rest der Menge über seine Lehren.

Viel-Furcht kuschelte sich an mich, und Cherios putzte ihre Pfoten. Ihre Augen leuchteten in der Gegenwart des Königs, als wäre sie zu Hause im Garten. Baruch mümmelte Gras. Nach Monaten der Sorge, er würde zu Speck verarbeitet werden, machte Lowly eine überraschende Ankündigung: „Der König liebt mich, sogar ein niedriges Schwein wie mich."

Der König sprach mit einer Autorität, wie noch nie jemand zuvor zu mir gesprochen hatte.

„Kommt her zu mir, alle, die ihr mühselig und beladen seid; ich will euch erquicken. Nehmt auf euch mein Joch und lernt von mir; denn ich bin sanftmütig und von Herzen demütig; so werdet ihr Ruhe finden für eure Seelen. Denn mein Joch ist sanft, und meine Last ist leicht."

„Wie kann er so viel wissen, als Zimmermann aus Galiläa?", bemerkte ein Mann.

„Ich glaube, er ist Johannes der Täufer", sagte ein anderer Mann.

„Ich glaube, er ist Elia", entgegnete eine Frau.

„Ich glaube, er ist der Sohn Gottes", verkündete ich den anderen.

Nach einer Weile machte der König eine Pause, um einige Geschäfte mit seinen Jüngern zu besprechen. Bald wurden Körbe herumgereicht, gefüllt mit Fisch und Brot.

„Woher kam der Fisch?", fragte jemand.

Die Leute schüttelten die Köpfe. Niemand wusste es. „Wir sind hier so abgelegen, meilenweit gibt es kein Brot oder Fisch", murmelte eine Frau.

Ich wartete auf einen Korb. Ein Junge mit einem Schal, der seine Augen bedeckte, näherte sich und bot mir eine Portion an.

Ich blickte auf das Gesicht des Jungen und wäre beinahe in Ohnmacht gefallen. „Judd?"

Er nickte und lächelte auf eine seltsame Art.

Was machte er hier? Ich blickte auf seine Hand. Sie war geheilt. Andere warteten darauf, dass ich meine Portion nahm. Ich griff hinein und nahm etwas Fisch und Brot, während ich beobachtete, wie er zur nächsten Person weiterging.

„Wie kann das sein?", fragte ich.

„Ich sagte dir doch, Shale, er füttert uns jetzt besser", sagte Viel-Furcht.

„Warum sollte der König ihn heilen wollen?" Mein Leben hatte sich nicht verändert. Was war mit mir? Eine Stimme sprach zu mir. „Lass andere nicht deine Freude stehlen. Sei nicht eifersüchtig auf andere oder besorgt darüber, ihren Segen nicht zu empfangen. Denke an die guten Dinge, die der König dir gegeben hat."

Ich wollte nicht leugnen, was der König sagte, aber ich war auch nicht bereit zu glauben, dass Judd es wert war, geheilt zu werden. Ich wusste, meine Einstellung war falsch, aber in meiner Wut konnte ich nicht ändern, was ich fühlte.

Ich hasste Judd – seit ich zwölf war und er den Fluch über mich verhängt hatte. Wer würde ihn nicht hassen? Egal, wie sehr ich mich bemühte, ich konnte meinen eigenen stinkenden Egoismus nicht rechtfertigen.

Der Abend kam. Ich wollte lieben, aber ich war nicht bereit, meinen Hass aufzugeben. Konnten die Worte des Königs mein verhärtetes Herz durchdringen? Welche Freude würde mich erfüllen, wenn ich alles dem König hingebe?

Baruch stupste mich mit der Nase an. „Wohin gehen wir jetzt, Miss Shale?"

Die Menschenmengen verließen den Ort, um zu ihren Häusern zurückzukehren. Ich hatte nicht das Gefühl, eines zu haben. Ich schloss die Augen und betete. „Wenn ich eine Tochter des Königs bin, bitte vergib mir. Es tut mir leid für meine falsche Einstellung."

Äußerlich veränderte sich nichts, aber innerlich fühlte ich mich besser. Vier Augenpaare beobachteten mich. Sie brauchten mich, um sich um sie zu kümmern. Wer war ich, zu denken, ich könnte irgenddetwas allein tun?

„Wir müssen zu dem Zuhause zurückkehren, das der König mir gegeben hat. Vielleicht wird mein Leben besser, wenn ich eine andere Einstellung habe. ‚Mein Joch ist sanft', sagte der König. Lasst uns gehen."

Wir kamen an, als die Dunkelheit hereinbrach. Ich brachte die Tiere in die Höhle, küsste sie und wünschte ihnen eine gute Nacht und kehrte in mein Zimmer zurück. Mari schloss mich ein und nahm den Schlüssel.

„Scylla war den ganzen Tag krank", sagte Mari. „Sie hat nie gewusst, dass du weg warst."

„Danke", sagte ich ihr.

Mari lächelte und winkte, als sie die Treppe hinunterging.

Ich stöhnte. Warum wollte der König mich hier haben? Unterwerfung? Akzeptanz der Dinge, die ich nicht ändern konnte?

Mehrere Monate vergingen. Eines Nachts, nach einem einsamen Tag, schrieb ich in mein Tagebuch:

„Lieber Hund, ich erachte es als lauter Freude, den Verlust meiner Freiheit, im Glauben, dass du in Zukunft Besseres für mich bereithältst. Bitte hilf mir mit dem Unglauben, der in meinem Herzen lauert."

Manche Nächte weinte ich mich in den Schlaf, aber jetzt, da Mari mir vertraute, schloss sie die Tür auf, wenn Scylla nicht zu Hause war oder schlief. Dann konnte ich die Tiere besuchen.

Mit der Zeit gewöhnte ich mich an Judd und hatte nicht mehr so viel Angst in seiner Nähe, obwohl ich mich immer noch weigerte, mit ihm zu sprechen. War er tatsächlich ein Nachfolger des Königs? Ich kämpfte damit, es für möglich zu halten. Manchmal wollte ich ihn immer noch hassen, denn er hatte nicht so gelitten wie ich. An diesen Tagen betete ich inständig, dass der König mir helfen möge.

Ich hatte ausreichend vergeben, um dem König zu gefallen, aber nicht so sehr, dass ich all meinen Schmerz aufgegeben hätte. Angst und Sorge waren seit meiner Geburt meine ständigen Begleiter gewesen. Selbst wenn ich sie an einem guten Tag aufgab, wenn ich mich stark fühlte, kehrte das eine oder andere zurück und quälte mich am nächsten Tag oder am übernächsten. Ich wusste nicht, wie ich Vergebung dauerhaft machen konnte. Ich wusste nicht, wie ich nicht sorgen sollte.

Selbst wenn ich es könnte, was würde dieses riesige Loch in meinem Herzen füllen, das die unerwünschten Eindringlinge hinterlassen hatten? Ich wusste nicht, wie ich wie der König sein sollte, obwohl ich es versuchte.

Monate vergingen. Scylla fiel in eine tiefe Depression und kam selten aus ihren Privatgemächern heraus. Manchmal hörte ich sie schreien – obwohl ich nie verstand, was sie sagte. Sie kämpfte gegen dunkle Dämonen – genug, um sie für lange Zeit eingesperrt zu halten. Ich war enttäuscht, dass mein Vater nicht zurückgekehrt war und ich nichts von Daniel gehört hatte.

Jeden Tag schrieb ich einen weiteren Ausspruch des Königs in mein Tagebuch. Ich betete, seine Worte würden für mich real werden – real genug, dass ich von seiner Freude erfüllt würde.

„Selig sind, die da geistlich arm sind; denn ihrer ist das Himmelreich.

Selig sind, die da Leid tragen; denn sie sollen getröstet werden."

Ich klagte. Wenn ich mich nur an den Rest erinnern könnte, den der König gesagt hatte. Wann würde ich seine Stimme wieder hören?

Kapitel 33
SCHRECKLICHE NACHRICHTEN

Die Lehren des Königs erfüllten mein Herz – Worte der Liebe, Freude, des Friedens, der Geduld und der Güte. Eines Nachmittags lag ich auf dem weichen Gras auf dem Feld und teilte einen ruhigen Moment mit den Tieren. Lowly kratzte sich den Rücken, die Beine in die Luft gestreckt. Viel-Furcht jagte Cherios. Ich liebte es, ihnen beim Herumtollen zuzusehen. Eine kühle Brise schob die Wolken träge dahin. Die bauschigen Wolken erinnerten mich an Zuckerwatte, die ich vor langer Zeit auf dem Jahrmarkt gekauft hatte – damals, als mir auf der Achterbahn schlecht geworden war.

Das Gezwitscher der Vögel, das Gesumme der Insekten, sogar die Geräusche der Stille wurden zu Geschenken, die mein Leben bereicherten. Ich lernte den Wert des Nichtbesitzens und den Reichtum des Alltäglichen zu schätzen.

Jeden Tag, während ich die Schönheit meiner Umgebung genoss, kamen seine Worte zu mir, und ich schrieb sie auf:

„Seht die Lilien, wie sie wachsen: sie arbeiten nicht, auch spinnen sie nicht. Ich sage euch aber, dass auch Salomo in all seiner Herrlichkeit nicht gekleidet gewesen ist wie eine von ihnen.“

Dennoch lag ein Schatten über mir, und Traurigkeit fraß an meinem Herzen.

Ich hörte Weltkluge Krähe, bevor ich ihn sah. Flügelschlagen kündigte seine Ankunft an. Ich blickte ihn kopfüber an, da ich auf dem Rücken lag. „Ich habe dich eine Weile nicht gesehen."

„Ich bringe schreckliche Nachrichten."

Mein Herz flatterte, und ich rutschte hoch, um ihn direkt anzusehen. „Welche Nachrichten?"

„Der König ist tot."

„Was?", schrie ich auf. „Das ist unmöglich."

„Der König wurde getötet – er wurde an einem Baum zwischen zwei Räubern gehängt. Nur Verbrecher sterben so. Einige Freunde nahmen seinen Körper ab und legten ihn in das geliehene Grab eines wohlhabenden Mannes. Es ist Passahfest für die Juden. Sie konnten eine Leiche nicht über das Passahfest hängen lassen."

Ich saß fassungslos da – sprachlos. Wie konnte der König gestorben sein? Ich krümmte mich und umklammerte meinen Magen. „Nein, das kann nicht sein."

„Wovon redest du? Wer ist tot?", fragte Cherios.

Lowly und Viel-Furcht kamen angerannt. „Was ist passiert, Shale, was ist mit dem König passiert?"

„Weltkluge Krähe sagt, der König ist tot."

Weltkluge Krähe wischte sich mit dem Flügel übers Auge, als ob er eine Träne vergösse. Er fügte hinzu: „Außerdem ist auf dem Weg hierher etwas Seltsames passiert."

Was auch immer geschehen war, es konnte das bereits Geschehene nicht wiedergutmachen. Ich bedeckte mein Gesicht mit den Händen. Tränen fielen unkontrolliert. „Ich kann nicht glauben, dass irgendjemand ihn töten wollte."

Cherios rutschte näher heran und legte ihren Kopf in meinen Schoß. „Der König kann nicht sterben", sagte sie. „Er ist unbeweglich."

„Ich wünschte, du hättest recht, Cherios", schluchzte ich, „aber ich glaube, du meinst unsterblich."

Lowly saß neben mir und benetzte den Boden mit Schweinetränen. Viel-Furcht vergrub den Kopf zwischen ihren Pfoten.

„Wir müssen es Baruch erzählen", stieß ich mühsam hervor.

„Ich hole ihn", sagte Lowly. „Er frisst gerade Hafer in der Höhle."

Weltkluge Krähe räusperte sich und schlug mit den Flügeln. „Ein Geier hat mir auf dem Weg hierher erzählt, der König sei nicht gestorben. Er weiß, wo er ist."

Ich hörte auf zu weinen, als Weltkluge Krähes Worte in mein Herz drangen. „Was meinst du damit, er ist nicht gestorben? Du sagtest, er sei gestorben und im Grab eines wohlhabenden Mannes beerdigt worden."

„Es kursieren viele Geschichten in Jerusalem. Ich weiß nicht, was ich glauben soll, aber der Geier bestand darauf, dass er alles über den König weiß. Er sagte, wenn du ihn sehen willst, soll ich dich zu ihm bringen."

„Ein Geier würde mich zum König bringen?"

„Das hat er mir gesagt."

„Geier fressen tote Dinge. Warum sollte ich einem Geier zuhören?"

„*Kra-kra*. Angenommen, er hat recht? Er schien über diese Dinge informiert zu sein. Der Geier weiß mehr über dich als ich."

„Wie was?"

„Er sagte, du kämest von weit her, dass du Freunde aus dem Garten hast und deine Freunde auch mitbringen sollst."

Ich biss mir auf die Lippe und musterte Weltkluge Krähe. Konnte ich ihm trauen?

Ich bedeckte mein Gesicht, überwältigt von Trauer. „Was soll ich tun?"

„Wir müssen mit dir gehen", sagte Cherios. „Der König braucht vielleicht Hilfe." Sie wackelte mit der Nase.

Viel-Furcht stimmte zu. „Wohin du auch gehst, wir werden mit dir gehen. Wir sind Freunde für immer, oder?"

„Natürlich." Wenn der König jedoch tot wäre, wollte ich dann überhaupt noch leben? Angenommen, die Geier hatten eine Falle gestellt? Fraßen Geier junge Mädchen?

Baruch rannte auf mich zu, die Nüstern gebläht, schwer atmend.

Seine Augen quollen hervor, beunruhigt von den Nachrichten, die Weltkluge Krähe überbrachte. „Ist es wahr, Miss Shale? Niemand würde den König töten, oder?"

„Nicht, wenn er es nicht zuließe." Ich erinnerte mich an den Tag, als der Scherge dem König alles anbot und er alles ablehnte. Die Engel kamen und brachten ihm Essen.

Ich kehrte in die Gegenwart zurück. Warum sollte irgendjemand so etwas tun? Ich sprang auf und umarmte Baruch. „Oh, Baruch, was sollen wir tun? Du bist weise. Sag mir, was ich tun soll. Weltkluge Krähe sagt, ein Geier will uns zum König bringen – uns alle."

Tränen benetzten Baruchs extralange Wimpern. „Dann müssen wir gehen. Freunde lassen Freunde in ihrer Not niemals im Stich. Er ist mehr als ein Freund. Er ist unser König. Ja, wir müssen gehen. Wir müssen sofort gehen."

Ich blickte zu Weltkluge Krähe auf. „Bist du sicher, Weltkluge Krähe? Der Geier möchte uns nicht fressen, oder?"

„Geier töten keine Dinge, um sie zu essen. Sie fressen, was bereits tot ist."

Meine Augen wurden feucht, als ich mich an den König erinnerte – all die großartigen Worte, die er gesprochen hatte, und die Art, wie er mich angesehen hatte. Ich konnte den Gedanken nicht ertragen, dass er tot sein könnte. „Wir werden gehen und nach dem König sehen. Schließlich würde er dasselbe für uns tun. Wir werden gehen, wir alle."

Ich blickte über das Land auf die Herden und das Anwesen meines Vaters. „Ich muss mich von Mari verabschieden, falls wir nicht zurückkommen."

„Angenommen, sie versucht, dich aufzuhalten?", fragte Viel-Furcht.

„Ich habe das Gefühl, ich sehe sie vielleicht nicht wieder, und sie war im letzten Jahr meine Freundin, seit Daniel und mein Vater weg sind." Ich blickte mich um. „Weiß jemand, wo Judd ist?"

„In der Höhle", sagte Lowly.

„Ich frage mich, ob er es weiß." Ich riskierte viel – möglicherweise für immer eingesperrt zu werden. „Ich kann nicht zurückgehen", flüsterte ich, „um mich zu verabschieden."

„Warum sprichst du, als ob du nicht zurückkämest?", fragte Baruch.

„Angenommen, es ist eine Falle?"

Weltkluge Krähe stolzierte ungeduldig auf dem Ast hin und her. „Gehen wir nun, oder nicht?"

„Ja. Lasst uns gehen." Ich nahm Cherios auf und kletterte auf Baruchs Rücken.

Lowly sah verlassen aus und ließ den Kopf hängen. „Ich glaube nicht, dass ich gehen kann. Es sähe seltsam aus, wenn ein Schwein außerhalb von Gadara neben der Straße herliefe. Juden mögen keine Schweine. Ich sollte das Schicksal nicht herausfordern."

Ich sprang von Baruch herunter und näherte mich Lowly. Es reichte nicht, ihm auf den Kopf zu klopfen. Ich gab ihm eine feste Umarmung. „Ich liebe dich, Lowly." Ich erinnerte mich an das erste Mal, als er den König sah und wie viel Angst er hatte, gefressen zu werden. Gott sei Dank war er nicht im See ertrunken. „Du passt auf den Stall auf, okay?"

Eine Träne tropfte aus Lowlys Auge. „Ich werde jede Minute nach euch Ausschau halten, bis ihr zurückkehrt. Ihr werdet doch zurückkehren, oder?"

„Ich hoffe es, Lowly. Wenn nicht, du hast den König gesehen. Du kennst die Liebe des Königs. Du wirst es nicht vergessen, oder?"

Lowly schüttelte den Kopf.

Ich kletterte auf Baruchs Rücken. „Los geht's, Weltkluge Krähe."

Kapitel 34
VERRAT

Die Reise war lang. Eine Reise erscheint immer länger oder härter, wenn man fürchtet, der Tod sei das Ziel. Mehrere Stunden vergingen, die Nacht brach herein, und die Schatten folgten mir, noch mehr als damals, als die Schergen uns aus dem Garten verbannten. Diese Dunkelheit sickerte aus der Unterwelt in das Land der Lebenden – wo Wölfe heulten, Eulen riefen und Bäume knarrten. Erdbeben unter der Erde erschütterten die Grundfesten der Lebenden, aber wenn das historisch schlimmste Ereignis bereits geschehen war, konnte die Welt nicht noch düsterer werden.

Nichts konnte die Leere in mir füllen. Die Sterne erschienen, als könnten sie vom Himmel fallen. Dunkle, schattenhafte Gestalten tauchten hinter Felsen, Bäumen und Löchern im Boden auf. Bald flog ein Geier über uns hinweg und führte Weltkluge Krähe und den Rest von uns an einen Ort, an den ich nicht gehen wollte.

„Wann werden wir ankommen, Weltkluge Krähe?", fragte ich.

„Nicht mehr allzu weit. Wir sind nah an der Stadt."

Wo war der König? Ich erinnerte mich an die Worte des Königs, seine Wunder und seine Versprechen. Ich füllte meinen Geist mit den Geschichten, die er auf dem Berggipfel erzählt hatte, obwohl ich ein schreckliches Ende für uns alle erwartete.

Hatte die Welt den König getötet, oder war der König gestorben, weil er es gewählt hatte? Ich war bereit, für meinen König zu sterben, aber Furcht ergriff mein Herz, als ich Cherios im Arm wiegte.

Viel-Furcht trabte neben uns und sprach beruhigende Worte. „Wir sind bei dir, Shale. Hab keine Angst."

Eine männliche Stimme sprach zu mir. Ich wusste nicht, wer er war. Er sprach über Dinge, von denen ich nicht sicher war, ob ich sie verstand – eindringliche Worte. „Der Schlimmste der Schergen täuschte diejenigen, die nicht gelehrig waren wie kleine Kinder. Die abscheulichen Kreaturen werden weiterhin diejenigen täuschen, die sich weigern, zu glauben. Das Universum trauert. Die im Garten vergossenen Tränen sind noch nicht getrocknet."

Die Stimme fuhr fort: „Das größte Wunder wird bald offenbart. Stelle dich dem Geheimnis, das in deinem Herzen verborgen ist. Bekenne, damit du geheilt werden kannst. Du wurdest an einen Ort der Entscheidung gebracht. Erlösung ist ein Geschenk, das nur der König geben kann."

Ich wurde sehr still, als die männliche Stimme weitersprach. „Erinnere dich an alles, was du gehört hast. Lass dich nicht täuschen. Zitiere die Worte des Königs, wie du dich an sie erinnerst. Er wird dir sagen, was du sagen sollst. Heute Nacht trauern alle Bewohner des Gartens. Das ewige Licht ist Sünde geworden, aber nur für kurze Zeit. Die Schergen wollen alle verschlingen, die sich weigern, an die Wahrheit zu glauben. Gehe keine Kompromisse ein." Dann verstummte die Stimme.

„Du siehst aus, als hättest du einen Geist gesehen", sagte Viel-Furcht.

„Nein, kein Geist. Eine Stimme sprach zu mir aus dem Königreich des Königs."

Ich grübelte, wann immer ich zu zweifeln begann. Wellen der Verzweiflung überschwemmten mich. Die Halle der Dunkelheit wollte mich gefangen halten. Ich war entschlossen, Widerstand zu leisten.

„Kommt schnell!", drängte Weltkluge Krähe. „Beeilt euch!" Er verschwand in einem gespenstisch aussehenden Baum.

„Bist du sicher, dass das keine Falle ist?"

„Ich bringe dich zum König. Das ist es doch, was du willst, oder?"
„Ja."
„Der Geier sagte, sie haben den König."

Gräber öffneten sich, und Schergen ritten auf den vier Winden, die durch die Bäume rauschten. An den hohen und den tiefen Orten quietschten und krächzten die Geier. Die Schatten vertieften sich, und alles Licht wich von den Lebenden.

Ein Dutzend Geier flog auf uns zu und landete auf einer Palme, die herausgeputzt war wie eine Vogelscheuche. Meine Hände waren kalt, kaum gewärmt von Cherios' Körper. Mein Herz pochte, und ich rang nach Luft.

Schergen rannten aus der Höhle und zischten. Zwei der Fledermauskreaturen packten mich von jeder Seite, zwangen mich von Baruch herunter und drückten meine Arme zusammen.

„Lasst los! Ihr tut mir weh!", schrie ich.

Ihr ständiges Lachen und Spotten übertönte meine Bitten.

Sie brachten uns in eine feuchte, dunkle Höhle, wo die abscheulichen Kreaturen mich von meinen Freunden wegrissen. Ich wusste nicht, wohin die anderen gebracht wurden. Die sehnigen Vögel banden mich an einen Märtyrerstein und fesselten meine Hände und Füße mit einem dicken, kratzigen Seil. Ich konnte mich nicht bewegen. In einer entfernten Kammer durchbrachen scharfe Schreie die Stille.

„Dies ist die Nacht!", schrie ein Geier, und andere stimmten ein. Ihre Gesänge wurden lauter, und sie flogen in einem unregelmäßigen Kreismuster um mich herum. Ihr Spott über meine Gefangennahme erschien wie verdrehte Narrheit.

Ich schloss die Augen, um die schreckliche Darbietung nicht sehen zu müssen, aber ihre Schreie waren schwerer zu ignorieren. Ich schrie auf, aber Furcht erstickte meine Worte. Jedes Mal, wenn ein Flügel in meiner Nähe schlug, zuckte ich zusammen. Der kalte Luftzug ließ Schauer über meine Arme und Beine laufen.

Ich wand mich in den Fesseln, aber sie gruben sich tiefer in meine Haut. Etwas berührte mich von hinten. Weitere Gestaltwandler erschienen, wie Fledermäuse ohne Körper, spirituelle Wesen irgendwo zwischen Gas und Flüssigkeit. Meine kalten Hände verloren jedes Gefühl. Ich schnappte nach der feuchten Luft.

Die Schergen lachten und zischten. Schatten schwangen hin und her und imitierten die Zeichentrickfiguren an meinen Schlafzimmerwänden. Eine Kreatur schlug mich wiederholt von hinten.

Der Gestaltwandler lachte. „Sieh her.“

„Ich kann nicht. Die Fesseln sind zu eng.“

„Bringt die Gefangenen vor sie!“, befahl er.

Ein Dämon trat vor und stieß eine verängstigte Kreatur vor mich. Das zerschlagene Tier landete zu meinen Füßen.

„Cherios!“, schrie ich.

Ihre traurigen Augen zerrissen mein Herz.

„Bring sie zum Reden!“, befahl der Scherge. „Los, zeig uns. Tiere können nicht sprechen.“

„Doch, das können sie“, sagte ich.

„Du bist hier machtlos“, zischte der Scherge. Das Spotten ging weiter. Cherios starrte auf den schmutzigen Boden.

„Bringt den Nächsten.“

Die Gestaltwandler ließen Viel-Furcht los, und sie wand sich über den Boden zu mir. Ihre warme Zunge auf meinen Zehen kribbelte wie ein heilender Balsam vom König.

Die dunklen Mächte formierten sich neu. „Die dummen Tiere können nicht mehr sprechen!“, schrie ein Dämon. Andere stimmten ein. „Tod Shale, Tod den Tieren und Tod ihrem König!“

„Erzähl ihnen dein Geheimnis!“, forderte ein anderer. „Du bist schlecht, Shale Snyder.“

Der Kreis der Dämonen erweiterte sich. Selbst in der Dunkelheit konnte ich noch ein wenig sehen. Die Schergen wurden größer und mächtiger, als sie sich von meiner Angst nährten. Ich betete um Licht.

Baruch *iahte.*

„Tritt ihn!“, befahl einer der Dämonen.

„Ich werde Baruch niemals treten!“, fuhr ich zurück.

„Tritt ihn! Wir wissen, was du Tieren antust!“, zischte ein anderer.

Baruchs Augen quollen hervor. Er wieherte und duckte den Kopf.

Viel-Furcht kauerte sich nieder und scharrte in der Erde. War Cherios noch am Leben?

Wenn uns nur der König retten könnte, wenn er nur hier wäre. Die Geier hatten Weltkluge Krähe ausgetrickst. Wo waren all diese Anhänger, die auf den Hügeln saßen und dem König zuhörten?

Hohngelächter erscholl von den Dämonen. Sie schrien: „Die Schlacht ist vorbei, wir haben gewonnen, das Blatt hat sich gewendet, Erlösung verschmäht!"

Kapitel 35
DIE SCHLACHT

Unsichtbare Trommeln schlugen einen indianischen Schlachtruf. Der Anführer der Dämonen schlängelte sich herein, und seine Fledermausflügel überspannten die Wände der Höhle. Er hielt in seinen Klauen das *Buch des Gedenkens*. „Unsere neueste Trophäe."

Die Schergen versammelten sich um den flachen Stein, auf dem ich mit Seilen gefesselt saß. Runde um Runde kreisten sie, sangen Flüche und schnaubten einen Trank. Die ruchlosen Geister drehten mir den Magen um, und ihre Bosheit zerrte an meinen Nerven. Ich würde jedoch nicht nachgeben. Ich war eine Tochter des Königs.

Hass stach in meine Seele, und das Gewicht des Bösen wollte mich überwältigen. Ich leistete Widerstand. Ich erinnerte mich an das Gewicht der Herrlichkeit. Die Schergen sangen lauter. Sie begehrten meine Seele. Ich erinnerte mich, was der König gesagt hatte.

„Fürchte dich nicht; du bist mehr wert als viele Sperlinge."

Ich fiel durch ein dunkles Loch in einen bodenlosen Abgrund. Ich zitierte erneut die Worte des Königs. „Und fürchtet euch nicht vor denen, die den Leib töten, doch die Seele nicht töten können; fürchtet euch aber viel mehr vor dem, der Leib und Seele in der Hölle verderben kann."

Ihre Gesänge übertönten meine Worte. Ich durfte nicht zulassen, dass Wut oder Angst mich kontrollierten. Die Dämonen waren die Olympioniken des Hasses.

Ihr giftiger Atem verursachte mir Übelkeit. Ich wandte mich ab. Ich versuchte, meine Hände zu lockern, aber die Seile brannten an meinen Handgelenken. Grausame Bilder quälten meinen Geist.

„Hass!", sangen sie.

Ich schrie zum König. „Erlöse mich von dem Bösen, denn dein ist das Reich und die Kraft und die Herrlichkeit in Ewigkeit."

Ihre Gesänge gingen weiter.

Die dunkle Magie der Dämonen enthüllte einen Flur voller Kinder. Ein Junge mit einer Braves-Kappe, die seine Augen bedeckte, kam von hinten auf mich zu. Er schlich sich vor einen Schüler. Ich spürte seine Finger dort, wo sie nicht sein sollten. Ich drehte mich um, ihm entgegenzutreten. Judd lachte. Ich hasste ihn – nein. Wut stieg in mir auf – nein. Ich wurde jedes Mal depressiv, wenn ich ihn hasste. Tief in meinem Herzen erinnerte ich mich an die Worte des Königs und seine Liebe zu mir. Ich erinnerte mich an sein Gebot und rezitierte die Worte auswendig. „Du sollst den Herrn, deinen Gott, lieb haben von ganzem Herzen, von ganzer Seele und mit all deiner Kraft."

Die Worte des Königs wuchsen in mir, Worte, die aus meinem Herzen hervorquollen, als ich sie brauchte. Dann wurde mir klar, die Dämonen wollten mich nicht töten. Sie wollten mich besitzen – wie den Mann vom Friedhof. Sie brauchten einen Körper.

Viel-Furcht schrie auf. „Ich liebe dich."

Cherios hüpfte auf eine Steinplatte und blickte mich mit ihren vertrauensvollen braunen Augen an. „Ich liebe dich auch", sagte sie. „Sprich weiter die Worte des Königs."

Für einen winzigen Moment schienen die Dämonen desorientiert. Ein Lichtblitz huschte über die Höhlendecke.

„Das kleine Kaninchen liebt dich also, was?", spottete ein Scherge.

Die Fledermauskreaturen versammelten sich und zeigten Nadelstachel, die aus ihrem Mittelteil ragten. Sie wollten mich an meinen Beinen oder Armen stechen. Ich versuchte, den Stacheln auszuweichen, aber einer traf trotzdem mein Bein. Ich spürte einen kurzen Schmerzschub, aber das Gefühl verschwand – wie durch ein Wunder.

Dann bekam ich keine Luft mehr. Es war, als wäre ich in eine kalte Quelle gefallen und hätte den Wind aus mir herausgeschlagen bekommen.

Die Schergen sangen wieder. „Tod den Tieren, Tod Shale, sie gehört in die Hölle."

Eistentakel krochen von meinen Händen in meine Schultern hoch. Ich zitterte. Wie lange konnte ich diese Qual noch ertragen?

Viel-Furcht schrie auf. „Gib nicht nach! Halt durch! Glaub ihren Lügen nicht! Erinnere dich an die Worte des Königs!"

Baruch wieherte und versuchte davonzurasen, aber sein Halfter hinderte ihn daran zu gehen. Ein Dämon schwang ein Schwert nach ihm. Er wieherte, aber als das Schwert ihn traf, prallte es ab, ohne seine Haut auch nur zu durchdringen.

„Vergesst den Esel! Er ist nicht der, den wir wollen!", kreischte ein Dämon.

Die Schergen versammelten sich um mich. Sie lösten das Seil, aber zwei hielten mich immer noch von jeder Seite fest. Die Dämonen brachten mich zu einem verdunkelten Torbogen. Der Gang war lang und wurde schmaler, als wir uns dem Ende näherten. Auf der anderen Seite öffnete sich eine Tür zu einer mysteriösen Treppe, aber als ich oben stand, wusste ich, wo ich war.

Der verantwortliche Dämon befahl: „Bringt die Tiere nach vorn!"

Baruch, Cherios und Viel-Furcht standen neben mir. Ihre Augen fragten mich.

„Sag ihnen, was du siehst, Shale. Was ist am Fuß der Treppe?"

Ich weigerte mich hinzusehen.

„Sieh hin!", befahl der Dämon.

„Nein."

„Sieh jetzt hin, oder du kannst zusehen, wie deine Freunde einen langsamen Tod sterben."

Kurzzeitige Angst huschte über ihre Gesichter.

„Bitte tut ihnen nichts."

Der Dämon, der Cherios hielt, witzelte: „Wir warten."

Eine theatralische Szene begann. Ich stand oben an der Treppe, mit Fifi unter dem Arm. Ich hielt das iPhone meiner Mutter in der Hand.

Als ich die Treppe hinunterstieg, tippte ich eine Nachricht. Fifi wand sich. Ich versuchte, ihn zu fangen, bevor er entglitt, aber er schlug mir das iPhone aus der Hand. Ich streckte mich danach aus – mehr Angst, das iPhone zu zerbrechen, als den Hund zu verletzen. Ich hatte das iPhone von Mutter genommen, ohne zu fragen.

Ich verfehlte die Stufe und fiel, ließ den Hund fallen. Das iPhone hüpfte auf den Stufen. Ich fiel auf Fifi. Er jaulte und klatschte noch ein paar Stufen tiefer. Ich fiel nach vorn und stieß ihn erneut an. Er rollte den Rest des Weges hinunter. Mein Knöchel verdrehte sich unter mir, und ich konnte mich nicht bewegen, außer kopfüberzufallen. Ich stützte mich ab, um nicht mit dem Gesicht aufzuschlagen. Am Fuß der Treppe lag Fifi reglos.

Er öffnete sein Maul und schnappte nach Luft – Luft, die nie kam. Seine Augen waren noch offen. Ich hob seinen stillen, warmen Körper auf und wiegte ihn. Tränen strömten mir aus den Augen.

Was hatte ich getan? Ich hatte Judds Welpen getötet – alles, um das iPhone meiner Mutter nicht zu zerbrechen. Wie konnte ich irgendjemandem erzählen, es sei ein Unfall gewesen, wenn ich so dumm gewesen war?

Ich riss meine Augen von der schrecklichen Szene los, um meinen Freunden ins Gesicht zu sehen – Baruch, Viel-Furcht und Cherios.

„Ich wollte es nicht. Es war ein Unfall."

„Es ist Fifi", sagte Cherios.

Woher kannte Cherios seinen Namen? Die wenigen Sekunden, die vergingen, schienen wie eine Ewigkeit. Warum enthüllten die Dämonen meine Schande? Es reichte, dass ich es getan hatte und mir selbst nicht vergeben konnte.

Die Dämonen setzten Cherios ab, banden Baruch los und ließen Viel-Furcht frei.

Die Schergen fuhren fort, mich anzuklagen. „Sie hat euch alle getäuscht."

Ich schrie zurück. „Ich habe einen Fehler gemacht. Das macht mich nicht schlecht."

Die Schergen verstummten. Dann begannen die Gesänge von Neuem. Je hasserfüllter ihre Worte, desto größer wurden sie.

Die Macht des Königs erfüllte meinen Geist. Gänsehaut kribbelte von meinem Herzen aus und breitete sich aus. Ein warmes Licht durchdrang die kalte Dunkelheit, und die Unterdrückung wich.

„Ja, ihr habt recht. Ich bin nichts weiter als ein Wurm, wie dieser Wurm, der auf dem Bürgersteig lag und den Judd zerquetschen wollte. Nichts Gutes existiert in mir, außer dem, was mir vom König gegeben wurde. So wie ich diesen Wurm vor seinem Peiniger gerettet habe, wird mein König auch mich retten und euren Kopf zermalmen." Der König versprach: „Wenn ihr anderen vergebt, wird euer himmlischer Vater euch auch vergeben. Mir ist vergeben."

Cherios lächelte von einem Ohr zum anderen. „Ja, Shale. Du kennst den König."

Viel-Furcht nickte.

Baruchs Augen glänzten – nicht länger mit trauervollen Tränen, sondern mit dankbarem Lobpreis.

Magische Regungen aus der Tiefe meines Inneren sprudelten hervor und flossen über. Freiheit winkte mir.

Der größte Dämon höhnte: „Der König ist tot."

Andere sangen und tanzten. „Der König ist tot, der König ist tot, die Schergen werden stattdessen herrschen."

Ich entgegnete ihren Lügen: „Er wird immer in meinem Herzen leben. Ihr könnt mir nicht mehr wehtun." Ich zitierte erneut den König. „Furcht ist nicht in der Liebe, sondern die vollkommene Liebe treibt die Furcht aus."

Meine Lobpreisrufe an den König überwanden ihre Gesänge. Plötzlich begannen die Dämonen zu schrumpfen – kleiner und kleiner, direkt vor meinen Augen. Als die Schergen schrumpften, durchliefen sie eine Metamorphose.

Ich rief meinen Tierfreunden zu: „Stimmt mit mir ein in den Lobpreis des Königs!"

Wir sangen unser eigenes Lied und übertönten ihres. „Gesegnet sei der König für immer und ewig."

Sie schrumpften kleiner und kleiner, und wir wurden größer und größer. Bald hatten sich die Schergen in nichts weiter als winzige

Schlangen verwandelt. Obwohl sie zischten, wurden ihre Stimmen wie die einer kleinen Maus vor einer spottenden Katze.

Ich hob meine Hände zum Lobpreis des Königs. „Dem die Herrlichkeit sei in aller Ewigkeit. Ich weiß, wer ich bin. Ich bin eine Prinzessin – eine Tochter des Königs."

Freude floss durch meine Adern. Wir hatten Hass mit Liebe besiegt! Dann geschah etwas Tragisches.

Kapitel 36
GEHEIMNISSE DES GARTENS

Cherios hüpfte feiernd auf dem Felsvorsprung, als eine Schlange hervorschnellte und sie biss. Sie schrie auf und fiel mir vor die Füße. Ich nahm sie in meine Arme, ganz so, wie ich Fifi gehalten hatte, nachdem er gestorben war. Cherios' Augen schienen weit weg, und ihr mühsames Atmen machte mir Angst.

„Stirb nicht, Cherios, das darfst du nicht. Ich liebe dich von ganzem Herzen."

Als die winzigen Vipern in der Dunkelheit davonrasten, rannten Viel-Furcht und Baruch zu mir. Mein Herz war gebrochen.

„Was sollen wir tun?", schrie ich.

„Lebt sie noch?", fragte Baruch.

„Kaum." Ich schniefte. „Cherios, kannst du mich hören?"

Cherios zwang ihre Augen ein letztes Mal auf. „Ich würde jederzeit für dich sterben, weil ich dich so sehr liebe."

„Nein, Cherios, du darfst nicht sterben. Nein."

Cherios flüsterte. „Bring mich in den Garten, zum Apfelbaum."

„Was meinst du mit dem Garten und dem Apfelbaum?"

„In den Garten, als wir ankamen", sagte Baruch. „Sie ist ein Gartenhäschen. Sie will nach Hause."

Die Vipern waren verschwunden. Nichts hielt uns davon ab, zu fliehen. Die Dämonen flohen, als wir sie mit der Liebe des Königs besiegt hatten. Plötzlich hallten ferne Geräusche durch die engen Gänge – was konnte es anderes sein als ein weiterer Dämon?

Ich hielt Cherios in meinen Armen, zu verängstigt, um auch nur zu atmen. Ein kräftiger Körper trat aus dem dunklen Loch hinter uns. Ich war zu schockiert, um zu sprechen.

Daniels Augen trafen meine. „Shale, was machst du hier?"

„Wie hast du mich gefunden?"

„Ich konnte deine Gedanken lesen – schreckliche Bilder. Ich sagte dir doch, das nächste Mal würde ich nicht zögern. Ich bin so schnell ich konnte hierher geeilt." Daniel musterte die dunkle Höhle. „Geht es dir gut?"

„Ich glaube schon, aber Cherios nicht. Wir müssen sie zurück in den Garten bringen, aber ich kenne den Weg nicht."

„Ich schon", sagte Baruch. „Wir müssen zum Olivengarten in Jerusalem."

„Wir müssen zum Olivengarten in Jerusalem", wiederholte ich für Daniel. „Dort wollte Cherios begraben werden, am Apfelbaum."

Daniel starrte mich an. „Du meinst den Garten Gethsemane? Dahin willst du nicht gehen. In der vergangenen Nacht ist dort Gewalt ausgebrochen. Soldaten haben euren König gefangen genommen, während er betete, und ihn zu Pontius Pilatus gebracht. Nachdem sie den Mann geschlagen hatten, schickten ihn die römischen Wachen zum Hohepriester. Der Hohe Rat stellte ihn vor Gericht und befand ihn der Gotteslästerung für schuldig. Er wurde gekreuzigt."

Ich schüttelte ungläubig den Kopf.

„Der Ort wimmelt von Wachen. Es gibt Geschichten darüber, dass er von den Toten zurückgekehrt ist. Der letzte Ort, an den du gehen willst, ist dieser Garten. Du solltest sie stattdessen hier begraben."

„Er wurde also getötet?"

„Sie brachten ein Schild über seinem Kreuz an: ‚König der Juden'.
"

Ich schluchzte und legte meinen Kopf an Daniels Brust.

Er legte seine Hand auf meine Schulter. „Es tut mir leid, Shale."

Ich senkte den Blick und schlang meine Arme um Cherios. Ihr

Körper war noch warm. Was konnte noch schiefgehen? Ich wollte nicht riskieren, erwischt zu werden. Daniel legte seinen Arm um mich und führte mich zurück zum Eingang.

„Daniel, wir müssen sie zum Olivengarten bringen."

„Wenn das ist, was du tun musst, sollten wir uns besser beeilen und es vor Tagesanbruch erledigen." Daniel schüttelte den Kopf. „Ich kann nicht glauben, dass du dorthin willst."

„Es tut mir leid."

„Schon gut. Lass uns gehen."

Daniel tätschelte mich beruhigend.

Ich konnte nicht sprechen. Meine Stimme steckte mir tief im Hals fest.

Wir verließen die Höhle in surrealer Dunkelheit. Überall waren Schergen – auf den Bergen, hinter Bäumen versteckt und aus Felsspalten aufsteigend. Ihr ranziger Geruch drehte mir den Magen um. Ich stellte mir vor, wie sich Gräber öffneten und Dämonen entkamen, die mich erneut quälen würden.

Bevor wir den Garten erreichten, geriet ich in Panik. „Daniel, es gab keine Apfelbäume im Garten. Es gab Olivenbäume und Dornen und einen Wolf."

„Warum sollte Cherios dir sagen, du sollst sie zum Apfelbaum im Garten bringen, wenn es dort keinen Apfelbaum gab?", fragte Daniel.

„Ich weiß nicht."

„Sie hat den Apfelbutzen auf den Boden geworfen, als sie aus dem Rucksack sprang", sagte Baruch. „Erinnerst du dich, sie hat sich dafür entschuldigt, meinen Apfel gegessen zu haben."

„Wie lange ist das her?", fragte ich.

„Was?" Daniel konnte den Esel nicht verstehen.

„Baruch sagte, sie habe seinen Apfel gegessen. Das ist, was, drei Jahre her? Vielleicht ist aus dem Kern ein Apfelbaum gewachsen. Es ist lange genug her."

Wir reisten über das unwegsame Gelände und sagten nichts weiter. Der Vollmond stieg über uns auf und begann seinen Abstieg, als wir das Kidrontal durchquerten.

Als wir ankamen, war eine Wache im Dienst, und der Garten war geschlossen. Seit wann brauchten Gärten eine Wache?

Daniel flüsterte: „Ich lenke die Wache ab, damit du vorbeischleichen kannst. Ich folge dir später. Okay?"

Ich nickte. Daniel näherte sich dem Mann, und sobald der Rücken der Wache zugewandt war, schlich ich uns alle hinein – Baruch, Viel-Furcht, Cherios und mich selbst. Jetzt mussten wir den Baum suchen. Cherios' lebloser Körper wurde kälter. Ich machte mir Sorgen, wir wären zu spät, um sie zu retten. Wenn ja, wollte ich sie so schnell wie möglich begraben.

„Sieh mal da drüben." Baruch zeigte auf einen Baum – einen einzelnen Apfelbaum in einem Dickicht aus Olivenbäumen.

Der Apfelbaum war etwa zwei Meter hoch. „Ich kann es nicht glauben, Baruch." Leuchtende rote Äpfel bedeckten die Äste und sahen selbst im schwachen Mondlicht köstlich aus. Etwas daran erschien seltsam – der Baum gehörte nicht hierher. Woher hätte Cherios wissen sollen, dass der Baum hier war?

Ich schwang mich von Baruch herunter, als Viel-Furcht mit ihren Pfoten in den Boden grub, um die Erde zu lockern. Baruch half Viel-Furcht, und ich stand dabei und sah zu. Alles schien so endgültig. Ich wollte sie in den Garten des Königs zurückbringen, wo sie hingehörte, aber das musste reichen – es war das, was sie erbeten hatte.

Bald war das Loch tief genug, um sie zu begraben. Ich legte sie sanft in den kühlen Sand. Der starke Duft des Apfelbaums durchtränkte die Luft wie ein heilender Balsam. Ich erinnerte mich an den Tag im Garten des Königs, als ich zum ersten Mal ankam. Ein Gartenfrieden ersetzte meine Angst. Cherios würde hier ruhen, vielleicht nicht im Garten des Königs, aber unter dem Apfelbaum des Königs.

Baruch begann, Cherios mit Erde zu bedecken, aber ich bat ihn zu warten. Ich fühlte das Ei in meiner Kleidertasche. Ich würde es ihr geben.

Ich zog das Ei aus meiner Tasche und öffnete es. Nachdem ich eines der Kaninchen herausgehoben hatte, hielt ich es ins Mondlicht. Glaube und Unglaube trafen mich gleichzeitig. Das Häschen war nicht länger zerbrochen. Ich legte das Häschen zurück ins Ei und hob die

Mutter hoch. Sie war ein perfekt geschnitztes Kaninchen, ebenso wie alle anderen.

„Was ist mit dem Ei und den Häschen los?", fragte Baruch.

„Sie – sie sind nicht mehr zerbrochen."

„Sieh nur", sagte Viel-Furcht.

Ich blickte auf Cherios hinab und glaubte, sie bewegte sich. Ich legte meine Hand vor ihren Mund und spürte ihren sanften Atem. „Sie – sie atmet", stammelte ich.

„Sie kann nicht atmen. Sie ist tot." Die Stimme war vertraut, aber es war nicht Viel-Furcht oder Baruch.

Ich blickte auf und sah Weltkluge Krähe auf einem Ast des Apfelbaums sitzen. „Hau ab von hier!"

Die Krähe sprach mit frecher Stimme. „Nun sieh mal. Sei nicht böse auf mich."

„Du hättest uns fast umgebracht. Natürlich bin ich böse auf dich."

„*Kra-kra.* Ich habe dich zum König gebracht, nicht wahr?"

„Nein, das hast du nicht. Du hast uns zu Dämonen und Gestaltwandlern gebracht, die versucht haben, uns zu töten. Sie hätten Cherios fast getötet."

„Die Geier sagten, sie hätten den König gefangen genommen."

„Geh weg", forderte ich. „Lass uns in Ruhe."

„Ich komme wieder", beharrte Weltkluge Krähe, „mit denen, die euren König gefangen halten. Er ist nicht das, was er scheint – er ist überhaupt kein König. Er hat das Volk belogen. Ihr könnt mir vertrauen. Besser ein Narr stirbt als das ganze Volk."

Damit flog die Krähe davon. Zum Glück war er weg. Ich wollte nichts mit ihm zu tun haben.

Viel-Furcht rutschte zu Cherios und leckte ihr Gesicht. „Sie kommt zu sich, Shale."

Baruch beugte sich hinunter und schnüffelte – so wie er es vor langer Zeit getan hatte, als ich ihm eine Ohrfeige gegeben hatte, weil er mir zu nahegekommen war. Cherios' Schnurrhaare kitzelten ihn, und er iahte.

„Bist du sicher?" Ich kauerte mich nieder, um selbst nachzusehen. Cherios blinzelte und öffnete die Augen.

„Cherios – du lebst! Wie konntest du wieder lebendig werden?"

„Ich bin ein Häschen aus dem Garten des Königs", sagte sie. „Er ist der Gärtner."

„Aber Weltkluge Krähe sagte, der König ist tot. Wie kann er andere heilen und sich selbst nicht?", fragte ich.

„Warte bis zum Morgen, und du wirst es wissen. Fürs Erste lass mich schlafen." Cherios schloss die Augen mit einem breiten Lächeln im Gesicht. Konnte der König noch am Leben sein? Was wusste Weltkluge Krähe? Die Dämonen schienen machtlos. Hatte ich sie schließlich nicht mit der Liebe des Königs besiegt?

Ich sah mich nach Daniel um. Ich wünschte, er würde auftauchen. „Kommt", sagte ich. „Lasst uns zusammenkauern und uns warm halten."

Die Nachtluft war kühl. Ich wollte den heilenden Apfelbaum nicht verlassen und hoffte, Daniel würde uns bis zum Morgen finden. Wir würden warten. Ich pustete auf meine Hände und kuschelte mich an Viel-Furcht und Cherios.

Aber Baruch wollte sich nicht hinlegen.

„Was ist los, Baruch? Komm schon, wir brauchen dich, um uns warmzuhalten."

„Zuerst will ich einen Apfel", sagte Baruch.

„Einen Apfel?"

„Vielleicht zwei oder drei. Ich bin hungrig."

Ich schüttelte den Kopf über meinen Lieblingsesel.

Kapitel 37
GEHEIMNISSE DER SIEBTEN DIMENSION

Beunruhigende Träume von höhnenden Menschenmengen und wütenden Mobs auf den Straßen Jerusalems machten es schwer zu schlafen. Ein römischer Wächter mit einer neunschwänzigen Katze peitschte den König aus, der eine Dornenkrone trug. Blutstriemen bedeckten seinen Rücken. Nägel, die in seine Handgelenke und Knöchel geschlagen wurden, hinterließen Spuren unvorstellbaren Schmerzes. Ich wand und drehte mich, als die schrecklichen Bilder mich weckten.

Plötzlich beendete ein heftiges Beben des Bodens jeden Gedanken an Schlaf. Laufende Füße und Männerstimmen durchbrachen die Stille. Ich setzte mich auf, konnte aber nichts sehen. Wenig später erfüllten verzweifelte Frauenstimmen den Garten. Benommen, wollte ich sie finden. Ich stand auf, ließ Cherios, Viel-Furcht und Baruch zurück und schlich zu einem Olivenbaum. Öl hatte sich auf den Blättern gebildet und tropfte an den Seiten des Stammes herunter. Der Baum weinte.

Ich riss ein Blatt ab, tauchte meinen Finger in das Öl und rieb das Öl in meine Hände. Ich rieb mehr Öl auf meine Arme und mein Gesicht. Mein Schmutz und meine Trauer ließen nach, als ob das Öl heilende Eigenschaften hätte.

Ich stand auf und beobachtete zwei Frauen, die sich um eine Öffnung zu einer Höhle drängten. Neben der Öffnung befand sich ein großer Stein. Die Augen der Frauen waren rot und geschwollen. Sie trugen Salbkräuter.

Zwei Kreaturen in hell leuchtenden Gewändern erschienen neben ihnen. Bei ihrem Anblick wäre ich beinahe in Ohnmacht gefallen. Die verängstigten Frauen verbeugten sich mit dem Gesicht zur Erde.

Einer der Engel sagte: „Er ist nicht hier, er ist auferstanden. Gedenket daran, wie er euch gesagt hat, als er noch in Galiläa war."

Die Frauen schienen verwirrt, blieben aber still.

Ich starrte und erinnerte mich an die Worte des Königs – und der Engel sprach ähnlich zu den Frauen: „Der Menschensohn muss überantwortet werden in die Hände der Sünder und gekreuzigt werden und am dritten Tage auferstehen."

Ein lauter Tumult entstand außerhalb des Gartens, einige Stadien entfernt. Ich war überrascht, Weltkluge Krähe zu sehen, wie er mit drei Schergen stritt. Der Eingang zum Garten wurde von einem Mann in einem weißen Gewand blockiert. Die Macht des Königs hatte die böse Präsenz usurpiert, die außerhalb des Gartens lauerte. Ich spürte das großartige Scheiden des Bösen – großartig, weil das Böse niemals wieder triumphieren könnte. Die Schergen und Weltkluge Krähe flohen, kreischend vor Qual und unterwürfig in der Niederlage – ihr Schicksal besiegelt.

Dann stand der König vor den Frauen. Ich schnappte nach Luft. „Er lebt!", sagte ich leise. Mein Herz brannte in mir, als ich über die Tragweite dessen nachdachte, was es bedeutete – und mich erinnerte, was er auf dem Berg gesagt hatte. Die Frauen schienen ihn nicht zu erkennen. Vielleicht dachten sie, er sei der Gärtner.

Der König sagte zu einer von ihnen: „Frau, warum weinst du? Wen suchst du?"

Sie antwortete: „Herr, hast du ihn weggetragen, so sage mir, wo du ihn hingelegt hast, dann will ich ihn holen."

Der König sagte: „Maria."

Die Frau wandte sich ihm zu und schrie auf: „Meister!"

Der König antwortete: „Rühre mich nicht an! Denn ich bin noch nicht aufgefahren zum Vater. Geh aber hin zu meinen Brüdern und sage ihnen: Ich fahre auf zu meinem Vater und eurem Vater, zu meinem Gott und eurem Gott."

Die Frauen rannten davon.

Der König wandte sich mir zu. Ich kannte den König nun vollständig – als meinen himmlischen Vater, den Vater, der mich liebte, den Vater, der mich niemals verlassen oder im Stich lassen würde.

Er streckte seine Hände aus, und die frischen Narben an seinen Handgelenken überwältigten mich. „Deine Sünden sind dir vergeben."

Meine Tränen flossen frei.

Er sagte: „Ich gehe hin, euch die Stätte zu bereiten. Und wenn ich hingehe, euch die Stätte zu bereiten, will ich wiederkommen und euch zu mir nehmen, auf dass auch ihr seid, wo ich bin."

Ein Vogelkäfig schwebte sanft vom Himmel herab und landete in seiner ausgestreckten Hand. Er nahm den Käfig und hängte ihn an einen Olivenbaum. Ein kleiner Vogel saß im Käfig. Der König öffnete die Tür des Käfigs, und die kleine Kreatur trat von ihrer Stange und ließ sich auf seinem Finger nieder. Er hob den Vogel aus dem Käfig, küsste ihn und flüsterte: „Du bist eine Tochter des Königs."

Ich erkannte in diesem Moment, dass er diese Worte zu mir sagte. Ich spürte seinen zarten Kuss auf meiner Stirn.

Ich blickte in den Himmel, als der Vogel in die Lüfte flog. Bevor ich etwas sagen konnte, war der König verschwunden.

Eine männliche Stimme rief meinen Namen. „Shale."

Ich spürte eine außerweltliche Gartenpräsenz, bevor ich ihn sah. Er war wunderschön anzusehen, gekleidet in strahlendem Weiß.

„Ich erkenne deine Stimme, aber wer bist du? Ich kenne den König, aber ich kenne dich nicht."

„Ich bin dein Schutzengel, Astello."

Der Engel trug ein schimmerndes, weißes Gewand. „Fürchte dich nicht."

„Du hast all diese Worte zu mir gesprochen. Warum bist du hier?"

„Ich bin gekommen, um dich nach Hause zu bringen. Deine Reise in die siebte Dimension ist beendet – für den Moment."

„Die siebte Dimension? Ist das, wo ich gewesen bin? Ich dachte, ich wäre in der Zeit zurückgereist."

„Die siebte Dimension ist, wo der König lebt – im Garten, in der großen Stadt, in der Wildnis, am geheimen Ort deines Herzens. Die Realität wird in dieser Welt transzendiert, die selbst die Engel schwer verstehen."

„Reist jeder in der Zeit zurück?"

„Nein. Der König begegnet den Menschen dort, wo sie sind. Eine Person kann sich sogar vom König abwenden – aber der König kennt die Seinen, und er wird die verlorene Seele verfolgen, bis die Person seine Stimme überhaupt nicht mehr hören kann."

„Wie tragisch", flüsterte ich.

„Menschen reisen in die siebte Dimension, wenn etwas geschieht, das eine Sehnsucht erzeugt – so groß, dass nichts anderes sie stillen kann, außer der König selbst."

„So war es bei mir. Ich wusste, ich wollte etwas, aber ich wusste nicht, was es war. Die Sehnsucht ging nicht weg."

Astello lächelte. „Diejenigen, die die Bibel lesen, reisen in der Zeit zurück und treffen den König. Der König öffnet allen die Tür, die anklopfen. Der Weg ist schmal. Viele sind berufen, wenige sind auserwählt."

„Daniel sagte, es sei ein Paralleluniversum."

„Die Wissenschaft kann die Mysterien des spirituellen Reiches nicht enträtseln. Sie sind zu tief, aber Daniel sucht, und der König wird ihn finden."

„Muss ich gehen?" Ich wollte nicht gehen. „Was ist mit Baruch, Viel-Furcht, Cherios und Daniel?"

„Sie werden in der Liebe des Königs sicher sein. Was hat dir der König gesagt?"

„Ich bin eine Tochter des Königs."

Astello nickte. „Du bist wie Nevaeh. Frei, dein Leben für den König zu leben – oder nicht. Die Wahl liegt bei dir."

„Mir wird jetzt klar, als Tochter des Königs bin ich niemals allein."

Drei meiner Lieblingstiere kamen zu mir.

„Ein Engel!", strahlte Cherios.

„Du bist aufgewacht und lebst!" Ich nahm Cherios hoch und küsste sie. „Siehst du Astello?"

Cherios' Augen leuchteten hell, ihr Leben war wiederhergestellt. „Natürlich sehe ich ihn."

„Wir alle sehen ihn, weil wir glauben", fügte Viel-Furcht hinzu.

Tränen füllten meine Augen. „Es ist Zeit für mich, nach Hause zu gehen. Ich hasse es, euch zu verlassen."

Wir verbrachten mehrere Minuten damit, uns zu umarmen und uns an all die Zeiten zu erinnern, die wir in der siebten Dimension geteilt hatten. Ich vergoss mehr Tränen über unsere bevorstehende Trennung, als ich jemals in der Vergangenheit vergossen hatte.

Der Engel sagte: „Bewahre all diese Dinge in deinem Herzen. Nimm das Ei als Erinnerung mit."

„Was ist mit meinen Freunden hier?"

Astello antwortete: „Daniel kann die siebte Dimension noch nicht verlassen. Vielleicht werdet ihr euch wiedersehen."

„Kann ich mich von ihm verabschieden?"

„Er wird bald hier sein. Der König hat es von Anfang an so geplant."

„Was ist mit Baruch?"

„Er kennt den König."

„*I-Ah*. Früher hasste ich es, Dinge auf meinem Rücken zu tragen. Ich bin kein Lasttier mehr. Ich habe eine Tochter des Königs getragen."

Astello erklärte: „Baruch war mit vielen Dingen belastet, die nicht für ihn bestimmt waren, sie zu tragen – Dinge, die nur der König tragen konnte."

„Und Lowly?", fragte ich.

„Er hat noch Abenteuer vor sich, in der siebten Dimension."

„Und ich verspreche dir, Shale", sagte Baruch, „ich werde Lowly alles erzählen, damit er weiß, dass du sicher nach Hause gekommen bist."

Meine Augen wurden feucht, und ich blinzelte, um die Tränen zurückzuhalten. „Er ist so ein süßes Schwein. Ich werde ihn vermissen."

Cherios flehte: „Halte mich ein letztes Mal."

Ich tätschelte ihr den Kopf und fuhr ihr mit den Fingern durchs weiche Fell. Ich wollte nicht glauben, dass dies das letzte Mal sein würde, dass ich sie hielt.

Astello hielt inne. „Gaben kommen in vielen Formen – aber die siebte Dimension ist die beste."

„Ich verstehe nicht."

„Wenn du zu Hause ankommst, wirst du sehen."

Cherios wand sich aus meinen Armen. „Darf ich jetzt nach Hause gehen?", fragte sie.

Astello nickte.

Cherios hüpfte auf und ab. Dann, als sie sah, wie traurig ich war, sprang sie zurück in meine Arme. „Oh, Shale, sei nicht traurig. Ich werde immer bei dir sein. Du wirst sehen."

Wie konnte ich gleichzeitig so fröhlich und traurig sein? „Was ist mit Viel-Furcht?"

Der Hund stand mit gesenktem Blick und eingeklemmtem Schwanz da.

Der Engel lächelte. „Viel-Furcht, warum seid ihr und Shale so traurig? Was auch immer in der siebten Dimension gebunden ist, ist auf Erden gebunden."

„Viel-Furcht kommt also mit mir?", fragte ich.

„Natürlich kommt Viel-Furcht mit dir."

Ich kauerte mich nieder und schlang meine Arme um sie. Mit großem Überschwang stieß sie mich nach hinten und leckte mir die Stirn.

Astello erinnerte mich. „Erinnere dich an alles, was der König getan hat. Manches wirst du erst später verstehen. Die schweren Dinge werden dich stark machen, wenn du es zulässt. Bitterkeit wird sich einschleichen, wenn du ihr einen Fußbreit Raum gibst. Es braucht nur einen Fußbreit, um zu einer Festung zu werden."

Ich bewahrte all den Rat, den Astello mir gab, in meinem Herzen. „Könntest du mir noch einmal etwas über die siebte Dimension erklären? Ich möchte Rachel erzählen können, wo ich gewesen bin."

„Die siebte Dimension ist in dir. Wenn du zum König rufst, bringt er dich an einen Ort, an dem er Magie wirken kann, die in dieser Welt nicht zu finden ist – eine Magie, die vor den Fluch zurückreicht und tiefer ist, als das Böse reichen kann. Selbst Engel sehnen sich danach, dieses Mysterium zu verstehen."

Ich dachte über die vergangenen drei Jahre nach. Beunruhigt fragte ich: „Werde ich meinen Vater wiedersehen?"

„Willst du das?"

„Ich weiß nicht. Wenn er mich liebte, hätte er mir sicher Briefe aus Jerusalem geschickt oder die Verantwortung für seine Abwesenheit übernommen. Ich will nichts mit seiner Frau zu tun haben."

„Es erfordert Demut, unseren Fehlern ins Auge zu sehen. Gib die Hoffnung nicht auf."

„Die Dinge werden hier niemals perfekt sein, oder?"

„Wenn es möglich wäre, wäre der König nicht gekreuzigt worden. Er starb für alle – diejenigen, die den König lieben, werden eines Tages mit ihm im Garten des Königs leben."

„Er lebt!"

„Er ist wahrhaftig auferstanden."

„Warum wurde er getötet?"

Der Engel erklärte: „Am Anfang schuf der König einen wunderschönen Garten. Er schuf alle Pflanzen und Tiere. Dann schuf er Adam und Eva. Er erklärte, dass alles gut sei."

„Eines Tages überzeugte die Schlange Eva, eine Frucht von einem Baum zu essen, von dem der König ihr gesagt hatte, sie solle nicht davon essen. Nachdem sie davon gegessen hatte, gab sie Adam die Frucht vom selben Baum."

„Ihre Augen wurden geöffnet. Furcht, eines der ersten Symptome der Sünde, drang in den Garten ein. Der König wusste, es gab nur einen Weg, diese schreckliche Krankheit loszuwerden. Er musste getötet werden."

„Als der König am Kreuz starb, brach er die dunkle Magie der Schergen – die Macht der Schlange. Der Tod des Königs ermöglichte es jedem, im Garten des Himmels zu leben."

„Ich sah die Narben an seinen Händen."

„Jeder, der um Vergebung bittet und an den König glaubt, wird ewig im Garten des Königs leben.“

„Wird der König immer bei mir sein?“

„Immer. Die siebte Dimension ist in dir. Die Tiere repräsentieren Teile deines Charakters. Dein Leiden hat gute Frucht hervorgebracht. Und erinnere dich immer, der König ist dein himmlischer Vater.“

„Was ist mit Judd?“

„Ihm zu vergeben, hat dich befreit. Niemand ist jenseits der Macht des Königs. Du musst jedem vergeben, so wie der König dir vergeben hat – manchmal sogar dir selbst.“

Astello mahnte. „Lass keinen Tag vergehen, ohne Dank zu sagen, selbst für die schweren Dinge.“

„Wird es Nathan gut gehen?“

„Nathan und all denen, die zum König kommen. Der König ist der große Heiler.“

Astello fuhr fort: „Auch wenn du vielleicht ungeduldig bist und die Dinge sofort haben willst, so ist es doch der Prozess, in dem du den König verherrlichst. Das Ergebnis liegt in seinen vernarbten Händen.“

Er lächelte. „Sieh hinter dich. Daniel kommt.“

Ich drehte mich um, als er sich näherte.

Seine Augen trafen meine. „Entschuldige, dass ich letzte Nacht nicht gekommen bin. Ich wurde aufgehalten.“

Wir umarmten uns eine Minute lang, und ich spürte sein Herz schlagen. „Ich muss gehen, Daniel. Es ist Zeit.“

„Dann nehme ich an, ich bin gekommen, um mich zu verabschieden.“

Eine Traurigkeit in seiner Stimme ließ mich weinen.

Ich umklammerte ihn fester. „Ich wünschte, ich hätte den Engel mehr über dich gefragt. Ich hatte dich für den Schluss aufgehoben, aber mir ist die Zeit davongelaufen. Zu viele Fragen erfüllten meinen Geist. Mein Vater, wie geht es ihm?“

Daniel strich mir übers Haar. „Es geht ihm gut. Ich wünschte, er hätte sich bemüht, dich zu sehen – so wie ich.“

„Oh, Daniel, ich hasse es zu gehen. Der Engel sagte, wir würden uns wiedersehen – möglicherweise.“

„Der Engel?"

„Daniel, du musst an den König glauben. Er ist der, für den er sich ausgibt. Dein Leben hängt davon ab. Er ist auferstanden."

Daniel lachte. „Auferstanden? Beruhige dich. Ich werde Dr. Lukas helfen. Er will eine Untersuchung seiner Behauptungen durchführen. Ich weiß, an diesem Mann ist etwas anders. Ich will die Wahrheit wissen."

„Wirst du auf dem Anwesen meines Vaters sein oder beim Doktor? "

Daniel hob mein Gesicht zu seinem. „Beides. Ich verstehe das Mysterium in all dem nicht, aber ich werde es. Sag Rachel Schalom von mir, wenn du nach Hause zurückkehrst."

„Das werde ich."

Daniel fuhr fort: „Dass du mich getroffen hast, ist schon seltsam genug. Ich will mehr über diesen Mann Gottes erfahren."

„Okay", flüsterte ich. „Ich werde dich in Israel finden."

Daniel grinste. „Daran habe ich keinen Zweifel."

„Ich bin jetzt schon siebzehn. Ich bin seit drei Jahren hier."

„Erinnere dich, ich komme aus deiner Zukunft."

„Du musst also bis 2015 zurück sein, um mich zu treffen. Du wirst zurück sein?"

„Kontrolliere ich das?", fragte Daniel.

„Ja. Glaube."

„Glauben? Ich brauche Hilfe bei meinem Unglauben."

„Daniel, er ist auferstanden. Die Beweise sind überall um dich herum. Sieh dir Cherios an. Wo ist sie überhaupt?"

„Ich bin hier hinten bei Baruch und Viel-Furcht."

„Sie lebt?", fragte Daniel. „Wie kann sie leben?"

„Es ist einfacher, an Dinge zu glauben, die wir sehen können, als an die Macht zu glauben, die unsichtbar ist, aber die Dinge, die wir sehen, sind eine äußere Manifestation dieser Macht. Glaube mir, wenn ich es dir sage."

Daniel tätschelte mir die Schulter. „Das werde ich."

Ich trat zurück und bemerkte eine Träne in seinem Auge. „Wirst du dich um Baruch und Lowly kümmern?"

„Natürlich. Bist du nicht aufgeregt, dass du nach Hause darfst?"

„Ohne dich allerdings."

Daniel musterte mein Gesicht. „Du wirst schöner, je älter du wirst."

Ich lachte. Vielleicht hatte das Öl magische Eigenschaften.

Daniels Augen funkelten. „Ich spüre, du hast mir etwas zu geben."

„Ja, du hast mich daran erinnert." Ich griff in meine Kleidertasche und zog die beiden Goldklumpen heraus, die ich vergessen hatte.

Ich reichte Daniel einen. „Diese Steine haben fast jeden anderen verbrannt, aber ich glaube nicht, dass du verletzt wirst."

Er drehte den Stein in seiner Hand. „Ist das Gold?"

„Behalte den Klumpen einfach. Er passt zu meinem und ist mein Versprechen, dass ich dich in der Zukunft finden werde. Der Engel hat es mir gesagt."

„Der Engel?", wiederholte Daniel. „Du redest ständig von einem Engel."

Ich zeigte auf ihn. „Er ist da drüben. Siehst du ihn nicht?"

Daniel schüttelte den Kopf. „Ich glaube dir aber."

„Du musst glauben, Daniel. Dein Unglaube hält dich zurück."

„Ich versuche es, Shale."

„Oh, Daniel, mir ist gerade etwas Wichtiges eingefallen. Versprich mir, dass du in mein Privatzimmer gehst und meine Schriftrollen holst. Ich habe sie zurückgelassen, und ich will nicht, dass Scylla sie findet."

„Deine Schriften?"

„Mein Tagebuch. Bewahre es für mich auf, bis ich dich wiedersehe."

Daniel kicherte. „Darf ich es lesen?"

„Ich nehme an, wenn du nicht widerstehen kannst. Lass aber sonst niemanden ran. Versprichst du, sie zu holen?"

„Ich verspreche es."

Ich nahm Cherios hoch, die ihre Pfoten putzte. „Wie werdet ihr zurückkommen?"

„Genau wie du, durch die Tür."

„Das Portal wird sich bald schließen", sagte Astello. „Die Zeit ist gekommen."

Ich umarmte Cherios ein letztes Mal und setzte sie ab. Sie hüpfte hinüber und küsste Baruch und Viel-Furcht. Dann zwinkerte sie mir zu und hüpfte durch das Portal. Ich sah zu, wie zwei andere Häschen sie im Garten des Königs begrüßten. Bald rannte ein Hund herbei und gesellte sich zu den Kaninchen.

„Fifi!", rief ich aus. „Cherios hat mir nie erzählt, dass sie Fifi kannte."

„Du hast nie gefragt", antwortete Astello.

„Ich konnte mir selbst nicht vergeben, also habe ich niemandem mein Geheimnis erzählt."

„Sie wusste es."

Ich sah zu, wie sie sich umarmten und küssten. Dann verblasste das Bild und ließ mich traurig, aber auch glücklich zurück.

Ich blickte zu Viel-Furcht hinab. Sie sah frisch, gepflegt aus, gewaschen und bis zur Perfektion gekämmt. „Wie bist du so sauber geworden? Du siehst aus, als hättest du einen kurzen Ausflug zum Hundefriseur gemacht."

Viel-Furcht blickte wissend zu Baruch. Sie tänzelte im Kreis und zeigte ihr schimmerndes, weißes Fell. „Baruch hat mich ordentlich abgeleckt und sauber gemacht."

Ich kicherte. „Baruch – du bist so ein süßer Esel."

„Ich hätte dich auch abgeleckt, aber ich dachte nicht, dass dir das gefallen würde, da ich ja ein alter, stinkender Esel bin."

Ich lächelte. „Baruch, du bist zu viel. Du wirst immer mein Lieblingsesel sein."

„Und Ihr seid meine Lieblingsjungedame, Miss Shale."

Ich warf Baruch einen Kuss zu. Wir mussten gehen, bevor ich anfing, zu weinen.

„Bist du bereit, Viel-Furcht?", fragte ich.

„Wann immer du es bist."

Meine Augen wandten sich Daniel zu. „Du versprichst, auf mich zu warten, oder? Und mein Tagebuch zu holen?"

Er nickte. „Drei Jahre."

„Leb wohl, Baruch."

„Bis wir uns wiedersehen, Miss Shale."

Der Engel sagte beruhigend: „Die Polizei sucht nach dir. Alles wird so sein wie zuvor, außer dass die siebte Dimension nun in dir ist. Nutze deine Gaben weise. Wenn du es tust, wird der König sie vermehren. Wenn nicht, werden deine Gaben einem anderen gegeben, obwohl sie dir niemals vollständig genommen werden. Hoffnung existiert, selbst wenn du in die Irre gehst."

Ich versprach: „Das werde ich."

Kapitel 38
EBEN-EZER

Ein Licht, das mir ins Gesicht schien, weckte mich.

„Shale, ist alles in Ordnung?", fragte eine Stimme.

Eine andere Stimme schrie: „Kommt schnell, sie ist hier drüben!"

Viel-Furcht wimmerte, als sie ihre Pfoten auf meinen Bauch legte. Ich kniff die Augen zusammen und bedeckte sie mit meiner Hand.

„Brave Kleine. Du hast sie warm gehalten, nicht wahr?", sagte die Stimme.

Ich öffnete die Augen und konzentrierte mich auf das Gesicht über mir. Er sah aus wie ein Polizist. Viel-Furcht kletterte auf meine Brust und leckte mir übers Gesicht. Ich kicherte und tätschelte ihren Kopf.

„Dieser Hund hat dir das Leben gerettet, Kleine. Sonst wärst du letzte Nacht an Unterkühlung gestorben. Es war kalt."

„Wirklich?"

„Erinnerst du dich, über diesen Stein gestolpert und dir den Kopf gestoßen zu haben?"

„Nein, aber ich will ihn behalten."

„Den Hund, meinst du?"

„Den Stein – und den Hund."

„Den Stein, über den du gestolpert bist?" Er schüttelte den Kopf. „Warum solltest du den wollen?"

Viel-Furcht und die Erinnerung an den Stein kehrten zurück und überfluteten mich mit unzusammenhängenden Szenen aus der siebten Dimension. Bald rannten zwei weitere Beamte herbei und kauerten sich neben mich. Einer zog ein Telefon heraus. Der andere prüfte meinen Puls.

„Wie fühlst du dich?"

Ich lächelte schwach. „Mein Kopf tut weh, aber ansonsten geht es mir gut."

Zwei Sanitäter näherten sich mit einer Trage. Ich bestand darauf, dass Viel-Furcht mit mir kam. „Und ich will den Stein, über den ich gestolpert bin."

„Klar doch", antwortete der Polizist.

Die Sanitäter trugen mich zur Straße, wo ein Krankenwagen wartete. Mutter kam angerannt und beugte sich über mich. „Shale, Gott sei Dank, dir geht es gut."

„Ich bin hingefallen und habe mir den Kopf gestoßen."

„Wir wussten nicht, wo du warst. Was hast du im Wald gemacht?"

„Ich bin Viel-Furcht gefolgt."

„Bist du bereit?", fragte der Beamte.

„Werdet Ihr Euch um meinen Hund kümmern?"

Der Beamte nickte. „Ja, Ma'am. Kein Problem."

Kurze Zeit später trafen Remi Mutter und mich in der Notaufnahme. Nachdem der Arzt nichts weiter als eine Beule an meinem Kopf gefunden hatte, gab er uns die gute Nachricht. „Es geht ihr gut. Kochen Sie ihr eine hausgemachte Hühnersuppe und gönnen Sie ihr ein paar Tage Ruhe."

Als wir zu Hause ankamen, wartete Rachel auf der Veranda auf mich. Viel-Furcht saß neben ihr, Futter und Wasser in der Nähe. Ein großer Knochen, an dem sie geknabbert hatte, ragte aus dem Napf. Die Frau bei Rachel erinnerte mich an Mari.

Viel-Furcht japste. Ich rannte hin und kniete mich neben sie, Tränen in den Augen. Sie wimmerte und tänzelte um mich herum.

„Danke, Rachel."

„Shale, darf ich dir meine Mutter vorstellen, Mari."

Ich kannte den Namen ihrer Mutter nie.

„Hallo", sagte ich leise.

Mari grinste. „Ich bin froh, dass es dir gut geht. Rachel hat so viel von dir erzählt, ich habe das Gefühl, ich kenne dich schon."

Rachel beugte sich vor und umarmte mich. „Ich bin auch froh, dass es dir gut geht."

Mutters Augen glänzten vor Tränen. „Shale, mir wird jetzt klar, wer deine wahren Freunde sind – und meine."

„Was meinst du damit?"

„Mari und Rachel haben alles getan, um uns zu helfen, als wir dich nicht finden konnten. Es war falsch von mir, dich nicht zu ihrer Wohnung gehen zu lassen."

Ich starrte meine Mutter an. Vielleicht war mehr passiert, als ich in der siebten Dimension war, als ich ahnte.

„Und ich lag auch falsch", sagte Mari, „den Gerüchten zu glauben. "

„Welchen Gerüchten?", fragte ich.

Rachel meldete sich zu Wort. „Als du verschwunden warst, kam Judd zu mir und gestand, was er getan hatte – er dachte, du wärst seinetwegen weggelaufen. Schuldgefühle fraßen ihn innerlich auf. Er musste es jemandem erzählen, und er wusste, ich war deine beste Freundin."

„Wow! Ich kann nicht glauben, dass er es dir erzählt hat." Drei Augenpaare starrten mich an. „Hast du deiner Mutter erzählt, was er gesagt hat? Oder meiner?" Ein Teil von mir hoffte es, ein Teil nicht.

„Nicht direkt", sagte Rachel. „Ich habe Mutter erzählt, dass er mir die üble Wahrheit anvertraut hat, und Mutter schlug vor, ich solle vertraulich mit Dr. Silverstein sprechen."

„Was bedeutet das?"

„Es bedeutet, er erzählt es nicht einfach jedem."

„Oh."

Mutter fügte hinzu: „Wir haben beschlossen, Dr. Silverstein zu engagieren. Er versteht dich besser als jeder andere. Wir wollen, was das Beste für dich ist – und für Judd. Er braucht auch Hilfe. Und jetzt wird er sie bekommen."

Ich nickte, blieb aber still.

„Kommt. Lasst uns die Tür aufmachen. Ich hoffe, ihr kommt herein", sagte Mutter und sprach Rachel und Mari an.

Wir machten ihr Platz.

„Aber nur für eine Minute, Shale. Denk daran, was der Arzt gesagt hat. Du musst dich ausruhen."

Zu Hause fühlte sich noch nie so süß an. Mutter war wieder ganz die Alte, obwohl ich merkte, dass etwas anders war.

Drinnen ließ ich mich aufs Sofa fallen. Remi hatte auf dem Heimweg Milch und Brot geholt und sie in den Kühlschrank gestellt.

Ich saß mit großen Augen da und blickte Rachel an.

„Warum siehst du mich so an?", fragte Rachel.

„Ich habe dir viel zu erzählen."

„Wirklich?"

Ich betrachtete das Wohnzimmer, und schöne Erinnerungen kehrten zurück. „Ich bin so froh, zu Hause zu sein."

Mari verließ uns und ging in die Küche.

Ich zog das Ei aus meiner Kleidertasche.

„Was ist das?", fragte Rachel.

Ich öffnete es und hob die Kaninchen heraus. Nachdem ich die Hasenmutter mit den beiden Kleinen abgesetzt hatte, zwinkerte mir eines von ihnen zu.

Ich schnappte nach Luft. „Hast du das gesehen?"

„Es hat gezwinkert", sagte Rachel.

„Ja."

Remi kam und setzte sich neben mich auf die Sofakante. „Shale, kann ich dir irgendetwas holen? Bücher, CDs?"

„Ja."

„Was denn?"

„Ich möchte eine Bibel."

„Eine Bibel?"

Mutter runzelte die Stirn und kam aus der Küche ins Wohnzimmer. „Wir haben keine, oder, Remi?"

Rachel grinste. „Ich habe eine Bibel, sozusagen, aber sie ist auf Hebräisch."

„Nein, ich möchte eine Bibel auf Englisch. Die gibt es doch auf Englisch, oder?"

Remi lachte. „Ich bin sicher, es gibt eine Bibel in jeder Sprache, die du willst. Wir besorgen dir morgen eine", versprach Remi.

Mari warf ein: „Wir haben eine, die du haben kannst, Shale, wenn es deinen Eltern recht ist."

„Sicher", sagte Remi.

„Ich gehe jetzt nach Hause und hole sie. Ich weiß nicht einmal, woher sie stammt."

Ich dachte darüber nach, wie ähnlich Rachels Mutter Mari in der siebten Dimension war.

Ich bückte mich und tätschelte Viel-Furcht. „Wir können sie behalten, oder?"

„Ja, wir werden das mit dem Hausverwalter klären." Mutter hielt inne. „Vielleicht könnten wir sie Gypsy nennen."

„Gypsy? Was meinst du, Viel-Furcht?"

Sie bellte. „Was uns Rose heißt, wie es auch hieße, würde lieblich duften."

Ich lachte. Wahrlich, was auch immer wir in der siebten Dimension gebunden hatten, war auch hier gebunden.

„Wo ist der Stein?" Ich blickte mich im Wohnzimmer um. In meiner Abwesenheit hatte jemand die Wohnung geputzt. Alle Kisten waren weg.

Mutter runzelte die Stirn. „Du willst diesen Stein? Wir haben ihn auf der Veranda gelassen."

„Kannst du ihn mir bringen?"

„Dieses schmutzige Ding ins Haus bringen, nachdem ich alles geputzt habe? Wenn du diesen ekligen Stein willst, hol ihn dir selbst und bewahre ihn in deinem Zimmer auf."

„Lass uns ihn holen!", sagte Rachel aufgeregt. „Ich will ihn sehen."

Wir gingen nach draußen und fanden ihn im Gras, ein paar Meter von der Haustür entfernt. Rachel hob ihn auf und schleppte ihn die Treppe hinauf in mein Schlafzimmer.

„Wo sollen wir ihn hinstellen?", fragte ich.

„Wie wäre es mit deinem Nachttisch? Der Stein ist nicht so groß."

„Klingt gut für mich." Er war auch nicht schmutzig. Tatsächlich war er jetzt, da er vom Waldboden entfernt war, wo wir seine Schönheit bewundern konnten, ziemlich schön.

„Ist er magisch?", flüsterte Rachel. „Wie das Kaninchen?"

Ich kicherte. „Alles ist magisch in der siebten Dimension. Ich kann es kaum erwarten, dir davon zu erzählen."

Oben auf dem Stein erschien das Wort Eben-Ezer, in den Stein gemeißelt. Ich lächelte Rachel an.

„Magisch", sagten wir unisono.

Über die Autorin Lorilyn Roberts

Lorilyn Roberts ist eine Amazon-Bestsellerautorin mit über 20 veröffentlichten Büchern, darunter *Children of Dreams* und *Die Siebte Dimension – Die Tür*. Sie hat über 50 Schreibpreise erhalten, besitzt einen Master of Arts in Kreativem Schreiben vom Perelandra College und ist Alumna der University of Alabama. Treten Sie mit ihr unter LorilynRoberts.com in Kontakt.

Weitere Werke von Lorilyn Roberts

Nachwort: Das nächste Buch der Reihe

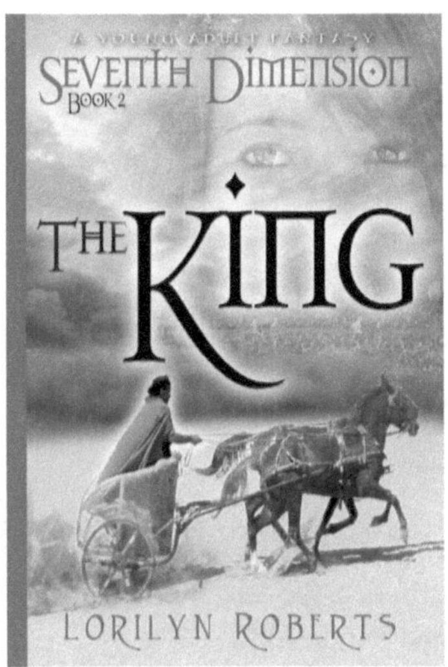

Nach einer Reihe verheerender Ereignisse wird Daniel Sperling, ein begabter siebzehnjähriger israelischer Junge, zum Mittelpunkt einer Wette zwischen Gut und Böse. Von Schicksal gezeichnet, reist er ins Israel des ersten Jahrhunderts und trifft einen Arzt, der sein Mentor wird. Als er unwissentlich einen Pakt mit dem Teufel schließt und das Mädchen, das er liebt, einem anderen versprochen ist, nimmt sein Leben einen anderen Lauf – bis ihm die Augen geöffnet werden. Gefangen in der siebten Dimension, wie weit wird Gott gehen, um ihn zu retten?

Lorilyn Roberts hat eine mitreißende Zeitreisegeschichte geschrieben, die junge Leser dazu inspirieren wird, in sich selbst zu blicken, um ihre Überzeugungen und ihren Glauben zu entdecken, und ihre Leidenschaft zu stärken, ihrem Gott zu folgen. Dies ist ein Pageturner-Thriller, ein Coming-of-Age Zeitreise-Fantasyroman, der den Glauben und die Überzeugung eines jungen Mannes an Gott herausfordert. - Emily-Jane Hills Orford for Readers' Favorite

Weitere Werke von Lorilyn Roberts

Children of Dreams

Als Hörbuch

Tails and Purrs for the Heart and Soul

Als Hörbuch

God's Good Works: Stories to Treasure and Tales to Ponder

Als Hörbuch

Achte auf das versteckte Wort „good" (gut) auf jeder Seite.

„Wunderbare Geschichte mit positiven christlichen Werten. Liebte die Illustrationen. Ein Hit bei meinen Kindern!"

– „Goodreads"-Leser

Junge Leser werden zu Führungspersönlichkeiten von morgen.

Book Love

„Book Love ist innen und außen wunderschön. Roberts nutzt ein Kind, um Kindern die Liebe zu Büchern zu lehren, und es funktioniert wunderbar. Dieses Buch ist ein Muss für Grundschulklassen und Bibliotheken. Ich empfehle Book Love von Lorilyn Roberts wärmstens, wenn Sie ein Kind haben, das Lesen lernen möchte."

—Joy Hannabass, Rezensentin für Readers' Favorite

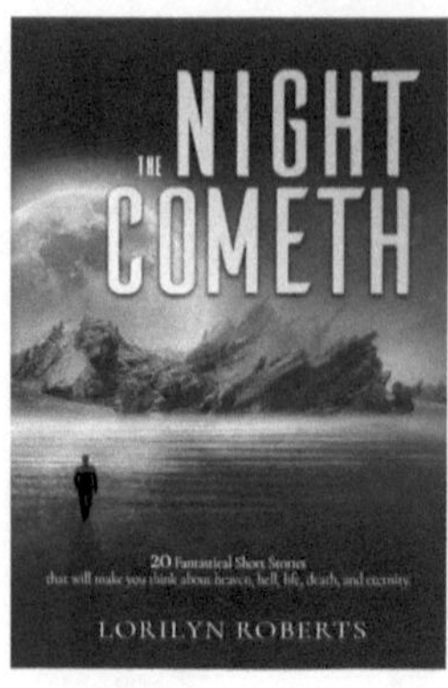

The Night Cometh: 20 Fantastical Short Stories That Will Make You Think About Heaven, Hell, Life, Death, and Eternity.

Als Hörbuch

Zusätzliche Bücher

Food for Thought Cookbook

Die Siebte Dimension Andachtsreihe: Bin ich okay, Gott?

Als Hörbuch